I0636795

Francis Durbridge

Die Nylonmorde

(The Nylon Murders)

Kriminalroman

aus dem Englischen übersetzt von
Dr. Georg Pagitz

mit einem Vor- und Nachwort des Übersetzers

– Williams & Whiting –

Von Francis Durbridge sind bereits bei Williams & Whiting erschienen (Bandnummer in Klammer):

Coverdesign: Timo Schröder

ISBN 9781917798020

Williams & Whiting (Publishers)
15 Chestnut Grove, Hurstpierpoint,
West Sussex, BN6 9SS, England

The Nylon Murders
© 1952 by Francis Durbridge

Vorwort, Nachwort und deutsche Übersetzung
© 2025 by Dr. Georg Pagitz

Inhalt

Vorwort
von Dr. Georg Pagitz

Vorliegender Roman aus dem Jahr 1952 ist der neunte von insgesamt einundvierzig Kriminalromanen, die auf das Konto von Francis Durbridge (1912–1998) gehen. Er ist insofern etwas Besonderes, als dass es sich dabei um den ersten von einigen Fortsetzungskrimis handelt, den der Autor für eine Zeitschrift schrieb, in diesem Fall für den *Sunday Dispatch.*

Als *Die Nylonmorde* entstand, war Durbridge einer der gefragtesten und bestbezahlten Autoren in England. Seine Karriere hatte in den 1930ern bei der BBC mit kurzen Hörspielen begonnen, ehe er 1938 mit dem Achtteiler *Send for Paul Temple* für Furore sorgte und damit eine bis dato nie dagewesene Publikumsresonanz hervorgerufen hatte. Der Rest ist Geschichte: Weitere Paul-Temple-Radiokrimis folgten und wurden in zahlreiche Sprachen übersetzt. Die Abenteuer des smarten Schriftstellers und Detektivs erschienen bald auch als Roman, ein Theaterstück entstand und zwischen 1946 und 1952 löste der Ermittler seine Fälle auch auf der großen Leinwand. Sein Erfinder Durbridge wurde ständig um neues Material gebeten, erfand weitere Hörspielkrimis und Ermittler, verfasste neben den Romanen auch Kurzgeschichten, in denen Temple auftrat, und lizenzierte ihn auch als Comicfigur in einer fast täglich erscheinenden Zeitungsserie. 1952 verfasste Durbridge außerdem die ersten beiden mehrteiligen Fernsehkrimis der BBC, *The Broken Horseshoe* und *Operation Diplomat* (beide Drehbuchtexte sind als Band 16 (*Das zerbrochene Hufeisen*) bzw. 17 (*Operation Diplomat*) innerhalb dieser Buchreihe erschienen).

Wer also, wenn nicht Francis Durbridge, war prädestiniert dafür, für eine der erfolgreichen englischen Sonntagszeitungen, den *Sunday Dispatch*, eine zwölfteilige Fortsetzungsgeschichte zu schreiben?

Aus Durbridges Unterlagen geht hervor, dass der Autor für den zwischen dem 23. November 1952 und dem 8. Februar 1953 erschienenen Krimi pro Folge wöchentlich die damals unglaubliche Summe von 150 Pfund erhielt (in heutigem Geld (Stand Februar 2025) rund 6.700 Euro).

Ausschnitt aus dem Einnahmenbuch von Francis Durbridge, in dem er für jede Folge von *The Nylon Murders* 150 Pfund verzeichnet.

Francis Durbridge, dessen Romane ihm nie so viel bedeuteten, wie seine Arbeiten für Radio, Fernsehen und Bühne, zog häufig die Hilfe eines anderen Autors heran, der ihm bei der Finalisierung des Stoffs behilflich war. Wie bei den meisten Romanen jener Jahre, war dies im Falle von *Die Nylonmorde* Charles Hatton, der laut Privatunterlagen von Francis Durbridge »Unterstützung bei der Ausarbeitung des endgültigen Manuskripts« leistete, jedoch keine eigenen Ideen einbrachte und das Werk lediglich stilistisch aufwertete. Dies war nötig, da Francis Durbridge zwar ein Meister in der Konstruktion eines spannungsgeladenen, wendungsreichen Plots und ausgefeilter Dialoge war, jedoch kein großer Erzähler.

Anders als viele andere Romane von Durbridge wurde *The Nylon Murders* (so der Originaltitel) in Großbritannien nie in Buchform veröffentlicht. Erst im Jahr 2020 erschien das Werk erstmals gedruckt in dem Sammelband *Murder at the Weekend* bei Williams & Whiting. Die Rechte wurden auch nach Australien und Südafrika verkauft, allerdings erschien auch dort nie ein gedrucktes Buch mit dem Werk. In Italien erschien (möglicherweise?) eine Übersetzung in den 1950er-Jahren, zumindest einem Eintrag in Durbridges Unterlagen zufolge.

In der Bundesrepublik Deutschland, wo Durbridge durch seine Paul-Temple-Hörspiele äußerst populär und spätestens seit dem Sechsteiler *Das Halstuch* (1961) in den Olymp der Krimiautoren aufgestiegen war, erschien 1964 eine Übersetzung von Ingeborg Frauke Meier im Signum-Verlag Gütersloh unter dem (mit der Handlung wenig gemeinhabenden) Titel *Kommt Zeit, kommt Mord.* 1966 veröffentlichte der Lingen-Verlag in Köln den Roman erneut in derselben Übersetzung unter dem Titel *Die Nylonmorde,* bevor der Goldmann-Verlag München 1968 das Werk zuletzt unter dem Titel *Kommt Zeit, kommt Mord* wieder in der Meier-Übersetzung auflegte. Seitdem wurde das Buch nie wieder auf Deutsch herausgegeben.

Bei vorliegender Ausgabe handelt es sich um eine komplette Neuübersetzung des Originalmanuskripts und um die vollständigste Version des Stoffs, die bisher publiziert wurde.

Der in der *Sunday Dispatch* abgedruckte Zwölfteiler war an einigen Stellen gekürzt. Dies kam aus der Verlegenheit heraus zustande, dass ein Text in einer Zeitung nur eine gewisse Wortanzahl haben konnte. Im Falle von *The Nylon Murders* wurde Durbridge eine ganze A3-Seite zugestanden, auf der er 4.000 Wörter pro Episode zur Verfügung hatte. Manchmal gerieten die Folgen jedoch etwas zu lang, sodass zwangsweise einige Passagen aus dem Originaltext gestrichen werden mussten.

Diese Passagen waren im von Durbridge abgelieferten Manuskript vorhanden und sie finden sich deshalb auch in der alten deutschen Übersetzung. Allerdings entfielen dort einige andere Stellen, die im Original zu finden sind. Diese Ausgabe fügt nun alle Versionen zu einer vollständigen zusammen.

Inhaltlich gab es in keinem der Manuskripte Änderungen. Wenn gekürzt wurde, dann an Stellen, die nicht wichtige Passagen oder Dialoge enthielten. Einzig der Name der Haushälterin wurde geändert: Im *Sunday Dispatch* hieß sie Mrs. Miller, während sie in Durbridges Originaltext Mrs. Malins genannt wurde. Möglicherweise fand der Redakteur der Zeitschrift den verbreiteteren Namen Miller geeigneter und tauschte ihn daher aus.

Die Nylonmorde ist ein ganz typischer Francis-Durbridge-Krimi mit allen Drehungen und Wendungen, für die er bekannt ist, und wartet am Ende jeder Episode mit einem packenden Cliffhanger auf.

Der Autor wählte als Protagonisten eine Figurenkonstellation, auf die er gerne zurückgriff: Einen sympathischen, jungen Ermittler und eine selbstbewusste, starke junge Frau, die die Zügel in die Hand nimmt und unerschrocken in dem Fall ermittelt. Dieses Erfolgsrezept hatte schon bei Paul und Steve Temple funktioniert und Durbridge wiederholte es mehrfach in seinen Werken, etwa in *Passport to Danger!* (Originalhörspieltext erschienen als Band 33 unter dem Titel *Ein Reisepass voller Gefahr*) und in *Beware of Johnny Washington* (der Roman ist als Band 14 unter dem Titel *Vorsicht vor Johnny Washington!* erschienen).

Die Protagonistin Dr. Leslie Sanders ist eine junge Ärztin, die sich gerne detektivisch betätigen würde und die sich Warnungen zum Trotz unerschrocken der Gefahr stellt. Eine derartig moderne Heldin ist für die damalige Zeit ungewöhnlich. In vielerlei Hinsicht erinnert Dr. Sanders an Steve Temple, bei der sich Durbridge nach Aussagen der eigenen Familie stark an seiner eigenen Frau Norah orientiert hat.

Dr. Sanders ist so modern und emanzipiert, dass sie – wie ihre Pendants Steve Temple in *Paul Temple und der Fall Max Lorraine* (Pidax, 2021) und Linda West in *Ein Reisepass voller Gefahr* – sogar den Heiratsantrag selbst in die Hand nimmt. Hervorzuheben ist außerdem, dass Durbridge die Heldin in *Die Nylonmorde* einer Berufsgruppe zuordnet, innerhalb derer er in den Fünfzigerjahren auch drei weitere Krimis spielen ließ, nämlich jene der Ärzteschaft. Auch in *The Broken Horseshoe, Operation Diplomat* und *My Friend Charles* waren die Protagonisten Götter in Weiß (erschienen als Band 16 und 17 (Originaldrehbücher) bzw. Band 24 *Mein Freund Charles* (als Roman)).

Die Nylonmorde wurde nie verfilmt, allerdings belegen Unterlagen und ein Vertrag aus dem Jahr 1956 zwischen Francis Durbridge, seiner eigenen Firma Serial Productions und der Produktionsgesellschaft Marksman Films, dass der Autor laut einem Übereinkommen vom 12. März 1956 die Rechte für die Geschichte *The Nylon Murder* [sic!] an die Filmproduktion für 750 Pfund abtrat. Diese Summe erscheint im Vergleich zu den 1.800 Pfund, die Durbridge für die Zeitungsserie vom *Sunday Dispatch* erhielt, eigentlich als sehr wenig. Noch merkwürdiger ist der Umstand, dass der im Mai 1956 gedrehte Film, der schließlich den endgültigen Titel *Town on Trial* (deutsch: *Eine Stadt steht vor Gericht*) erhielt, überhaupt nichts mit Durbridges Geschichte zu tun hatte – wenn man davon absieht, dass das Mordopfer mit einem Nylonstrumpf erwürgt wird.

Der Streifen, der von dem schon bei dem 1953 in *Operation Diplomat* Durbridge-erprobten John Guillermin stammt, basierte laut offizieller Angaben auf einem Originaldrehbuch von Robert Westerby, dessen Titel *The Nylon Web* war. Es ist daher durchaus möglich, dass sich die Produktionsgesellschaft lediglich den Titel und die Rechte an der Geschichte sicherte, um einen Titelstreit und eine juristische Auseinandersetzung zu verhindern. Der Sohn des Autors, Nicholas Durbridge, nimmt an, dass sein Vater sich auf die geringe Kaufsumme einließ, da er *Die Nylonmorde* nicht als großes Werk betrachtete und generell seinen Zeitungsserien keine besondere Bedeutung beimaß und sie nur als Einkommensmittel betrachtete. Zudem spricht für die Theorie, dass die Rechte nur erworben wurden, um einen Konflikt zu vermeiden, dass man Francis Durbridge in dem überlieferten Vertrag ungewöhnlicherweise keine Nennung im Vorspann zusicherte.

Dass ein fertiger Kinofilm als Endprodukt trotz einer kompletten Durbridge-Vorlage nichts mit dem Autor zu tun haben konnte, belegt allerdings der deutsche Krimi *Piccadilly null Uhr zwölf*, der bis auf vier Namen nichts von Durbridges Originaldrehbuch *Step in the Dark* übrigließ. Die äußerst spannende Hintergrund- und Produktionsgeschichte hierzu wird in Band 2 dieser Serie, *Schritt ins Dunkel*, minutiös anhand von Originalunterlagen rekonstruiert. Auch das ursprüngliche Drehbuch findet sich dort.

Sehen wir uns abschließend noch einen Ausschnitt aus

dem damaligen *Sunday Dispatch* an (von Sonntag, dem 23. November 1952, Seite 9):

Wie aus dieser Kopie der Originalausgabe des *Sunday Dispatch* ersichtlich ist, trug fast jeder Absatz eine eigene kurze Überschrift, die in zwei bis drei Schlagworten vorwegnahm, was darin geschah. Diese wurden allerdings von der Zeitungsredaktion hinzugefügt und stammten nicht von Durbridge selbst, weshalb sie in der Neuübersetzung auch im Sinne der besseren Lesbarkeit weggelassen wurden.

Abschließend finden Sie unten noch Ausschnitte aus dem Vertrag zwischen Francis Durbridge, seiner Firma Serial Productions und der Produktionsgesellschaft Marksman Films Limited bezüglich der Rechteübertragung von *The Nylon Murder* [sic!] an die Filmfirma.

Dieses Buch beinhaltet im Nachwort eine vollständige Übersicht über die einundvierzig Kriminalromane von Francis Durbridge und eine Einteilung in verschiedene Phasen.

Spannende Lektüre bei einem packenden Durbridge-Krimi mit elf überraschenden Cliffhangern!

DATED 28ᵗʰ June 1956

FRANCIS DURBRIDGE

-and-

SERIAL PRODUCTIONS LIMITED

-and-

MARKSMAN FILMS LIMITED

———

Agreement

-for-

the assignment of cinematograph
film rights in a Story entitled
"The Nylon Murder".

This Agreement is made the twenty eight day of June

One thousand nine hundred and fifty six B E T W E E N FRANCIS DURBRIDGE of The Moat House Silverdale Avenue Walton-on-Thames in the County of Surrey (hereinafter called "Mr. Durbridge") of the first part SERIAL PRODUCTIONS LIMITED whose registered office is situate at Hanover Chambers 12 Buckingham Street Strand W.C.2 in the County of London (hereinafter called "the Company") of the second part and MARKHAM FILMS LIMITED whose registered office is situate at 93 Park Street W.1 in the said County of London (hereinafter called "the Assignee") of the third part _____

W H E R E A S:

(1) By an Agreement made the Twelfth day of March One thousand nine hundred and fifty six between Mr. Durbridge of the one part and the Company of the other part (hereinafter called "the Agreement") Mr. Durbridge assigned to the Company (inter alia) the rights more particularly specified in the schedule to the Agreement for the full period of copyright therein in a story entitled "THE NYLON MURDER" (hereinafter called "the Story") of which he was the sole author

(2) The Company has agreed to assign to the Assignee the benefit of the Agreement in so far as it relates to the Story subject to the terms and conditions therein contained in so far as they affect the rights hereby assigned

(3) Mr. Durbridge has agreed with the Assignee to enter into this agreement to extend and amend the rights of copyright hereby assigned in respect of the Story to the Assignee by the Company in the manner hereinafter appearing _____

N O W I T I S HEREBY A G R E E D as follows:-

(1) IN consideration of the sum of SEVEN HUNDRED AND FIFTY POUNDS (£750) now paid by the Assignee to the Company (the receipt whereof the Company hereby acknowledges) the Company as Beneficial Owner hereby assigns to the Assignee the rights of copyright set forth in the schedule to the Agreement in so far as the same relate to the Story but not otherwise and subject to and with the benefit of the terms conditions and covenants therein contained

14

Francis Durbridge
Die Nylonmorde

Die handelnden Personen

DR. LESLIE SANDERS	Ärztin
CHARLES MERLIN	Kriminalinspektor bei Scotland Yard
KEITH EVEREST	Maler
PETER HAMILTON	Regisseur
SYLVIA GRAHAM	Schauspielerin
HARRY WAVERLY	Direktor einer Theatergruppe
JUDY EVEREST	Keith Everests Tochter
ANDREA LAKE	Schauspielerin
CLIVE	Andrea Lakes Freund
MRS. MALINS	Haushälterin im Hause Everest
MRS. GOODSON	Haushälterin in Sylvia Grahams Cottage
SERGEANT COOPER	Polizeibeamter bei der Flusspatrouille
TOM	Polizeibeamter bei der Flusspatrouille
SERGEANT JUKES	Kriminalbeamter bei Scotland Yard
LAWRENCE	Bühnenarbeiter
THOMPSON	Schauspieler

Die Handlung spielt 1952 in London,
Wolverhampton und Clevelode in der Nähe von Maidenhaid.

Kapitel eins

Sergeant Cooper schlug den Kragen seiner Seemannsjacke hoch, als die Barkasse eine Biegung des Flusses durchfuhr und der kühle Herbstwind sie erfasste. Es dämmerte bereits und das blinkende Licht einer grünen Leuchtreklame jenseits der Tower Bridge verwandelte die Lagerhäuser in düstere Blöcke.

Der Sergeant warf einen Blick auf Tom, seinen Begleiter, der die Barkasse ohne erkennbare Anstrengung steuerte. Cooper überlegte, ob er schon das Licht einschalten sollte. Er beschloss, noch fünf Minuten zu warten.

»Diese Woche kann man 52.484 Pfund im Toto gewinnen«, sagte Tom, sein Kollege, plötzlich. »Würde ich nur die Hälfte davon in die Hände bekommen, dann würde ich diesem verfluchten Fluss ade sagen.«

»Und dann? Was würdest du tun, Tom?«, fragte Cooper eigentlich nur, um die unheimliche Stille mit seiner Stimme zu durchbrechen.

»Wahrscheinlich würde ich eine Weltreise machen«, antwortete der Mann am Steuer.

Als sie Wapping Old Stairs erreicht hatten, passierten sie einen Schlepper, der ein lautes Signal setzte. Aus dem kleinen Kabinenfenster blickte ein Mann heraus und winkte ihnen zu. Tom grüßte zurück.

»Das ist Joe Salterson. Er hat Ende letzten Jahres bei vier Spielen insgesamt dreißig Pfund gewonnen«, sagte er zu dem Sergeant, dem er davon früher schon einmal erzählt hatte.

Nachdem sie sich per Funk auf der Polizeiwache von Wapping gemeldet hatten, traten sie ihre gemächliche Rückfahrt an. Es war jetzt fast dunkel und eine gelegentliche Uferlampe spiegelte sich im Wasser. Sie bewegten sich nah am

Nordufer entlang, um so viel Schutz vor dem Wind als möglich zu haben.

Cooper prüfte mechanisch die Reihen der Frachter und Lagerhäuser. Plötzlich ergriff er den Arm seines Begleiters und deutete auf die Pfeiler eines Landungsstegs, über denen sich zwei Kranarme gegen den Himmel abzeichneten. Er hatte ein dunkles Objekt erspäht, das am Fuße der Pfeiler sanft im Wasser dümpelte. Tom schaltete den Motor fast im selben Moment ab, als der Sergeant den starken Scheinwerfer am Bug der Barkasse einschaltete. Als die Barkasse zum Ufer schwenkte, erfasste der Lichtstrahl das schwimmende Objekt.

»Eine Leiche!«, murmelte der Sergeant fast unhörbar.

Innerhalb weniger Sekunden hatten sie das Boot längsseits manövriert. Selbst als sie noch fünfzehn Meter entfernt waren, sagte ihm seine lange Erfahrung, dass es sich bei dem leblosen Bündel um eine Leiche handelte.

»Ein Mädchen … und ein gutaussehendes noch dazu«, sagte Cooper, als sie begannen, die Tote aus dem Wasser zu hieven.

»Warum hat sie das wohl getan?«, fragte sein Begleiter verwirrt. Durch die unendlichen Chancen auf zukünftige Totogewinne erschien ihm das Leben stets voller aufregender Möglichkeiten.

»Du kannst dir gar nicht sicher sein, dass es Selbstmord war«, murmelte der Sergeant.

Sie hatten die junge Frau auf das Welldeck der Barkasse gelegt. Cooper stellte fest, dass ihr dunkles Kleid zerrissen war und dass einer ihrer Strümpfe fehlte. Ihr Kopf war nach vorne gesunken und verdeckte daher halb, dass etwas fest um ihren Hals geknotet war. Zuerst hatte Cooper es für einen hauchdünnen Schal gehalten, denn er war vom Wasser klitschnass. Jetzt konnte er sehen, dass sich etwas in das Fleisch geschnürt hatte.

»Das war kein Selbstmord«, rief er scharfzüngig. »Sie ist erwürgt worden!«

Der andere Mann pfiff leise und sah auf die zart geformten Züge des toten Mädchens hinunter.

»Ja, das ist sie«, hauchte er. »Erwürgt mit einem Nylon-strumpf …«

Sie brachten die Leiche zum Waterloo Pier, wo sie Inspektor Charles Merlin von der Kriminalpolizei trafen, der vorüber-gehend der Abteilung H zugeteilt worden war. Merlin hatte zuvor zwei Jahre im West End verbracht, wo er die berüchtig-ten Nachtlokale aufsuchte und mit Gaunern und Playboys verkehrte. Er hatte ein ausgezeichnetes Gedächtnis und ver-gaß nie ein Gesicht, wenn er einmal eines gesehen hatte. Egal ob lange, schmale Gesichter, breite, lachende oder die finste-ren Fratzen von Verbrechern, egal welche Hautfarbe – alle Gesichter waren unlöschbar in seinem Gedächtnis gespei-chert. Sie waren dort genauso gut aufgehoben wie in der Ver-brecherkartei von Scotland Yard.

Merlin zog die Decke, die über die leblose Gestalt auf der Bahre gelegt worden war, zurück. Der Strumpf war noch im-mer um den Hals des Mädchens gebunden und das Wasser tropfte von ihrem Haar und ihrer zerlumpten Kleidung. Cooper telefonierte mit dem Polizeiarzt, und Merlin wartete, bis er den Hörer aufgelegt hatte.

»Wo haben Sie sie gefunden?«, fragte er. Der Sergeant schlug vorsichtig den Kragen seiner Jacke herunter. »In der Nähe des Hafenkais in Hermitage, am Nordufer«, antwortete er und bemerkte das nachdenkliche Stirnrunzeln des Inspek-tors. »Sie kennen sie nicht zufällig, nehme ich an?«

»Ich habe sie sicherlich schon einmal gesehen«, sagte Merlin leise und setzte sich auf die Schreibtischkante. »Ich könnte mir vorstellen, dass sie im Showgeschäft ist.«

Erst als die Bahre in die Leichenhalle gebracht wurde, erinnerte er sich an Andrea Lake. Vor etwa einem Jahr hatte er sie in einer kleinen Rolle in einem West-End-Stück namens *Zwiespalt der Seele* von Graham Green gesehen. Er nahm eine zerknitterte Abendzeitung aus seiner Jackentasche und ließ seinen Blick über die Theaterspalte schweifen. Ja, das Stück wurde immer noch im Viceroy-Theater aufgeführt. Mit einem Nicken zu Sergeant Cooper, der gerade seinen Bericht schrieb, ging Merlin hinaus und stieg die Treppe zur Straße hinauf. Zwanzig Minuten später schritt er die staubige Gasse entlang, die zum Bühneneingang des Viceroy-Theaters führte.

Harry Waverley, der Generaldirektor der Theatertruppe, die *Zwiespalt der Seele* aufführte, war ein lebensfroher Mann. Sein frischer Teint und sein etwas zu streng frisiertes blondes Haar verschleierten, dass er schon fünfundvierzig Jahre alt war. Er bot dem Inspektor den einzelnen Besucherstuhl an und schob ihm eine Zigarettenschachtel hin.

»Ich habe Sie lange nicht mehr gesehen, Merlin«, sagte er mit einem Lächeln. »Ich habe mich ein wenig aus den Nachtlokalen zurückgezogen, seitdem ich seriös geworden bin. Ist das ein offizieller Besuch?«

»In gewisser Weise«, nickte Merlin. »Ich interessiere mich für Andrea Lake. Der Pförtner am Bühneneingang sagte mir, dass sie seit zwei Abenden nicht mehr aufgetreten ist.«

Waverley stieß einen ausdrucksstarken Fluch aus. »Sie hat nicht einmal angerufen«, sagte er. »Sie hat uns einfach verlassen, ohne ein Wort zu sagen. Wir hatten verdammt viel Mühe, eine Zweitbesetzung zu finden.«

Der Inspektor sah sich in dem winzigen Büro um. Sein Blick blieb plötzlich auf einem Foto des toten Mädchens hängen.

»Das ist Andrea, Inspektor«, rief Waverley aus. »Mein Gott, wie gerne würde ich die kleine Teufelin zwischen die Finger bekommen!«

»Jemand anderes hatte schon diese Idee«, sagte Merlin trocken. »Miss Lake wurde ermordet. Wir haben sie vor etwas mehr als einer Stunde aus der Themse gefischt.«

Waverleys Gesichtsausdruck änderte sich mit einer Abruptheit, die fast schon komisch war.

»Großer Gott! Das ist doch nicht Ihr Ernst?« Seine tiefe Betroffenheit sorgte für ein ironisches Lächeln um Merlins Mundwinkel.

»Ist es Ihnen denn gar nicht in den Sinn gekommen, sich nach ihr zu erkundigen, als sie nicht im Theater aufgetaucht ist?«, fragte er.

»Natürlich. Ich habe in ihrer Bude in Chelsea angerufen, aber dort war man auch nicht schlauer als hier.«

»Erzählen Sie mir alles, was Sie über Andrea Lake wissen. Wissen Sie etwas über ihren Hintergrund?«, sagte Merlin.

Waverley schüttelte den Kopf. »Sie hat sich immer ziemlich zurückgezogen und war mit niemandem in der Truppe besonders befreundet. Ich habe sie bei einem Vorsprechen engagiert, zu der ihr Agent sie geschickt hatte. Ich glaube, sie war vorher bei irgendeinem Repertoire-Theater in der Nähe von Manchester engagiert. Aber sie war nie ein Mädchen, das viel über sich selbst sprach – nicht so wie zahlreiche andere, die ich erwähnen könnte!«

Merlin fragte nach ihrer Adresse, woraufhin Waverley ein schäbiges Adressbuch aus einer Schublade in seinem Schreibtisch holte.

»Sie hatte ein möbliertes Zimmer bei irgendeinem Künstler in Chelsea gemietet«, sagte er. »Hier ist die Adresse.«

Er schob das Buch zu Merlin hinüber, der die Adresse auf die Rückseite eines alten Briefumschlags notierte und dann aufstand, um zu gehen.

»Tut mir leid, dass ich so überstürzt aufbreche, aber ich möchte diese Spur weiterverfolgen, solange sie noch heiß ist.«

Waverley nickte verständnisvoll. »Wenn Sie noch etwas von mir wissen wollen, ich bin bis elf Uhr dreißig hier.«

Merlin nahm vor dem Theater ein Taxi und wies den Fahrer an, zu einer Adresse an einer Abzweigung der King's Road in Chelsea zu fahren. Die Walsingham Street bestand aus hohen Häusern aus der mittleren viktorianischen Epoche, von denen die meisten in den oberen Stockwerken Künstlerateliers beherbergten und in den unteren Wohnungen.

Als der Inspektor klingelte, öffnete ihm ein schlankes, etwa achtzehnjähriges Mädchen mit kornblondem Haar und dunkelblauen Augen die Tür. Sie trug einen altmodischen Baumwollkittel und Wollstrümpfe.

Merlin stellte sich vor und fragte, ob er mit dem Hausbesitzer sprechen konnte. Nach kurzem Zögern führte sie ihn in ein gemütlich eingerichtetes Arbeitszimmer mit Bücherregalen aus weißem Kiefernholz, die die vier Wände säumten. Ein Mann im Rollstuhl, der gerade die Korrekturfahnen eines Verlags las, blickte auf, als Merlin hereingeführt wurde.

»Daddy, das ist Inspektor Merlin von Scotland Yard«, sagte das Mädchen mit sanfter Stimme. Sie zögerte einen Moment, dann ging sie auf ein Zeichen ihres Vaters hinaus und schloss leise die Tür hinter sich.

»Sie müssen entschuldigen, dass ich nicht aufstehe, Inspektor«, sagte der Mann im Rollstuhl. »Normalerweise humple ich auf Stöcken herum, aber heute ist einer meiner schlechten Tage.«

»Das ist schon in Ordnung, Mr. –?«

»Everest. Keith Everest.«

Der Inspektor nickte. »Ach ja, natürlich, Sir«, sagte er. »Der Porträtmaler.«

Angesichts seiner Behinderung war Keith Everest ein beliebtes Thema für die Zeitungen. Merlin hatte mehrere Berichte darüber gelesen, wie er seine körperlichen Gebrechen überwunden hatte, um ein einigermaßen bekannter Künstler zu werden. Er erinnerte sich auch daran, dass sein Bild *Das Mädchen in Gingham*[1] vor ein paar Jahren in der Royal Academy eine Sensation gewesen war. Das Bild war vielfach fotografiert und in vielen Zeitungen abgedruckt worden. Merlin hatte jetzt keinen Zweifel daran, dass das Mädchen, das

---

[1] Gingham ist ein Baumwollstoff.

ihm die Tür geöffnet hatte, für *Das Mädchen in Gingham* Modell gestanden hatte.

Keith Everest war sichtlich erfreut, dass sein Besucher ihn erkannt hatte.

Merlin bemerkte, dass er ein lockeres Auftreten und viel Charme hatte und in keiner Weise durch den Besuch eines Inspektors von Scotland Yard beunruhigt schien.

»Es ist doch nichts Ernstes, hoffe ich, Inspektor?«, sagte er.

Merlin wich der Frage aus. »Haben Sie eine Frau namens Andrea Lake hier wohnen? «, fragte er.

»Ja, natürlich. Sie hat hier ein Zimmer, seit sie nach London gezogen ist.«

»Wann haben Sie sie zuletzt gesehen?«

»Vor zwei Tagen«, antwortete Everest prompt. »Sie sagte, sie wolle ein paar Tage bei Clive – das ist ihr Freund – bleiben. Sie besucht gelegentlich seine Familie.«

»Haben Sie die Adresse?«

»Leider nicht. Wir kennen diesen Freund nicht wirklich, außer dass wir ein paar Mal mit ihm telefoniert haben.« Er zögerte einen Moment. »Warum stellen Sie mir all diese Fragen, Inspektor?«

»Bevor ich diese Frage beantworte, Sir – dürfte ich kurz mit Ihrer Tochter sprechen?«, erwiderte er.

Kurzerhand lehnte sich Everest nach vorne und drückte auf einen Klingelknopf an der Seite des Kamins. Als das Mädchen hereinkam, stellte Merlin ihr fast die gleichen Fragen, ohne ihr jedoch weitere Informationen zu entlocken.

»Sind Sie sich sicher, dass sie Ihnen nie von diesem Clive erzählt hat?«, beharrte er.

Das Mädchen schüttelte den Kopf. »Wir sprachen über die meisten Dinge, aber über Clive wollte sie nie sprechen. Manchmal dachte ich, sie schämt sich für ihn, obwohl ich nicht weiß, warum. Er klang recht charmant, als ich mit ihm am Telefon sprach.«

»Meinen Sie nicht, dass Sie uns besser erzählen sollten, was passiert ist, Inspektor?«, fragte Everest leise.

Der Inspektor nickte. »Ich fürchte, Miss Lake hat einen Unfall gehabt, Mr. Everest. Sie wussten natürlich, dass sie seit zwei Tagen nicht mehr im Theater war?«

Der Künstler nickte. »Ja, sie haben mehrmals angerufen, aber wir konnten ihnen nichts sagen, außer dem, was wir Ihnen gesagt haben.«

»Ist Andrea schwer verletzt?«, flüsterte das Mädchen, das jetzt einen ängstlichen Blick in den blauen Augen hatte.

Merlin wandte sich an Everest. »Ich nehme an, Sie können nicht mit mir kommen, Sir?«, fragte er. »Es wäre ja nur für eine halbe Stunde.«

»Würde es nicht reichen, wenn ich mitkomme?«, warf Judy ein. »Daddy geht es heute nicht so gut.«

Everest begegnete Merlins Blick. An seinem Gesichtsausdruck war zu erkennen, dass er die Situation erfasst hatte. »Ist schon gut, meine Liebe«, sagte er schnell. »Geh bitte und besorg uns ein Taxi.« Sobald Judy aus dem Zimmer war, fragte er Merlin: »Was ist passiert, Inspektor – ist Andrea tot?«

Der Inspektor nickte. »Sie ist ermordet worden«, sagte er leise. »Ich möchte, dass Sie die Leiche identifizieren – natürlich nur für den Fall, dass Miss Lake keinen Verwandten in der Nähe hat.«

Everest schüttelte den Kopf. »Auch hier hat sie uns sehr im Unklaren gelassen. Sie sprach überhaupt nie über ihre Familie. Wir nahmen es als selbstverständlich hin, dass sie eine Waise war. Ich war sehr froh, sie um Judys willen hier zu haben, und habe nie Fragen gestellt. Judy war sehr allein, als ihre Mutter starb, und ich kämpfte hart darum, mir einen Namen zu machen. Natürlich bestand Andrea immer darauf, für ihren Unterhalt aufzukommen. Sie war ein selbständiges Mädchen.«

Der Künstler winkte Merlins Hilfsangebot ab, rappelte sich auf und nahm die beiden Spazierstöcke, die an den

Schreibtisch gelehnt waren.

»Ich mache gerade eine schlechte Phase durch«, sagte er düster. »Die meisten Künstler haben sie. Seit Wochen versuchte ich, ein Porträt von Andrea zu malen. Da war ein Ausdruck in den Augen und eine Linie um den Mund, die sich mir immer entzogen. Ich konnte sie einfach nicht auf die Leinwand bringen.«

Er lehnte sich an den Schreibtisch und sah zum Inspektor hinüber. Für einen Moment waren seine Augen halb geschlossen. »Irgendetwas schien mir zu sagen, dass ich dieses Porträt nie fertigstellen würde«, sagte er leise.

Als der diensthabende Polizist das Laken zurückzog, das den Körper von Andrea Lake bedeckte, war das Gesicht des Künstlers unergründlich. Er nickte Merlin nur kurz zu und wandte sich ab.

»Sind Sie sich ganz sicher?«, hakte Merlin nach.

»Dieses Gesicht könnte ich nie vergessen«, antwortete Everest leise und stützte sich etwas stärker auf seinen Stöcken ab, als er zur Tür ging. Auf dem Rückweg im Taxi zündete er sich eine Zigarette an und schnippte das Streichholz durch das halb geöffnete Fenster.

»Es wird verdammt schwer, Judy das beizubringen«, sagte er, als das Taxi in die King's Road einbog.

»Kann ich Ihnen irgendwie helfen?«, begann Merlin, aber Everest schüttelte den Kopf.

»Nein, nein, ich möchte lieber den richtigen Augenblick abwarten und spreche dann in Ruhe mit ihr.«

»Wenn es Ihnen nichts ausmacht, würde ich mich gerne sofort in Miss Lakes Zimmer umsehen«, sagte Merlin. »Vielleicht gibt es dort einen Hinweis, dem sofort nachgegangen werden sollte.«

Everest nickte. »Ja, natürlich.«

Judy öffnete die Haustür, als das Taxi zum Stehen kam, und während Merlin sich umdrehte, um den Fahrer zu bezahlen, sagte Everest zu ihr: »Würdest du den Inspektor in das Zimmer von Andrea bringen und dann ins Arbeitszimmer kommen?«

Sie schien eine Frage stellen zu wollen, überlegte es sich aber anders und nickte nur auf die Bitte ihres Vaters hin.

Merlin sah sich in dem Zimmer um, das Andrea Lake bewohnt hatte. Es war für Chelsea typisch möbliert. Es gab ein bequemes Sofa hinter der Tür, zwei kleine Sessel, einen Schreibtisch und einen großen Kleiderschrank gegenüber dem Fenster. Der Schreibtisch war nicht verschlossen. Merlin begann sofort, dessen Inhalt zu untersuchen. Zwei der Schubladen waren leer, in anderen befanden sich Versicherungskarten, ein alter Theatervertrag, eine Schminkkarte mit mehreren unterstrichenen Punkten und zwei Tagebücher, die keinen einzigen Eintrag enthielten.

Offensichtlich war Andrea Lake nicht die Art von Person, für die private Besitztümer wichtig waren. Merlin hatte schon fast die Hoffnung aufgegeben, irgendeinen Hinweis auf ihre Beziehungen zur Außenwelt zu entdecken, als er einen Brief fand, der hinten in einer Schublade versteckt war. Er begann mit »Liebe Andrea« und trug die Adresse »Prince-Edward-Hospital, Wolverhampton«. Er war einen Monat zuvor datiert und handelte hauptsächlich von dem, was der Verfasser so beschrieb: »... das Trepanieren[2] war schwierig, als ich es zum ersten Mal machen musste ...«. Der Brief war mit »Leslie« unterzeichnet.

Merlin steckte ihn in seine Tasche und setzte seine Suche fort. Als Everest einige Minuten später ins Zimmer kam, folgte Merlin einer persönlichen Eingebung und zeigte ihm den Brief nicht.

»Ich dachte, das würde Sie interessieren, Inspektor«, sagte

---

[2] Trepanieren bezeichnet einen chirurgischen Eingriff, bei dem mit einem speziellen Bohrer (Trepan) eine Öffnung in den Schädelknochen gemacht wird.

der Künstler und deutete auf eine große Leinwand, die er bei sich trug.

In dem künstlichen Licht war es schwierig, das Bild zu beurteilen, aber Merlin konnte sofort erkennen, dass es sich um Andrea Lake handelte. Everest hatte sie im modernen Stil gemalt. Sie saß in einem Ohrensessel und trug einen weiten blauen Morgenmantel. Merlin stellte fest, dass der Künstler der attraktiven Figur und den wohlgeformten Beinen des Mädchens voll gerecht geworden war. Er bemerkte auch, dass sie damit beschäftigt war, einen Nylonstrumpf zu stopfen.

»Das ist merkwürdig«, sagte Kriminalinspektor Charles Merlin zu sich selbst. »Sehr merkwürdig.«

Nachdem er versprochen hatte, Everest über alle neuen Entwicklungen auf dem Laufenden zu halten, fuhr Merlin sofort zurück zum Yard und rief das Prince-Edward-Hospital in Wolverhampton an. Es war die diensthabende Krankenschwester, die ihm antwortete, als er nach Dr. Leslie verlangte.

»Hier gibt es keinen Dr. Leslie«, antwortete sie. »Es gibt nur Dr. Leslie Sanders?«

»Kann ich dann mit Dr. Sanders sprechen?«

»Leider nein, Sir. Dr. Sanders ist für ein paar Tage verreist und wird erst morgen um zehn Uhr zurück sein.«

Am nächsten Morgen fuhr Merlin mit dem Zug nach Wolverhampton und war noch vor elf Uhr im Sekretariat des Krankenhauses. Das Mädchen war etwas verdutzt, als er sich vorstellte, aber sie nahm den Hörer ab und bat darum, mit Dr. Sanders verbunden zu werden. Als sie den Hörer aufgelegt hatte, sagte sie: »Gehen Sie bitte ins Wartezimmer, Dr. Sanders kommt in ein paar Minuten runter.«

Das Wartezimmer war leer und Merlin ging zum Fenster, das auf den Innenhof des Krankenhauses hinausging. Ein paar Nachtschwestern machten gerade einen Morgenspaziergang und der Wagen eines Lebensmittelhändlers lieferte Lebensmittel aus. Er beobachtete sie untätig, als sich eine Tür öffnete und eine Stimme sagte: »Sie wollten mich sprechen, Inspektor?«

Merlin drehte sich um und sah eine attraktive Frau in den späten Zwanzigern in der Tür stehen. »Ich warte auf Dr. Sanders«, sagte er.

Die Frau nickte. »Ich bin Dr. Sanders.«

Merlin zögerte einen Moment, dann nahm er den Brief aus seiner Innentasche. »Sind Sie die Verfasserin dieses Briefes?«, fragte er.

Sie warf einen Blick auf den Brief und nickte.

»Tut mir leid, Sie zu stören, Doktor«, sagte Merlin, »aber ich ermittle im Mord an der Empfängerin dieses Briefes – Miss Andrea Lake.«

Leslie Sanders hielt sich an der Tischkante fest und ließ sich dann langsam auf einen Stuhl sinken. Die Farbe war aus ihrem Gesicht gewichen.

»Ich wusste nicht, dass Sie eine so gute Freundin von Miss Lake waren«, sagte Merlin, woraufhin ihn die junge Frau fragend ansah.

»Ich dachte, Sie wüssten es«, sagte sie. »Ich bin ihre Schwester.«

Merlin verbarg seine Überraschung und sagte leise: »Wir können hier nicht reden, Frau Doktor. Macht es Ihnen etwas aus, wenn wir für einen Moment in Ihr Büro gehen?«

Das Büro befand sich am Ende des Korridors und ähnelte, abgesehen von einer Reihe von Büchern, die Merlin sofort ins Auge stachen, den meisten Sprechzimmern von Ärzten. Die Bücher standen in einem Regal unter dem Fenster und die Titel deckten viele Aspekte der Kriminologie ab, von der medizinischen Rechtsprechung bis zur Jugendkriminalität.

»Interessieren Sie sich für Kriminologie?«, fragte Merlin.

»Das ist ein Hobby von mir, seit ich hierhergekommen bin«, sagte Leslie. Sie setzte sich auf die Armlehne eines großen Stuhls gegenüber dem Inspektor. »Erzählen Sie mir jetzt bitte alles über meine Schwester«, sagte sie leise.

Nachdem er ihr von dem Mord erzählt hatte, sagte der Inspektor: »Jetzt muss ich Ihnen noch ein paar Fragen stellen, Frau Doktor.«

Merlin erfuhr, dass Leslie fünf Jahre älter war als Andrea, dass sie beide über ein kleines Privateinkommen verfügten und dass die Schauspielerin ihrer Schwester gesagt hatte, dass sie mit Keith Everest und seiner Tochter sehr glücklich in Chelsea leben würde.

»Ich glaube, Mr. Everest hat sogar ein Porträt von Andrea gemalt«, sagte Leslie, woraufhin der Inspektor nickte.

»Ja, ich habe es gesehen«, antwortete er leise.

Während er im Speisewagen auf dem Rückweg nach London an seinem Kaffee nippte, dachte Inspektor Merlin darüber nach, dass er auf seiner Reise in die Midlands kaum etwas erfahren hatte, abgesehen von der Entdeckung, dass Andrea Lake eine Schwester und keine anderen lebenden Verwandten hatte. Offensichtlich wussten die beiden Schwestern jedoch sehr wenig über das Privatleben der anderen.

In Euston angekommen, kaufte sich Merlin eine Abendzeitung und sah, dass auf der Titelseite ein großer Artikel über den Mord an Andrea Lake stand. Er enthielt jedoch inhaltlich nichts Neues.

Zwei Tage später, nach der gerichtlichen Untersuchung, bei der Keith Everest als Zeuge aussagte und die Geschworenen zu dem Schluss gekommen waren, dass es sich um Mord durch einen oder mehrere Unbekannte handelte, sprach Keith Everest Inspektor Merlin an, als sie beide gerade den Gerichtssaal verließen.

»Hätten Sie eine Stunde Zeit, Inspektor? Ich wurde darum gebeten, Sie auf eine Tasse Tee einzuladen.« Er sah, wie Merlin zögerte, und fügte dann hinzu: »Andreas Schwester ist bei uns. Sie würde Sie sehr gerne wiederzusehen.«

»Sie meinen, sie wohnt bei Ihnen?«, fragte Merlin überrascht.

»Sie hat Sonderurlaub vom Krankenhaus bekommen«, erklärte Everest, während er ein Taxi heranwinkte. »Als sie zu uns kam, habe ich ihr gesagt, dass sie gerne Andreas Zimmer haben kann, wenn sie will. Sie hat das Angebot sofort angenommen.«

Merlin war fasziniert von der Idee, Leslie Sanders wiederzutreffen. Als sie das Haus in Chelsea betraten, saßen Judy und Dr. Sanders im Wohnzimmer auf niedrigen Stühlen, zwischen denen ein Teetisch stand.

»Die Polizei ist also einer Lösung immer noch nicht nähergekommen«, sagte Dr. Sanders, nachdem Everest kurz über die Ergebnisse der Untersuchung berichtet hatte.

»Leider nicht«, musste Merlin zugeben. »Ihre Schwester war in vielerlei Hinsicht eine schwer fassbare Person.«

Leslie nippte an ihrem Tee. »Vielleicht hat eine Amateurin mehr Glück als ein Profi«, murmelte sie.

»Eine Amateurin?«, wiederholte Merlin ein wenig verwirrt. »Sie wollen doch nicht etwa sagen, dass Sie …«

Um den wohlgeformten Mund, der so sehr an den ihrer Schwester erinnerte, lag ein schwaches Lächeln. »Der Oberarzt hat mir einen Monat Urlaub gegeben und mir geraten, die Dinge ruhig anzugehen. Aber ich habe ihm diesbezüglich keine Versprechungen gemacht. Die Kriminologie hat mich schon immer gereizt und ich habe mich oft gefragt, ob ich jemals die Gelegenheit bekommen würde, mein theoretisches Wissen in der Praxis anzuwenden.«

Merlin rückte unbehaglich auf seinem Sessel hin und her. »Ich möchte Sie nicht entmutigen, Frau Doktor«, sagte er, »aber die Verbrechensaufklärung ist heutzutage etwas für hochspezialisierte Leute. Einen Mörder zu finden, ist eine Aufgabe für eine bestimmte Einrichtung. Der Einzelne kann da nie mithalten.«

Wieder flackerte das leicht spöttische Lächeln um Leslie Sanders' Mundwinkel. »Und dennoch gibt es Jahr für Jahr eine Vielzahl ungeklärter Fälle«, erwiderte sie.

Merlin wurde etwas ungeduldig.

»Es ist längst nicht so einfach, einen Mörder zu schnappen, wie Sie sich das vorstellen, Frau Doktor. Das kann man nicht aus Büchern lernen.«

»Offensichtlich gefällt Ihnen die Vorstellung nicht, dass sich eine Privatperson mit Dingen beschäftigt, die in ihren Kompetenzbereich fallen.«

Merlin zuckte mit den Schultern. »Kein Gesetz verbietet das«, gab er zu. »Aber für Sie wäre es weniger gefährlich, an Hochspannungsleitungen herumzuspielen.«

Gerade als sie etwas erwidern wollte, läutete das Telefon, und Everest ging ran. Er kam umgehend zurück und sah etwas beunruhigt aus.

»Es ist dieser junge Mann, Clive«, stammelte er. »Er – er scheint nichts von Andreas Tod zu wissen. Er sagt, er sei gerade erst aus dem Ausland zurückgekommen.«

»Soll ich mit ihm sprechen?«, fragte Dr. Sanders schnell.

Merlin zögerte einen Moment, dann nickte er. Er durchquerte den Raum und blieb in der Tür stehen, um Leslies Anteil des Gesprächs zu hören. Sie sah angespannt aus, als sie den Hörer auflegte und sich ihm zuwandte.

»Er dachte, ich sei Andrea«, sagte sie. »Er hat mich gebeten, ihn zu treffen. Er sagte, er werde in seinem Auto hinter dem Theater auf mich warten.« Leslie stand dem Inspektor jetzt genau gegenüber und hatte einen entschlossenen Gesichtsausdruck. »Ich habe zugesagt, ihn zu treffen«, sagte sie. »Ich muss herausfinden, was er über Andrea weiß.«

»Das war ziemlich clever«, stimmte Merlin zu. »Ganz offensichtlich hat er die Zeitungsmeldungen nicht gesehen.«

»Was ist, wenn er vor zehn Uhr heute Abend von Andreas Tod erfährt?«, fragte Keith Everest.

»Dann wird er die Verabredung wohl aus reiner Neugier einhalten«, sagte Leslie.

»Andererseits, falls er indirekt in den Mord verwickelt ist, könnte ihn die Nachricht vielleicht abschrecken«, sagte Merlin. »Ich denke, es ist besser, wenn ich mitkomme. Nur für den Fall ...«

Leslie schüttelte den Kopf. »Er könnte wertvolle Informationen haben und ich möchte ihn auf keinen Fall abschrecken.«

Merlin griff nach seinem Hut. »In Ordnung, Dr. Sanders, es liegt in Ihrer Verantwortung«, sagte er.

Leslie kam am Theater an, als die Zuschauer gerade gingen. Seit der Sensation rund um Andreas Tod lief das Geschäft gut. Während sich die Menge auflöste, spazierte Leslie gemächlich die Shaftesbury Avenue entlang. Sie nahm an, dass sich der kleine Parkplatz, den Clive erwähnt hatte, am äußersten Ende der Straße befand, die zum Bühneneingang führte. Als sie wieder beim Theater ankam, stand nur noch ein einziges Auto auf dem Parkplatz, der unbeleuchtet war. Nur der Schein der Straßenlaternen erhellte ihn von der Shaftesbury Avenue her. Als Leslie auf gleicher Höhe mit dem Auto war, klopfte sie leicht an die Heckscheibe.

Im Inneren bewegte sich nichts. Plötzlich kam ihr der Gedanke, dass dies vielleicht gar nicht das Auto war, aber die Anweisungen am Telefon waren klar genug gewesen. Sie schaute sich noch einmal um. Der Parkplatz war offensichtlich menschenleer. Schließlich ging sie zu dem Auto und öffnete die Hintertür.

Der Körper einer jungen Frau sackte nach vorne und fiel auf sie zu. Schon als sie sich bückte, um den Puls des Mädchens zu ertasten, ahnte Leslie, dass sie tot war. Als die Ärztin die Frau aufrichtete und an das Auto anlehnte, sah sie, dass ein Nylonstrumpf fest um ihren Hals geknotet war. Erst in diesem Augenblick erkannte Dr. Sanders das Mädchen.

Es war Judy Everest.

Kapitel zwei

Leslie legte ihre Hände unter die Schultern des toten Mädchens und hob sie sanft zurück ins Auto. Dann griff sie nach oben und schaltete die Innenbeleuchtung ein. Das Licht war nicht sehr stark und für den Bruchteil einer Sekunde dachte Leslie, sie hätte sich geirrt, als sie angenommen hatte, das Mädchen sei die Tochter von Keith Everest. Ihr Gesicht war stark geschminkt, die Frisur elegant. Ein weiterer Blick genügte jedoch, um festzustellen, dass es sich bei dem Mädchen zweifellos um Judy Everest handelte.

Leslie bemerkte, dass Judy sich offensichtlich gewehrt hatte. Ihr Kleid war stark zerrissen, ihr Lippenstift und ihr Make-up im Gesicht verschmiert. Einer ihrer Strümpfe war ganz heruntergerissen worden. Mit einem plötzlichen Gefühl des Schauderns erkannte Leslie, dass es Judys eigener Strumpf gewesen war, mit dem der Mörder sie erwürgt hatte.

Ein oder zwei Minuten lang saß Leslie auf der Kante des Sitzes neben dem toten Mädchen und spielte nachdenklich mit dem Strumpf herum. Sie erinnerte sich daran, dass ihre Schwester Andrea auf dieselbe Weise zu Tode gekommen war. Es war offensichtlich derselbe Mörder, ein Mensch mit einem gestörten Geist und einer seltsamen Besessenheit.

»Ein interessanter Fall«, dachte Leslie, wobei ihr beruflicher Instinkt für den Moment die Oberhand gewann.

Diese seltsame Verwandlung von Judy Everest war ihr immer noch ein Rätsel. Nach dem, was Andrea über sie erzählt hatte, und nach ihrer eigenen kurzen Bekanntschaft mit dem Mädchen hatte Leslie angenommen, dass sie eine Stubenhockerin war, die sich damit begnügte, ihrem Vater den Haushalt zu führen, ohne besondere Sehnsucht nach einer künstlerischen Karriere oder nach fernen Horizonten. Warum sollte sie diese Rolle einer Gesellschaftsfrau angenommen haben, die mit einem so tragischen Höhepunkt endete?

Der Tod war für Leslie nichts Neues, aber dies war ihre erste Begegnung mit einem Mord. Sie war ein wenig überrascht, dass sie bei dem Gedanken an das unbekannte Element in dieser Situation zitterte.

Der Inspektor hatte recht gehabt, murmelte sie im Stillen zu sich selbst. So etwas konnte man nicht aus Büchern lernen. Diese Kälte und dieses Unheimliche konnte man in Büchern nicht beschreiben.

Sie schaltete die Innenbeleuchtung aus, schloss die Tür und duckte sich plötzlich ohne ersichtlichen Grund und unwillkürlich. Später, als sie Inspektor Merlin den Vorfall schilderte, konnte sie beim besten Willen nicht sagen, warum sie sich gerade in diesem Moment plötzlich geduckt hatte. Sie hatte es jedoch getan und ihr Instinkt hatte ihr Leben gerettet. Die Kugel verfehlte sie nur um wenige Zentimeter, prallte vom Kotflügel ab und zerschmetterte die Windschutzscheibe.

Leslie stand erschrocken mit dem Rücken zum Auto und begann zu zittern. Sie wusste, dass derjenige, der den Schuss abgegeben hatte, einen Schalldämpfer benutzt hatte und sie wahrscheinlich immer noch aus den dunklen Schatten des verlassenen Parkplatzes beobachtete. Um jeden Preis musste sie diesen Ort verlassen und die überfüllte, sichere Shaftesbury Avenue erreichen.

Plötzlich fasste sie einen Entschluss, holte tief Luft und lief los. Wie es das Schicksal wollte, erreichte sie die Shaftesbury Avenue problemlos und unversehrt. Dort war jedoch kein Polizist in Sicht. Sie überlegte gerade, ob sie in Richtung Piccadilly Circus laufen sollte, als eine vertraute Gestalt aus der Tür eines gegenüberliegenden Tabakladens trat und die Straße zu ihr überquerte.

»Sie sehen ein wenig verstört aus, Dr. Sanders«, sagte Kriminalinspektor Merlin. »Hat Ihr Freund Sie versetzt?«

Sie schluckte schwer und fand schließlich ihre Stimme

wieder.

»Es hat einen weiteren Mord gegeben«, keuchte sie. »Es ist furchtbar!« Sie erzählte ihm die Tatsachen detailliert, während sie im Laufschritt zum Parkplatz zurückeilten. Vom gegenüberliegenden Ende her sahen sie eine schemenhafte Gestalt auf sie zukommen. Als sie das Auto erreichten, stand ein Polizist daneben.

»Haben Sie auf Ihrer Seite irgendetwas Verdächtiges entdeckt, Sergeant?«, fragte Merlin. Der Sergeant schüttelte den Kopf.

»Soll das etwa heißen, Sie beide haben diesen Platz beobachtet?«, fragte Leslie ungläubig.

Merlin nickte. »Nach diesem Anruf schien dies eine weise Vorsichtsmaßnahme zu sein – nur für den Fall, dass etwas passieren sollte. Aber der Mörder scheint mit seinem Auto direkt vor unserer Nase davongefahren zu sein. Wie dem auch sei, sehen wir uns das Mädchen mal an.«

Er öffnete die Autotür. Die Leiche lag genauso da, wie Leslie sie zurückgelassen hatte. Nach einer schnellen Untersuchung schickte er den Sergeant los, um den Polizeiarzt, die Fingerabdruckexperten und einen Fotografen zu holen. Leslie konnte sehen, dass ihn die Veränderung von Judys Aussehen offensichtlich verwunderte. Als der Sergeant gegangen war, sagte er: »Hatten Sie eine Ahnung, dass sie sich so auftakelt, um auszugehen?«

»Nicht im Geringsten«, antwortete Leslie, »ich kannte sie aber auch nicht besonders gut. Ihr Vater schien sie für einen naiven Typ zu halten und betrachtete sie als eine Art Ersatzfrau seit dem Tod seiner Gattin.«

Merlin runzelte die Stirn. »Allerdings benutzen die meisten Mädchen in ihrem Alter Make-up und tragen auch Nylons«, überlegte er. »Wir dürfen es nicht überbewerten und sie zu streng verurteilen, nur weil sie gelegentlich ausging.«

»Trotzdem wird das ein Schock für ihren Vater sein«, sagte Leslie. »Ich glaube nicht, dass er auch nur im Entferntesten wusste, dass sie auch diese Seite hatte. Ich bin nicht gerade angetan von der Idee, ihm die Nachricht zu überbringen.«

»Ich kümmere mich darum«, sagte Merlin prompt. »Sobald ein Polizeiwagen kommt, schicke ich ihn hin. Ich muss sagen, dass Sie so aussehen, als ob sie einen Drink vertragen könnten.«

Er blickte auf seine Armbanduhr. »Es ist zwar schon Polizeistunde, aber wenn Sie auf noch einen Sprung in die Bar *La Barsenda* gehen wollen … Sie ist oben an der Wardour Street, eine Neonreklame blinkt draußen … Sagen Sie, dass ich Sie geschickt habe, dann bekommen sie noch einen Drink. Ich würde Sie gerne begleiten, aber ich muss mich um das hier kümmern. Außerdem werden die Kollegen jede Minute hier sein.«

»Eine sehr höfliche Art, eine Privatperson vom Tatort zu entfernen, um dann die Berufsermittler auf die Spur zu hetzen«, erwiderte Leslie mit einem ironischen Lächeln.

»Daran habe ich nicht gedacht«, antwortete Merlin ganz aufrichtig, »ich war lediglich um Sie besorgt.«

»Ich kann sehr gut auf mich allein aufpassen«, versicherte sie ihm zuversichtlich. Mittlerweile hatte sie ihre Fassung wiedergefunden.

»Dennoch mache ich mir Sorgen um Sie«, sagte er. »Judy war schon die zweite, die man mit einem Nylonstrumpf erwürgt hat – und seit dem Revolverschuss vorhin steht für mich fest, dass Sie die Nächste sein sollen.«

Leslie sah nachdenklich aus. »Glauben Sie, dass Judy diesen mysteriösen Clive gekannt haben könnte?«, fragte sie.

»Es scheint bezeichnend zu sein, dass er mich gebeten hat, ihn hier zu treffen, aber die Verabredung nicht eingehalten hat.«

Merlin schüttelte den Kopf. »Ich fürchte, dass wir die Antwort darauf heute Abend nicht mehr finden werden«, antwortete er. »Jetzt kommen erst mal die ganzen Routineangelegenheiten. Sie sollten jetzt wirklich einen Drink zu sich nehmen und dann nach Hause gehen und sich ins Bett legen.

Aber geben Sie uns erst Gelegenheit, Everest die Nachricht zu überbringen.«

Nach ein wenig Überredungskunst willigte Leslie ein, seinem Vorschlag zu folgen, sie verzichtete jedoch auf den Drink in der Bar. Sie beschloss, zu Fuß nach Charing Cross zu gehen, im Bahnhofsbuffet eine Tasse Kaffee zu trinken und dann mit der U-Bahn nach Hause zu fahren.

Als sie in die Charing Cross Road einbog, hatte sie das unangenehme Gefühl, dass sie verfolgt wurde. Es gab keine greifbaren Beweise dafür. Obwohl sie mehrmals anhielt, um sich Theaterreklamen und Schaufenster anzusehen, konnte sie niemanden sehen, der sie möglicherweise beobachtete.

Sie vermied die Abkürzung an der Rückseite von St. Martin-in-the-Fields und ging zum Trafalgar Square, vorbei am *South Africa House*. Als sie den Strand-Boulevard überquerte, sah sie, wie ganze Menschenmassen aus den nahegelegenen Kinos kamen. Sie schloss sich ihnen spontan an, als sie in die U-Bahn-Station strömten.

Am Fahrkartenschalter gab es eine lange Warteschlange. Sie stand eingeklemmt zwischen einem kräftigen Mann mittleren Alters, der offensichtlich eine Kneipentour hinter sich hatte, und einem höflichen jungen Studenten, der sich jedes Mal, wenn er von der Menge nach vorne gedrückt wurde, überschwänglich entschuldigte. Leslie war froh, als sie endlich auf dem Bahnsteig stand. Doch selbst dort konnte sie das Gefühl nicht ganz loswerden, dass sie beobachtet wurde, dass irgendwo ein Paar verstohlener Augen auf sie gerichtet war.

Immer mehr Menschen drängten sich auf den Bahnsteig. Endlich kam der Schwall heißer Luft, der die Annäherung eines Zuges ankündigte. Der Geruch von Maschinenöl, Desinfektionsmittel und müden Menschen überwältigte sie fast. In der Erwartung, dass es schwierig werden könnte, in den Zug einzusteigen, bewegte sich die Menge leicht zum Rand des Bahnsteigs, als der Zug am anderen Ende auftauchte. Als der Zug noch etwa zwanzig Meter entfernt war, gab es eine weitere Bewegung in der Menge. Sie spürte einen gezielten Druck von hinten, der sie fast aus dem Gleichgewicht brachte. Beinahe wäre sie auf die Schienen gestürzt. Als der Zug nur noch fünf Meter entfernt war, stand Leslie direkt an der Kante des Bahnsteigs.

Plötzlich packte sie jemand mit festem Griff an ihrem Arm, und sie wurde mit einem abrupten Ruck nach hinten gezogen.

»Großer Gott! Das war ganz schön knapp! Ich hoffe, ich habe Ihnen nicht wehgetan.«

Leslie drehte sich um und sah einen schlanken Mann in den frühen Dreißigern direkt hinter ihr stehen. Er hatte eher markante Züge, eine Hakennase und ein freundliches Lächeln. Der Zug bremste ruckartig. Der Mann hielt Leslie noch immer am Arm fest, als sie sich in den Zug drängten, und stellte sich neben sie in den Gang.

»Leiden Sie öfters unter Schwindelanfällen?«, fragte er, als sie sich bei ihm bedanken wollte.

Sie schüttelte den Kopf. »Jemand hat mich nach vorne gestoßen ... Natürlich kann es auch die drängende Menge gewesen sein ...«

»Ist wieder alles in Ordnung mit Ihnen?«

»Ja, danke. Es war ein Glück, dass Sie mich festgehalten haben.«

Er lächelte und unterhielt sich ein oder zwei Minuten mit ihr. Allmählich verlor Leslie ihre Angst. In der Victoria Station erkundigte er sich, ob sie sich wieder ganz erholt hatte. Als sie ihm versicherte, dass es ihr wieder gut ging, stieg er aus. Der Zug war jetzt ein bisschen mehr als halb voll. Sie saß ziemlich lustlos da und betrachtete die Reihe der Gesichter gegenüber, ohne ein Flackern des Erkennens hervorzurufen. Das Gefühl, dass jemand sie beobachtete, war zurückgekehrt.

Sie musterte sorgfältig einen nach dem anderen. Die meisten von ihnen sahen müde aus und keiner erregte ihren Verdacht. Wer von ihnen könnte Interesse an ihr haben?

Es war fast halb zwölf, als Leslie den Sloane Square erreichte und einen Bus der Linie elf über die King's Road bestieg. Als sie in die Walsingham Street einbog, fuhr gerade ein Polizeiauto vor dem Haus der Everests ab.

Als sie eintrat und die Haustür hinter sich schloss, bemerkte sie, dass im Wohnzimmer Licht brannte, also klopfte sie vorsichtig an die Tür und steckte den Kopf hinein. Keith Everest saß zusammengesunken in einem Sessel, ein leeres Glas stand neben ihm auf dem Boden. Er schien kaum zu bemerken, dass sie den Raum betrat.

»War die Polizei hier?«, fragte sie leise.

Er nickte. Ihm schien es jedoch unangenehm zu sein, ihr in die Augen zu sehen. »Ich kann nicht glauben, dass Judy so war«, murmelte er. »Sie war so ein ruhiges, einfaches Mädchen. Das muss ein Irrtum sein. Sie hat nie das geringste Interesse an Make-up gezeigt.«

»Ich versichere Ihnen, dass sie stark geschminkt war, als ich sie fand«, sagte Leslie.

Everest lehnte sich in seinem Stuhl nach vorne. Seine Gesichtszüge waren plötzlich lebhaft. »Glauben Sie nicht, dass der Mörder sie erst geschminkt hat, nachdem er sie umgebracht hatte?«, schlug er verbissen vor.

»Aber warum sollte er so etwas tun?«

»Der Mann ist ja offensichtlich verrückt. Genau so etwas könnte er doch dann tun …«

Leslie dachte ein paar Sekunden lang darüber nach. »Vielleicht haben Sie recht«, sagte sie schließlich. Es schien keinen Sinn zu haben, ihn zu desillusionieren. Selbst wenn sie dazu in der Lage gewesen wäre, hätte sie darauf verzichtet.

»Haben Sie eine Ahnung, ob Judy jemals mit diesem Clive telefoniert hat?«, fragte sie schließlich.

»Nicht, dass ich wüsste …«, sagte Everest, um dann plötzlich innezuhalten. »Doch, ich erinnere mich! Es war vor einigen Wochen. Ich kam eines Nachmittags zurück, als Judy am Telefon war. Ich konnte sie hören, als ich durch den Flur kam.

Als sie den Tee brachte, fragte ich sie, mit wem sie gesprochen habe, und sie sagte, es sei Clive gewesen, der mit Andrea sprechen wollte.« Der Künstler zögerte. »Andrea hatte an diesem Tag eine Matinee. Judy meinte, sie habe ihm gesagt, dass er im Theater anrufen soll. Ich erinnere mich, dass ich mich damals fragte, warum Judy so lange gebraucht hatte, um eine so kurze Antwort zu geben.«

Everest leerte sein Glas und schenkte sich einen weiteren Drink ein. Leslie machte keine Anstalten, ihn davon abzubringen. Es war offensichtlich, dass er von der Tragödie arg mitgenommen war, und sie wusste, dass der Alkohol zumindest sein Denkvermögen trüben würde.

»Ich habe Judy immer als den Inbegriff der Natürlichkeit betrachtet«, sinnierte er. »Ich habe sie doch als *Das Mädchen in Gingham* gemalt. Ich versichere Ihnen, da war kein bisschen Make-up in ihrem Gesicht.« Everest musste mindestens eine halbe Flasche Whisky getrunken haben und wurde allmählich weinerlich sentimental. »Seit dem Tod ihrer Mutter war sie der Dreh- und Angelpunkt meiner Existenz«, sagte er. Da Leslie sich ein wenig mit Künstlern auskannte, bezweifelte sie, dass dies wirklich der Wahrheit entsprach, aber sie ließ es unkommentiert stehen. Sie wollte, dass er weitersprach, in der Hoffnung, dass er eine kleine Bemerkung fallen lassen würde, die ihr bei ihren Nachforschungen von Nutzen sein könnte. Aber obwohl Keith Everest bereit war, über sich selbst, seine Arbeit und die Kinderlähmung zu sprechen, die ihn in einen Halbinvaliden verwandelt hatte, erzählte er ihr nichts von wirklicher Bedeutung. Sie ermutigte ihn, über Andrea zu sprechen, aber auch hier fügte er dem, was sie bereits wusste, keine weiteren Informationen hinzu.

»War ein schönes Mädchen, Ihre Schwester Andrea. Schönes Mädchen ...«, wiederholte er immer wieder. »Das wäre das Bild des Jahres geworden ...«

Leslies Gedanken schweiften zu dem betreffenden Porträt, zu Andrea, die einen Nylonstrumpf stopfte, und zu einem anderen Strumpf, der über die Armlehne eines Stuhls geworfen worden war. »Wie sind Sie auf die Idee zu diesem Bild gekommen?«, fragte sie plötzlich. »Andrea war doch ganz und gar nicht der häusliche Typ.«

Er dachte einige Augenblicke lang über die Frage nach und runzelte leicht die Stirn, bevor er antwortete. »Es war die Idee Ihrer Schwester«, antwortete er schließlich. »Sie hat darauf bestanden, dass eine gute Schauspielerin jede Rolle angemessen spielen konnte. Sie sagte, es wäre eine Übung für sie … und sie sah großartig aus … ein schönes Mädchen, Andrea …« Sein Kinn sank auf seine Brust und seine Augen waren halb geschlossen. Schließlich überredete sie ihn, ins Bett zu gehen.

Als Leslie ins Zimmer kam, das Andrea bewohnt hatte, schloss sie die Tür. Dabei fiel ihr ein, dass sie mit Keith Everest allein im Haus war. Sie suchte nach einem Schloss, musste aber feststellen, dass es keinen Schlüssel gab. Auch ein Riegel war nicht an der Tür.

Nach einigem Zögern musste sie über ihre Panikmache selbst lachen. Immerhin war Keith Everest ein gehbehinderter Mann und obendrein halb betrunken. Trotzdem wollte sie ihm am nächsten Morgen vorschlagen, eine Haushälterin zu engagieren, die im Haus schlafen würde.

Sie ließ sich auf das Sofa sinken und ließ die Ereignisse des Tages Revue passieren. Dann hob sie den hellen Mantel auf, den sie am Abend getragen hatte, hängte ihn auf einen Bügel und nahm ihr Taschentuch aus einer der Seitentaschen. Dabei flatterte plötzlich ein Zettel auf den Boden. Er war von einem kleinen Schreibblock abgerissen und in der Mitte gefaltet worden. Sie öffnete ihn beiläufig und dachte, es sei vielleicht eine alte Einkaufsliste. Dann sah sie die seltsame Handschrift. Die Notiz war hastig mit einem Kugelschreiber gekritzelt worden, der etwas zu flüssig schrieb.

Leslie las: »*Ich habe erst erfahren, dass Andrea ermordet wurde, nachdem ich mit Ihnen telefoniert habe. Sie müssen herausfinden, wer es getan hat. Ich bin diesbezüglich auf einen Hinweis gestoßen. Kein Wort zur Polizei! Wir müssen das auf unsere Weise erledigen. Ich werde mich morgen mit Ihnen in Verbindung setzen. Clive.«*

Leslie ließ sich in einen Sessel fallen und unterdrückte das plötzliche Verlangen, Keith Everest von dem Brief zu erzählen. Es war unwahrscheinlich, dass er Licht in die Sache bringen konnte. Er war im Augenblick nicht einmal in der Lage, darüber zu sprechen.

Wie war der Zettel in ihre Tasche gekommen? In der U-Bahn? Vielleicht im Aufzug oder auf dem Bahnsteig? Offensichtlich hatte sie jemand absichtlich angerempelt und ihr den Zettel zugesteckt. Ihr Gehirn arbeitete auf Hochtouren, als sie versuchte, sich an die vielen Gesichter zu erinnern, die in den letzten paar Stunden in ihr Blickfeld geraten waren. Wer von ihnen war Clive gewesen?

Nachdem sie die Nachricht mehrmals durchgelesen hatte, öffnete sie eine Schublade und legte sie unter die Auskleidung mit Zeitungen. Es schien ihr ein gutes Versteck zu sein. Dann zog sie sich aus, legte sich ins Bett und schaltete das Licht aus.

Eine ferne Uhr schlug eins. Aber ihr Kopf war immer noch mit dem geheimnisvollen Clive beschäftigt. Warum hatte er nicht einfach mit ihr gesprochen, statt ihr zu folgen und auf eine Gelegenheit zu warten, ihr den Zettel in die Tasche zu stecken? Und wie konnte er in so kurzer Zeit einen wichtigen Hinweis entdeckt haben? Es konnte natürlich ein Bluff sein, um sie von dem wahren Mörder abzulenken.

Bald darauf fiel sie in einen unruhigen Halbschlaf und träumte, sie sei im Atelier und betrachte das Porträt von Andrea. Die Ränder der Leinwand schienen plötzlich zu verschwinden, als ob sie einen Film gesehen hätte und die Kamera näher herangefahren wäre, damit sie es betrachten konnte. Alles, was sie jetzt noch sehen konnte, war Andrea, die dasaß und einen Strumpf stopfte. Plötzlich schien sich Andreas Gesichtsausdruck zu verändern, bis Leslie erkannte, dass es das schwer fassbare Heben von Mund und Kinn war, das Keith Everest vergeblich zu malen versucht hatte. Es war die alte Andrea, die sie so gut kannte … Mit einer schnellen Bewegung lehnte sich das Mädchen im Stuhl nach vorne und streckte Leslie mit beiden ausgestreckten Händen den Nylonstrumpf entgegen.

Als sie aufwachte, spürte sie, wie ihr Herz schnell pochte. Außerdem hatte sie das beängstigende Gefühl drohenden Unheils, das einem Alptraum in den frühen Morgenstunden immer folgte. Einige Minuten lang überlegte sie, ob sie eine der Schlaftabletten nehmen sollte, die sie immer dabeihatte. Dann setzte sich plötzlich kerzengerade auf. Es war nicht zu überhören, dass sich leise Schritte langsam den Gang entlang bewegten und in jedem Moment ein wenig näherkamen. Instinktiv suchte sie nach einer naheliegenden Erklärung. Zweifellos spürte Keith Everest die Nachwirkungen des vielen Whiskys, den er getrunken hatte, und wollte, dass sie ihm ein Beruhigungsmittel verschrieb.

Sie streckte sich, schaltete ihre Nachttischlampe ein und wartete auf ein Klopfen an der Tür. Die Schritte verstummten plötzlich. Es gab eine Pause von mehreren Sekunden, dann wurde ihr klar, dass er nicht klopfen würde. Sie konnte sehen, wie sich die Klinke langsam zu drehen begann. Die Erkenntnis, dass die Tür nicht verschlossen war, schien sie zu lähmen. Hilflos lag sie da und sah zu, wie sich die Tür langsam öffnete.

Keith Everest stand da, die Augen starr, ein seltsamer Ausdruck auf seinen beweglichen Zügen. Sein Mund bewegte sich krampfhaft, aber er machte keinen Versuch zu sprechen. Als Leslie schließlich ihren Blick von seinem Gesicht abwandte, sah sie, dass er einen schweren, gesteppten Morgenmantel über seinem Schlafanzug trug. Seine rechte Hand umklammerte noch immer den Türgriff. Als er sich ihr zuwandte, sah sie, dass er nervös etwas um die Finger seiner freien Hand wickelte.

Es war ein Nylonstrumpf.

Kapitel drei

Keith Everest ließ die Türklinke los und hielt ihr den Nylonstrumpf entgegen. Leslie stützte sich auf ihren rechten Ellbogen. Sie spürte, wie sie leicht zurückwich, als er einen Schritt in den Raum machte. Seine Augen schienen in einem seltsamen Licht zu brennen und eine unordentliche, eisengraue Haarlocke hing ihm in die Stirn. Als er langsam auf sie zukam, hob sie ihren nackten linken Arm an den Hals, als wolle sie ihn schützen.

Endlich sprach er. »Das hier habe ich in Judys Zimmer gefunden«, sagte er mit heiserer, unnatürlicher Stimme. »Ich habe ihre Sachen durchsucht … teure Abendkleider, Zigaretten und drei verschiedene Schminkköfferchen. Was hat das zu bedeuten, Frau Doktor? Ich habe fast zwanzig Jahre lang mit ihr unter einem Dach gelebt und kenne meine eigene Tochter nicht.«

Leslie hatte sich inzwischen wieder gefasst, denn sie erkannte, dass hinter diesem etwas unorthodoxen Besuch keine bösen Absichten steckten. Everest war offensichtlich ausgesprochen verzweifelt, und der ganze Whisky, den er getrunken hatte, schien ihn eher aufgewühlt als beruhigt zu haben. Mit großer Anstrengung tastete er sich zu einem Stuhl vor. »Gott weiß, ich habe schon viel von der Schattenseite des Lebens gesehen«, keuchte er, »aber jetzt das mit Judy! Seit Jahren habe ich mit einer völlig Fremden zusammengelebt. Selbst wenn sie nicht meine Tochter gewesen wäre, wäre das ein furchtbarer Schock gewesen. Ich habe Angst, ihr Zimmer noch einmal zu betreten, weil ich nicht weiß, was ich dort sonst noch …«

Leslie schob ihre Füße in ihre Pantoffeln und zog ihren Morgenmantel an. »Warten Sie damit bis morgen früh«, riet sie ihm. »Gehen Sie jetzt wieder ins Bett und versuchen Sie, etwas zu schlafen.«

Everest fuhr fort: »Es ist schrecklich, daran zu denken, dass Judy sich mir nie anvertraut hat. Seit dem Tod ihrer Mutter hatte ich immer den Eindruck, dass sie mir alles erzählte …«

»Sie war ein sehr attraktives Mädchen«, sagte Leslie. »Hat sie denn jemals einen jungen Mann erwähnt?«

Er schüttelte den Kopf. »Sie schien keine Zeit für Männer zu haben.« Er brach abrupt ab und sie konnte den Ausdruck des Zweifels in seinen Augen sehen.

»Ich nehme an, Judy war oft allein unterwegs«, schlug sie vor.

»Ja, sie verbrachte sehr viel Zeit in der Bibliothek. Sie interessierte sich sehr für Gobelinarbeiten und kramte immer wieder Muster aus alten Büchern hervor. Sie sagte, sie wolle eine Artikelserie darüber für eine Frauenzeitschrift schreiben. Sie zeigte dem Herausgeber vor fast einem Jahr einige ihrer Arbeiten, woraufhin er die Serie mehr oder weniger in Auftrag gab. Judy sagte jedoch, dass sie damit nicht anfangen wollte, ehe sie ihre Recherchen abgeschlossen hatte.«

»Ein Jahr ist eine lange Zeit, um nur für ein paar Artikel zu recherchieren«, sagte Leslie leise. »Wie oft war sie denn in der Bibliothek?«

Everest stand plötzlich auf und ging mit großer Anstrengung zur Tür. »Mindestens drei Nachmittage in der Woche«, antwortete er. »Manchmal auch am Abend. Ich glaube, die Bibliothek hat bis neun Uhr geöffnet.«

Leslie überlegte, ob sie ihm Hilfe anbieten oder einen seiner Gehstöcke holen sollte, aber er humpelte den Gang entlang. Kurz darauf hörte sie, wie sich seine Zimmertür schloss. Sie schloss ihre eigene Tür und hob dann den Nylonstrumpf auf, der auf den Boden gefallen war. Tief in Gedanken versunken ließ sie das feine Gewebe durch ihre Finger gleiten. Schließlich warf sie den Strumpf in eine Schublade, zog ihren

Morgenmantel aus, legte sich ins Bett und löschte das Licht.

Die Geschichte über den mysteriösen Mord an Judy Everest war in den Morgenzeitungen zu lesen. Die Artikel erinnerten auch an Keith Everests äußerst erfolgreiches Bild *Das Mädchen in Gingham*, dass in der Royal Academy gezeigt wurde. Leslie las die meisten Zeitungen während des Frühstücks, zu dem der Künstler nicht erschien. Sie riet Mrs. Malins, der Putzfrau, dass sie ihn lieber nicht wecken sollte.

Nach dem Frühstück nahm sie die Ausgabe der *Morning Gazette*, die ein Bild von Judy auf der Titelseite hatte, und ging die King's Road entlang zur Bibliothek. Dort zeigte sie das Bild der Toten der Frau mittleren Alters, die am Schalter arbeitete, und fragte sie, ob sie sie wiedererkenne. Die Frau betrachtete das Bild einige Augenblicke lang und nickte dann.

»Ich habe sie sicherlich ein- oder zweimal hier gesehen, aber ich würde sie nicht als regelmäßige Besucherin bezeichnen«, sagte sie.

»Haben Sie jeden Tag hier Dienst?«, fragte Leslie.

»An den meisten Tagen. Als sie das letzte Mal hier war, fragte sie nach einem Buch über berühmte Verbrecherinnen. Ich weiß noch, dass ich dachte, was für eine seltsame Wahl das für ein so nettes Mädchen war.«

Leslie bedankte sich bei ihr und ging gedankenversunken zurück zur King's Road. Als sie sich der Walsingham Street näherte, bog ein Polizeiauto um die Ecke und blieb neben ihr stehen.

»Haben Sie einen Moment Zeit, Dr. Sanders?«, erklang die vertraute Stimme von Kriminalinspektor Merlin. Er deutete auf den freien Platz neben sich, und sie stieg ein.

»Ich war gerade bei Everest«, sagte er ihr. »Er scheint in einer ziemlich schlechten Verfassung zu sein.«

»Das ist nicht überraschend«, sagte Leslie.

Sie erzählte ihm von Keith Everests Entdeckung in Judys Zimmer, aber der Inspektor schien nicht übermäßig überrascht zu sein. »Es könnte natürlich etwas bedeuten«, räumte er ein, »aber wir hören fast jeden Tag Schlimmeres in den Jugendgerichten.«

Leicht gereizt beschloss Leslie, ihm keine weiteren Informationen zu geben. Es lag ihr auf der Zunge, ihm von der mysteriösen Nachricht zu erzählen, die sie von Clive erhalten hatte, aber sie verzichtete jetzt darauf.

Der Inspektor sagte: »Es wird Sie interessieren, dass wir die Besitzerin des Autos ausfindig gemacht haben, in dem Sie die Leiche des Mädchens gefunden haben. Es gehört Sylvia Graham.«

»Sie meinen die Schauspielerin, die die Hauptrolle in *Zwiespalt der Seele* spielt?«

»Genau die«, nickte Merlin. »Sie fährt jeden Abend damit zum Theater und lässt es auf diesem Parkplatz stehen. Ich hatte ein langes Gespräch mit Miss Graham, aber es scheint so, als ob sie nichts von dem Mord gewusst hat, bis sie ziemlich spät aus dem Theater kam und einen Polizeibeamten neben dem Auto fand. Sie sagte mir, dass sie Judy Everest nie zuvor gesehen hatte.«

»Vielleicht würde es helfen, wenn ich zu ihr ginge und von Frau zu Frau mit ihr spräche«, schlug Lesley vor.

Er sah sie mit zweifelndem Blick an. »Ich habe Sie doch davor gewarnt, dass Sie sich leicht die Finger verbrennen können«, sagte er. »Wir haben mehrere sehr tüchtige Kriminalbeamtinnen im Yard, falls wir einmal den weiblichen Blickwinkel auf einen Fall brauchen.«

Leslie öffnete die Autotür. »Trotzdem werde ich meine Nase wohl weiter in von Ihnen nicht gewünschte Dinge stecken«, sagte sie.

Während sie zügig die Walsingham Street hinunterging, schämte sich Leslie ein wenig für sich selbst. Immerhin hatte Merlin ihr von Sylvia Grahams Auto erzählt, dachte sie, und es schien wirklich so, als ob er sich entsetzliche Sorgen um sie machte und ihr helfen wollte. Dennoch verzog sie ihren

48

wohlgeformten Mund zu einer entschlossenen Miene, als sie ihren Schlüssel in die Haustür einsteckte.

Sie fand Keith Everest in seinem Atelier vor, eine große Mappe auf dem Schoß, während er sich mit einigen Bleistiftzeichnungen beschäftigte. Er blickte auf, als Leslie eintrat.

»Dieser Inspektor war wieder hier«, sagte er gereizt. »Der Kerl bringt mich ganz durcheinander. Ich wünschte, er würde sich fernhalten.«

»Wir müssen diese Unannehmlichkeiten in Kauf nehmen, wenn wir den Mörder finden wollen«, sagte Leslie.

Everest nickte. »Das ist wahr. Sie sind vernünftig und ich bin froh, dass Sie hier sind.«

Er legte die Mappe auf den Tisch und streckte seine Beine aus.

»Hat Judy jemals eine Frau namens Sylvia Graham erwähnt?«, fragte Leslie.

»Das glaube ich nicht, obwohl mir der Name bekannt vorkommt. Spielt sie nicht in dem Stück mit, in dem auch Ihre Schwester auftrat?«

»Ja, das stimmt. Haben Sie je gehört, dass Andrea sie erwähnt hat?«

Er legte die Stirn in Falten. »Ich glaube, Andrea mochte sie nicht besonders. Sie sagte, sie sei ziemlich sexy und habe die meisten ihrer Rollen nur deshalb bekommen.«

»Darüber ärgerte sich Andrea immer maßlos«, sagte Leslie und erinnerte sich an die oft geäußerten idealistischen Ansichten ihrer Schwester über ihren Beruf.

»Hat Sylvia Graham denn etwas mit der Sache zu tun?«

Leslie zuckte mit den Schultern. »Das bleibt abzuwarten. Tatsache ist, dass Judys Leiche in ihrem Auto lag, als ich es gestern Abend fand.«

Er kratzte sich nachdenklich an seinem unrasierten Kinn. »Ist die Polizei dieser Spur schon nachgegangen?«

»Sie haben mit Sylvia Graham gesprochen, aber es kam nichts dabei heraus. Es könnte natürlich durchaus sein, dass der Mörder die Leiche in das Auto gelegt hat. Aber ich nehme auch an, dass es durchaus möglich ist, dass Judy Sylvia Graham irgendwann durch Andrea kennengelernt hat.«

Er schüttelte müde den Kopf. »Es ist sinnlos, mich diesbezüglich etwas zu fragen. Wahrscheinlich wissen Sie mehr über Judys Privatleben außerhalb dieses Hauses als ich.«

»Wie auch immer, ich werde Sylvia Graham aufsuchen.«

Er seufzte und sah sie mit halbgeschlossenen Augen an. »Sind Sie entschlossen, das durchzuziehen?«

»Ja, natürlich. Deshalb bin ich ja hierhergekommen.«

»Sie sind wirklich eine entschlossene Frau. Aber ich frage mich langsam, ob wir nicht alles der Polizei überlassen sollten.«

»Ich habe überhaupt nichts dagegen, wenn Sie das tun wollen«, sagte Leslie. »Schließlich müssen Sie mit Ihrer Arbeit weiterkommen. Aber ich habe einen Monat Urlaub genommen, um zu versuchen, den Mörder meiner Schwester zu finden. Und alle gesammelten Kräfte von Scotland Yard könnten mich nicht von dieser Idee abbringen.«

Mühsam veränderte er seine Sitzhaltung. »Dafür bewundere ich Sie«, sagte er. »Vergessen Sie jedoch nicht, dass Ihr Gegner ein gewissenloser Verrückter ist, der schon zwei Morde begangen hat.«

Leslie nickte und sah ihn an. »Dessen bin ich mir völlig bewusst«, antwortete sie. »Ich will es aber dennoch versuchen.«

Sie ließ ihn ziellos eine alte Leinwand reinigen und ging hinunter, um Mrs. Malins zu fragen, ob irgendjemand angerufen hatte. Es hatte nur einen Anruf gegeben, den Keith Everest entgegengenommen hatte.

»Der Anruf kam von seinem Agenten, Miss ... Mr. Everest nennt ihn Jimmy-Boy. Seinen richtigen Namen kenne ich nicht. Er rief an, um zu sagen, wie leid ihm das mit Miss Judy tut.«

Leslie sagte ihr, dass sie einen Anruf erwartete und bat sie, eine Nachricht zu hinterlassen, falls sie nicht da war. Sie blieb fast den ganzen Tag zu Hause, aber der geheimnisvolle Clive rief nicht an.

Kurz nach sechs machte sie sich auf den Weg zum Theater und kam dort etwa eine halbe Stunde vor Beginn der Vorstellung an. Der Pförtner wusste nicht genau, ob sie mit Sylvia Graham sprechen konnte oder nicht.

»Sagen Sie ihr, dass ich die Schwester von Andrea Lake bin und dass es dringend ist«, sagte Leslie in einem geschäftsmäßigen Ton. Er ging den Korridor entlang und blieb einige Minuten weg. Als er zurückkam, sagte er: »Miss Graham kann fünf Minuten entbehren. Garderobe Nummer eins, gleich rechts herum.«

Sylvia Graham, die ein Handtuch um ihre blonden Locken gewickelt hatte, drehte sich kaum um, als Leslie die Garderobe betrat. Sie war damit beschäftigt, die Grundierung für ihr Make-up aufzutragen und es mit ihren langen, zarten Fingern gleichmäßig zu verreiben. Sie deutete auf den Besucherstuhl.

»Gibt es etwas Neues über Andrea?«

Leslie konnte nicht umhin, festzustellen, wie farblos die Stimme ihres Gegenübers war. Sie stand in starkem Kontrast zu der für Schauspielerinnen sonst so typischen, überschwänglichen Begrüßung.

Leslie erzählte Sylvia Graham das Wenige, was sie über die Entwicklungen der letzten zwei Tage wusste. Die Schauspielerin saß mit dem Rücken zu ihr, aber sie konnte sehen, dass sie sie durch den Schminkspiegel scharf beäugte.

»Andrea war eine gute kleine Schauspielerin, aber sie hat sich zu sehr zurückgezogen«, sagte sie in einem gleichgültigen Ton. »Wenn man im Theater weiterkommen will, muss man sich unter die Leute mischen.«

Sie beendete die Grundierung und nahm einen dunkelbraunen Stift in die Hand, um mit dem Anmalen ihrer Augenbrauen zu beginnen.

»Was wollten Sie von mir?«, fragte sie schließlich mit

einer Stimme, die andeutete, dass sie abgehärtet war gegenüber Besuchern, die sie um einen Gefallen bitten wollten.

»Ich wollte Ihnen nur ein paar Fragen stellen, was gestern Abend passiert ist, als Judy Everest in Ihrem Auto gefunden wurde.«

Sylvia Graham zog vorsichtig einen festen Strich an das Ende ihrer linken Augenbraue. »Die Polizei hat mich mit ihren dummen Fragen schon halb verrückt gemacht. Außerdem, woher soll ich wissen, dass Sie wirklich Andreas Schwester sind? Andrea hat mir nie erzählt, dass sie eine hatte.«

»Wenn Sie einen Beweis für meine Identität wollen ...«, begann Leslie und öffnete ihre Handtasche, aber Sylvia Graham winkte ab.

»Ich glaube Ihnen«, sagte sie. »Aber das bedeutet nicht unbedingt, dass ich Ihnen alles über mein Privatleben erzählen werde. Die Polizei ist diesbezüglich schon viel zu neugierig gewesen.«

Sie nahm einen karminroten Lippenstift in die Hand und begann, ihre Lippen damit zu streichen. »Woher, sagten Sie, kommen Sie?«, fragte sie in diesem Moment.

»Ich sagte noch gar nichts darüber. Aber ich bin Ärztin in einem Krankenhaus in Wolverhampton.«

Sylvia Graham vollendete gerade mit dem Lippenstift einen etwas zu ausgeklügelten Amorbogen.

»Die Gegend hier ist wohl ziemlich fremd für Sie, stimmt's?«, sinnierte sie. »Wissen Sie, wie die Sonntagszeitungen diesen Teil von London beschreiben? Als die verruchteste Quadratmeile der Welt. Wenn Sie auf mich hören, Liebes, dann nehmen Sie den nächsten Zug zurück nach Wolverhampton und überlassen es der Polizei, diese Sache zu klären.«

Bevor Leslie protestieren konnte, klopfte es heftig an der Tür und eine Männerstimme sagte: »Kann ich reinkommen?«

Es war ein Mann von etwa zweiunddreißig Jahren, groß,

energisch und eher nachlässig gekleidet. Leslie erkannte sofort die durchdringenden Augen und die markanten Gesichtszüge mit der Hakennase wieder. Es war der junge Mann, der sie am Abend zuvor davor bewahrt hatte, vom Bahnsteig gestoßen zu werden. Er entschuldigte sich für die Störung und reichte Sylvia ein Manuskript. »Hier ist dein Exemplar für das Stück *Streit im Künstlerzimmer*, Liebes. Probe morgen um Punkt zehn.«

Die Schauspielerin legte das Manuskript auf einen Stapel von Briefen und sagte, indem sie sich halb umdrehte: »Dr. Sanders – das ist Peter Hamilton, unser Regisseur.«

Begeistert ergriff er ihre Hand. »Natürlich, Sie Sind bestimmt die Schwester von Andrea. Wissen Sie, mir ist schon gestern Abend eine gewisse Ähnlichkeit aufgefallen. Andrea hat mir sehr viel von Ihnen erzählt.«

»Das kann ich schwer glauben, Peter. Andrea war nicht gerade gesprächig«, meinte Sylvia Graham darauf etwas schroff.

»Andrea war auf ihre stille Art sehr stolz auf Sie«, fuhr Peter Hamilton fort und ignorierte Sylvias Bemerkung. »Aber sie hat nie sehr viel über Dinge außerhalb des Berufs gesprochen. Wir waren alle sehr bestürzt, dass sie nicht mehr da ist. Es ist eine absolute Tragödie. Seitdem es passiert ist, habe ich keine Nacht mehr geschlafen.« Er lächelte Leslie an. »Warum unterhalten wir uns nicht in Ruhe, Frau Doktor?«

In der Überzeugung, dass sie aus Sylvia Graham keine weiteren Informationen herausholen würde, beschloss Leslie, Hamiltons Einladung anzunehmen. Wenigstens, so überlegte sie, könnte sie einen anderen Blickwinkel auf die Morde bekommen.

Sie gingen in eine Kneipe gegenüber dem Bühneneingang. Peter Hamilton sprach fast eine Stunde lang ununterbrochen über Andrea Lake.

»Ich habe Ihre Schwester sehr gemocht«, sagte er, »aber sie hatte nie Zeit für mich.« Er zögerte. »Ich hatte die Vermutung, dass es jemand anderen gab.«

»Hat sie Ihnen gegenüber nie einen Mann namens Clive erwähnt?«

Er schüttelte den Kopf. »Wir haben nie herausgekriegt, ob es einen Mann in ihrem Leben gab, und Gott weiß, ich habe alle möglichen Nachforschungen angestellt. Ihre Schwester war in mehr als einer Hinsicht ein Rätsel. Das war es vermutlich auch, was sie so faszinierend machte. Ich bin mir sicher, dass sie eine wirklich großartige Schauspielerin geworden wäre, wenn sie die richtigen Chancen gehabt hätte.« Er zuckte mit den Schultern. »Na ja, was soll's? Dieser Beruf bringt eine verdammte Enttäuschung nach der anderen mit sich. Ich nehme an, Sie werden gleich wieder in Ihr Krankenhaus zurückkehren?«

Leslie erzählte ihm, dass sie vorhatte, drei oder vier Wochen in London zu bleiben, um zu versuchen, das Rätsel um den Mord an Andrea zu lösen.

Sein Gesicht hellte sich merklich auf. »Wenn ich irgendetwas für Sie tun kann, zögern Sie nicht, es mich wissen zu lassen«, sagte er nachdrücklich. »Sie können mich immer im Theater finden.« Er lächelte. »Es muss Ihnen hier doch alles ziemlich fremd sein.«

Leslie erinnerte sich daran, dass Sylvia Graham das Gleiche gesagt hatte, allerdings auf eine etwas andere Art und Weise. Aus einer Eingebung heraus fragte sie ihn, was er über Sylvia dachte.

»Sie hört nie auf zu schauspielern«, sagte Peter lakonisch. »Ich würde nicht sagen, dass sie ein schlimmer Mensch ist, aber sie hat ständig etwas mit anderen Männern.«

»Glauben Sie, sie hat Judy Everest ermordet?«, fragte Leslie.

Peter Hamilton schüttelte den Kopf. »Die Polizei sagte, sie sei gegen acht Uhr ermordet worden, und Sylvia war ab halb sieben im Theater. Natürlich könnte einer ihrer Freunde das Auto ausgeliehen haben, aber Sylvia sagt, sie weiß nichts davon, und ich bin geneigt, ihr zu glauben.«

Er nahm Leslie am Arm. Seine Art war ruhig und vertraulich. »Aber wenn Sie glauben, dass unsere Sylvia verdächtig ist, werde ich sie im Auge behalten, und wenn sich etwas ergibt, rufe ich Sie an.«

Leslie dankte ihm, gab ihm ihre Telefonnummer und löste langsam ihren Arm aus seinem Griff. Sie wusste nicht recht, was sie von Peter Hamilton halten sollte.

Als Leslie zum Haus der Everests kam, stieg Nebel vom Fluss herauf und zog träge durch die alten Straßen, die vom Embankment herführten. Sie war ein wenig überrascht, dass das Haus in völliger Dunkelheit lag. Aus irgendeinem Grund hatte sie erwartet, dass Keith Everest sich mehrere Tage lang in sein Atelier zurückziehen würde. Mrs. Malins war damit einverstanden gewesen, im Haus zu schlafen, hatte aber gleichzeitig erwähnt, dass sie an jenem Abend ins Kino gehen wollte.

Es war kühl geworden, und Leslie fröstelte leicht, als sie die Haustür öffnete und nach dem Lichtschalter tastete. Als sie ihn hinunterdrückte, ging das Licht im Flur nicht an.

Sie dachte, dass vielleicht jemand den Strom abgestellt hatte, um eine Sicherung auszutauschen. Sie rief laut, erhielt jedoch keine Antwort. Sie zögerte einen Moment und überlegte, ob sie sich auf die Suche nach Kerzen machen sollte. Plötzlich klingelte das Telefon. Sie tastete sich durch den Flur zu der Nische mit den Vorhängen, in der sich der Apparat befand, und hob den Hörer ab.

Sofort erkannte sie die Stimme. Es war Clive. »Sind Sie allein?«, fragte er eindringlich.

»Soweit ich weiß.« Sie zögerte einen Moment, dann sagte sie: »Warum haben Sie die Verabredung gestern Abend nicht eingehalten?«

»Ich konnte nicht … Ich konnte einfach nicht.« Er klang etwas aufgewühlt. »Nachdem ich Sie angerufen hatte, erfuhr ich von dem Mord an Andrea, und das brachte alles durcheinander. Aber ich muss Sie sehen, ich muss einfach. Können wir uns heute Abend treffen?«

»Dann wussten Sie also, dass Sie gestern Abend mit mir gesprochen haben, bevor Sie erfuhren, dass Andrea tot ist?«, fragte Leslie.

»Ja. Andrea hat oft von Ihnen erzählt. Ich erinnerte mich, dass sie sagte, Ihre Stimme sei leicht heiser, genau wie ihre. Wo können wir uns treffen?«

Leslie sprach leise, aber es lag ein Hauch von Autorität in ihrer Stimme. »Das ist Ihre letzte Chance, Clive«, sagte sie. »Ich warte heute Abend vor *Madame Tussaud's* auf Sie. Seien Sie um Punkt zehn Uhr dort.«

»Ich werde da sein. Ich verspreche es Ihnen«, sagte Clive.

Als er eingehängt hatte, legte sie nachdenklich den Hörer auf. Hatte er sie gestern wirklich erkannt? Oder hatte ihm eine dritte Person von ihr erzählt? Würde sie in eine weitere Falle tappen, wenn sie jetzt zu der Verabredung erschien?

Ihr Gedankengang wurde abrupt unterbrochen, als sie eine leichte Bewegung direkt hinter sich hörte. Sie tastete nach dem Lichtschalter in der Nische, aber es ging kein Licht an. Es gab eine weitere Bewegung dicht hinter ihr, dann hörte sie ein Rascheln und spürte wie etwas Weiches und Seidiges einmal, zweimal, dreimal um ihren Hals gewickelt wurde. Sie erkannte sofort, dass es sich um einen Nylonstrumpf handelte und dass ihn jemand langsam von hinten anzog.

In ihrer Verzweiflung schnappte sie nach dem Telefonhörer und schwang ihn wie wild in Armeslänge. Ein Keuchen ertönte, als er mit menschlichem Fleisch in Berührung kam, und der Griff, der den Strumpf anzog, löste sich. Sie riss sich los, eilte den Flur hinunter, riss die Haustür auf und rannte blindlings auf die dunkle Straße.

Leslie hörte Schritte hinter sich, als sie die verlassene Straße in Richtung des Embankments entlanglief. Sie bog in eine schmale Gasse ein, die in eine Parallelstraße führte. Als sie diese erreichte, lehnte sie sich an die Wand und schnappte nach Luft. Für ein oder zwei Sekunden glaubte sie, ihren Verfolger abgeschüttelt zu haben, doch dann hörte sie schnelle Schritte in der Gasse. Noch bevor sie sich umdrehen konnte, hatte jemand ihren Arm umklammert.

»Sie haben es aber verdammt eilig«, sagte eine vertraute Stimme. Im Schein einer entfernten Lampe erkannte sie die hageren Züge von Peter Hamilton.

Kapitel vier

Peter Hamilton nahm Leslie am Arm und drehte sie zu sich. Ihr Gesicht war angespannt, sein Verhalten nervös und wachsam. »Stimmt etwas nicht?«, fragte er.

»Was machen Sie hier?«, keuchte sie.

Er steckte die Hände tief in die Taschen seines leichten Mantels. »Nachdem wir uns getrennt hatten, ist mir etwas eingefallen, dass Ihnen vielleicht helfen könnte. Also bin ich in den nächsten Bus gesprungen und wollte Sie aufsuchen. Ich ging gerade die Walsingham Street hinunter, als sich plötzlich Ihre Haustür öffnete und Sie herausgestürmt kamen, als wären Ihnen zehntausend Teufel auf den Fersen.« Er brach ab und sah sie besorgt an. »Sind Sie sicher, dass es Ihnen gut geht?«

»Gleich wird es mir wieder besser gehen. Ich habe einen ziemlichen Schock erlitten.« Sie war inzwischen wieder zu Atem gekommen und konnte ihm von dem Überfall erzählen, der im dunklen Flur auf sie verübt worden war.

»Das ist ja unglaublich!«, rief er aus. »Aber vielleicht hat der Täter Sie auch nur verwechselt. Immerhin war es im Flur stockdunkel.«

»Derjenige, der mich töten wollte, muss mich am Telefon gehört haben«, erinnerte sie ihn. »Ich glaube nicht, dass es sich um eine Verwechslung handelt.«

»Dann sollten wir sofort zurückgehen und nachsehen, ob dieser mysteriöse Mörder noch da ist. Wenn nicht, können wir zumindest die Polizei verständigen.«

Sie nickte, und sie drehten sich um, um die Gasse zurückzugehen.

»Was wollten Sie mir sagen?«, fragte sie.

»Als ich heute Vormittag an Sylvias Garderobe vorbeikam, hörte ich, wie ein Kriminalbeamter sie fragte, was für

Nylonstrümpfe sie trage.«

»Was hat sie gesagt?«

»Offenbar heißen sie *Five Star* und werden von einer amerikanischen Firma hergestellt. Anscheinend sind sie sehr feinmaschig, aber extrem stark.«

»Haben Sie gehört, ob der Polizist sonst noch etwas wissen wollte?«

»Nein, aber ich habe mich gefragt, ob Sie vielleicht eine Ahnung haben, welche Art von Strümpfen der Mörder bei Andrea und Judy Everest benutzt hat ...«

Leslie beschloss, das Gespräch über den Nylonstrumpf nicht fortzusetzen und äußerte sich noch nicht dazu. Sie versuchte allerdings, sich an einige Details des Strumpfs zu erinnern, den sie um Judy Everests Hals gewickelt gesehen hatte. Sie war damals allerdings zu aufgeregt gewesen, um sich kleine Details zu merken. Auf jeden Fall war es unmöglich, die Eigentümerin eines Nylonstrumpfes zu ermitteln. Oder doch? Daran hatte sie noch gar nicht gedacht.

Als sie aus der Gasse traten, wehte eine leichte Brise aus Nordwesten die Walsingham Street entlang, und sie spürte, wie ein hauchdünner Stoff ihre Wange berührte. Sie legte ihre Hand an den Hals und blieb stehen.

»Was ist denn?«, fragte Peter Hamilton.

»Der Strumpf ... Er hängt noch an meiner Schulter«, antwortete sie fast flüsternd.

Er ergriff ihren Arm und führte sie zur nächstgelegenen Straßenlaterne. »In der Tat! Er hat sich an Ihrer Brosche verfangen«, sagte Peter Hamilton.

Sie zog den Strumpf vorsichtig herunter. Dann untersuchten sie ihn gemeinsam. Plötzlich drehte er die Sohle des Strumpfes um und gab einen leisen Pfiff von sich. Auf einer hübschen kleinen Marke waren fünf Sterne zu sehen, einer in der Mitte und zwei auf jeder Seite. »*Five Star*, extra fein«, sagte er leise.

Sie hielt den Atem an. Er faltete den Strumpf ordentlich

zusammen und steckte ihn in seine Manteltasche. »Es sieht so aus, als ob Sie Glück gehabt hätten. Kommen Sie, wir haben keine Zeit zu verlieren!«

Als sie zum Haus kamen, bemerkte Leslie, dass in zwei der vorderen Fenster sowie über der Haustür, die jetzt geschlossen war, Licht brannte.

»Es muss jemand im Haus sein«, sagte sie. »Offensichtlich hat jemand die Sicherung – oder was auch immer es war –, repariert.«

Sie hatte ihre Handtasche, in der sich der Schlüssel befand, neben dem Telefon liegen lassen. Deshalb mussten sie klingeln. Etwa eine Minute lang war kein Geräusch zu hören, dann erklangen entfernte Schritte und schließlich wurde die Haustür von Keith Everest geöffnet. In der einen Hand hielt er einen Schraubenzieher, in der anderen eine Rolle mit Sicherungsdraht.

»Oh, hallo, Frau Doktor«, begrüßte er sie in einem zwanglosen Ton. »Ich hatte verdammtes Pech. Die Sicherung ist durchgebrannt und ich musste mir von einem der Nachbarn Leitungsdraht leihen.«

Bevor sie mit ihrer Geschichte über den Mann, der versucht hatte, sie zu erwürgen, herausplatzen konnte, fragte Keith Everest, der Peter Hamilton mit Interesse beobachtet hatte, schnell nach: »Das ist doch nicht zufällig der mysteriöse Clive?«

»Nein, das ist Peter Hamilton. Er hat Andreas Stück inszeniert.«

Der Künstler lud sie ein, mit ins Wohnzimmer zu kommen. Als sie den Flur durchquerten, ging Leslie zur Nische. Ihre Handtasche war auf den Boden gefallen, und der Hörer lag immer noch nicht auf der Gabel. Sie hob ihn auf und legte ihn an seinen Platz zurück. Es gab keine anderen Hinweise auf das, was zwanzig Minuten zuvor in der Nische geschehen war. Sie sah sich noch einmal um, um sich zu vergewissern, dann nahm sie ihre Handtasche und ging langsam den Flur entlang, um sich zu den beiden Männern im Wohnzimmer zu gesellen. Sie schienen sich gut zu verstehen. Jeder hatte einen großen Whisky und sie diskutierten über die Bühnendekoration in einer sehr technischen Art und Weise. Obwohl sie den Geschmack von Whisky nicht mochte, nahm sie einen, als Keith Everest ihr die Karaffe hinhielt. Sie fing gerade an, die Auswirkungen des Vorfalls von vorhin zu spüren. Außerdem hatte sie das Gefühl, dass ihr etwas Hochprozentiges dabei helfen würde, vor Keith Everest zu verbergen, dass etwas Außergewöhnliches geschehen war. Sie wusste kaum, warum sie es eigentlich verheimlichen wollte – abgesehen davon, dass, wenn er wirklich nichts davon wusste, die plötzliche Nachricht, dass der Mörder unter seinem eigenen Dach gewesen war, seine ohnehin schon stark strapazierten Nerven noch mehr durcheinanderbringen würde.

Nachdem sie sich einige Minuten unterhalten hatten, entschuldigte sich Everest. Als sich die Tür hinter ihm geschlossen hatte, sagte Hamilton: »Er scheint mir in einer ziemlich schlechten Verfassung zu sein. Meinen Sie denn, dass Sie es schaffen, hier mit ihm allein zu bleiben?«

»Mrs. Malins wird bald zurück sein.«

Er schüttelte zweifelnd den Kopf. »Everest ist ein komischer Vogel«, sagte er leise. Er zündete sich eine Zigarette an und nippte weiter an seinem Getränk. Dann fragte er: »Wer ist dieser Clive, den Everest vorhin erwähnt hat?«

»Ein Mann, an dem Andrea offensichtlich sehr interessiert war. Hat sie Ihnen gegenüber nie von ihm gesprochen?«

»Niemals. Ich nahm an, dass es da jemanden gab, aber sie hat nie seinen Namen erwähnt. Wissen Sie etwas über ihn?«

»Noch nicht«, sagte Leslie, »aber ich werde ihn heute Abend treffen.« Sie erzählte ihm von den beiden Verabredungen, die Clive getroffen hatte, und davon, dass er etwas über Andreas Tod erfahren hatte, über das er sie informieren wollte.

Hamilton schien ziemlich besorgt zu sein. »Halten Sie es

für klug und sicher, ihn heute Abend zu treffen?«, fragte er. »Denken Sie doch mal daran, was beim letzten Mal passiert ist.«

»Aber was könnte denn vor *Madame Tussaud's* schon passieren?«

»Das erscheint mir alles sehr mysteriös. Wenn er weiß, wer Andrea ermordet hat, warum geht er dann nicht zur Polizei? Das klingt irgendwie nach einer Falle.« Er schnippte die Asche von seiner Zigarette. »Dieser Fall scheint jeden Tag komplizierter zu werden«, sagte er. »Ich frage mich, ob Sylvia Graham auch darin verwickelt ist. Sie hat Ihre Schwester nie gemocht.«

»Ich hatte den Eindruck, dass sie mich vor etwas warnen wollte«, sagte Leslie. »Sie deutete immer wieder an, dass ich überfordert sei und dass ich deshalb den nächsten Zug zurück nach Wolverhampton nehmen sollte. Aber warum sollte sie das bei einer völlig Fremden tun?«

Hamilton trank seinen Drink aus und stellte das Glas auf dem kleinen Tisch ab. »Unsere Sylvia ist eine sehr gute Schauspielerin«, sagte er, »und sie ist schwer zu durchschauen.«

Er nahm ihre Hand und drückte sie herzlich. »Ich wünschte, Sie würden mich als Freund betrachten«, sagte er. »Wenn ich irgendetwas für Sie tun kann, zögern Sie bitte nicht.«

Als Hamilton gegangen war, ging Leslie nach oben, um sich auf ihr Treffen mit dem geheimnisvollen Clive vorzubereiten. Als sie ihre Strümpfe wechselte, kam ihr ein Gedanke, und sie ging zu der Schublade, in die sie den Nylonstrumpf geschoben hatte, den Keith Everest im Zimmer seiner Tochter gefunden hatte. Sie dachte, es wäre interessant zu sehen, ob dieser Strumpf auch von der Sorte *Five Star – extra fein* war. Das konnte bedeuten, dass Judy irgendwie in die Sache verwickelt war. Doch als Leslie die Schublade öffnete, war der Strumpf verschwunden.

In der Vermutung, dass Everest vielleicht etwas darüber

wusste, machte sie sich auf die Suche nach ihm. Am Ende des Korridors sah sie einen Lichtschein, der aus seinem Schlafzimmer kam, dessen Tür teilweise geöffnet war. Als sie darauf zuging, sah sie ihn auf der gegenüberliegenden Seite des Raumes vor einem großen Bild stehen. Sie blieb einige Sekunden in der Tür stehen, weil ihr bewusst war, dass Keith Everest etwas Seltsames an sich hatte.

Langsam sah sie sich im Zimmer um. Es war ganz einfach eingerichtet. Das einzige Bild war das, vor dem er stand. Sie erkannte, dass es das berühmte *Mädchen in Gingham* war, und konnte einen unwillkürlichen Ausruf nicht unterdrücken. Bei dem Geräusch drehte er sich um und sah sie. Er schien sich ihrer Anwesenheit aber kaum bewusst zu sein.

»Das Bild des Jahres«, hörte sie ihn vor sich hinmurmeln. »Zweitausend Guineas habe ich für dieses Bild abgelehnt … Zweitausend für das Porträt einer Schlampe!«

Dann sah sie, dass er ein Spachtelmesser in der Hand hielt. Mit einer plötzlichen Bewegung schlitzte er das Bild auf. Er hörte nicht auf, bis die Leinwand in zerfetzten Bändern vom Rahmen hing. Dann sank er auf seine Couch zurück, den Kopf in den Händen, und sie konnte sehen, dass er vor lauter Schluchzen zitterte. »So viel zu *Das Mädchen in Gingham*«, sagte er schließlich mit heiserer, unnatürlicher Stimme.

Leslie ging hinaus und holte ein Glas, dann schenkte sie ihm eine Dosis des Beruhigungsmittels ein, das sie am Vortag für ihn bereitgelegt hatte. Er trank es ohne Widerspruch.

»Ich hoffe, Sie werden nicht bereuen, was Sie gerade getan haben«, sagte sie leise. »Ich habe das Gefühl, dass es falsch ist, über die Handlungen Ihrer Tochter zu urteilen, bevor wir nicht viel mehr über diese Angelegenheit wissen.« Sie schüttelte bedauernd den Kopf. »Es war ein schönes Bild – egal, was Judy gewesen sein mag.«

Er schaute zu Boden und schwieg fast eine Minute lang. Dann sagte er: »Ja, es war ein schönes Bild. Ich habe es im Jahr nach dem Tod ihrer Mutter gemalt. Es zeigt, wie leicht wir uns täuschen lassen können, sogar von unseren eigenen Töchtern.« Schließlich hob er den Blick und betrachtete das zerschnittene Bild etwas reumütig. »Ich wäre Ihnen sehr dankbar, wenn Sie niemandem davon erzählen würden, Frau Doktor«, sagte er mühsam. »Sie wissen nicht, was für eine Qual es für mich jedes Mal war, dieses Bild anzusehen.«

»Ich glaube, ich kann das verstehen«, sagte Leslie. »Aber Sie hätten das Bild auch in ein Regal legen oder verkaufen können. Und ich habe immer noch das Gefühl, dass Sie in Bezug auf Judy voreilig waren. Wir wissen so wenig und ich kann mir gut vorstellen, dass es eine Menge Dinge gibt, die man erklären kann.«

Sie überlegte, ob sie ihm von dem kürzlichen Angriff auf sie im Flur erzählen sollte, entschied dann aber, dass dies nicht viel bringen würde, denn sie war sich ziemlich sicher, dass der Täter ihr aus dem Haus gefolgt und geflüchtet war.

»Der Kerl da unten, ist er in diese Sache verwickelt?«, fragte Everest.

»Es ist schwer zu sagen, wer alles darin verwickelt ist«, antwortete sie. »Er hat das Stück mit Andrea inszeniert, aber er sagt, dass er Judy nie begegnet ist.« Sie hörte, wie die Uhr draußen die halbe Stunde schlug, und erzählte ihm eilig von ihrer Verabredung mit Clive.

»Dieser Mann, dieser Clive, hat etwas Unheimliches an sich«, sagte er. »Vergessen Sie nicht, was das letzte Mal passiert ist, als Sie sich mit ihm treffen wollten.«

Peter Hamilton hatte das Gleiche gesagt, aber sie war entschlossen, die Verabredung einzuhalten. Die Rückkehr von Mrs. Malins aus dem Kino gab ihr einen Vorwand, sich schnell davonzumachen.

Es war fast zehn Uhr, als Leslie in der Baker Street ankam und langsam in Richtung *Madame Tussaud's* ging. Auf der Straße war es ziemlich ruhig, vor allem dann, wenn die Ampel den Strom der Busse und Autos anhielt. Vor dem Gebäude, in dem sich Madame Tussauds Wachsfigurenkabinett befand, standen nur ein paar Fußgänger, aber obwohl Leslie sie genau musterte, gab keiner von ihnen ein Zeichen des Erkennens. Aus diesem Grund sah sie sich um, ob ein Auto in ihrer Nähe hielt, aber es kam keines.

Die nächsten fünf Minuten vergingen sehr langsam. Ein Polizist schlenderte auf seiner Runde vorbei, warf ihr einen fragenden Blick zu und ging dann weiter. Ein Haufen lärmender Arbeiter kam aus einer weiter entfernten Kneipe und ging laut singend in Richtung Marylebone High Street. Zwei riesige Lastwagen donnerten vorbei und fuhren in Richtung Westen.

Um zweiundzwanzig Uhr fünfzehn beschloss sie, nicht länger zu warten. Immerhin hatte dieser fast menschenleere Bürgersteig im Schatten der großen Gebäude etwas Unheimliches an sich. Leslie konnte einen Bus aus Richtung Great Portland Street kommen sehen und beschloss, ihn zu nehmen. Als sie von der Bordsteinkante trat, schwenkte eine große amerikanische Limousine hinter dem Bus hervor und kam direkt auf sie zu. Sie war schon zwei Schritte auf der Straße, als sie bemerkte, dass das Auto, das jetzt etwa zwanzig Meter entfernt war, nicht die Absicht hatte, anzuhalten.

Sie zögerte einen Moment, unsicher, ob sie auf die andere Straßenseite rennen oder zurückspringen sollte. In diesem Moment bog ein Händler mit einer Karre voller Obst zügig aus einer Seitenstraße auf die Hauptstraße. Der Besitzer der Karre war offensichtlich auf dem Weg nach Hause in östliche Richtung und sah sofort, dass das Auto direkt auf ihn zusteuerte. Es gelang ihm, die Karre ein paar Meter gegen den Bordstein zu schieben, dann sprang er zur Seite, um sein Leben zu retten. Durch diesen Vorfall wurde das Auto so abgelenkt, dass es Leslie um mehr als einen Meter verfehlte. Sie spürte lediglich den Luftzug, als es an ihr vorbeirauschte. Die Scheinwerfer blendeten sie so stark, dass sie den Mann am Steuer nicht deutlich genug sehen konnte, um ihn zu erkennen.

»He, haltet ihn auf!«, rief der Karrenbesitzer, der halb auf dem Bürgersteig lag. Aber der Wagen beschleunigte wieder und fuhr über die Ampel in der Baker Street, ehe irgendjemand etwas unternehmen konnte. Leslie eilte zu dem Karrenbesitzer, der zwar unverletzt war, sich aber in einem Zustand großer Entrüstung befand.

»Wer wird mir für diese verdammte Sauerei bezahlen?«, fragte er unwirsch, ohne jemanden Bestimmten zu fragen.

»Soll das heißen, dass Sie nicht versichert sind?«, grinste ein stämmiger kleiner Mann, der einem anderen dabei half, die Karre wieder aufzurichten.

Leslie hatte immer noch einen schweren Schock. Als sie ein Taxi erblickte, hielt sie es an und gab dem Fahrer die Adresse in Chelsea an. Offensichtlich wollte sie jemand aus dem Weg räumen. Könnte es Clive gewesen sein, der am Steuer des Wagens saß? Hatte er auf eine günstige Gelegenheit gewartet und war er ein Stück weiter auf der Marylebone Road aus einer Seitenstraße herausgeschossen?

In dem Haus in der Walsingham Street wurde sie von Kriminalinspektor Merlin erwartet. Er sagte, dass er gekommen war, um Judys Sachen nochmals zu durchsuchen. Keith Everest hatte ihm von Leslies geheimnisvoller Verabredung mit dem schwer fassbaren Clive erzählt. Deshalb war er geblieben, um zu hören, was dabei geschehen war.

»Sie sehen blass aus«, sagte er. »Stimmt etwas nicht?«

»Nur ein kleiner Schock«, antwortete sie und erzählte ihm alles über den Vorfall mit dem Auto.

»Ich wünschte, Sie würden Ihr Leben nicht einfach so aufs Spiel setzen und mich wenigstens vorher informieren«, sagte er mit besorgtem Blick.

»Ich dachte, dass Clive vielleicht Sie oder einen Ihrer Männer sah, als er sich das letzte Mal mit mir verabredet hat, und dass ihn dies vielleicht abgeschreckt hätte. Deshalb wollte ich nicht, dass es noch einmal passiert.«

Er betrachtete sie voller Bewunderung. »Sie sind ziemlich mutig, Frau Doktor, aber sehr leichtsinnig, wenn ich das sagen darf. Versprechen Sie mir, dass Sie nie wieder so etwas tun, ohne mir vorher Bescheid zu sagen.«

Leslie schüttelte hartnäckig den Kopf. »Vielleicht muss ich einen anderen Weg einschlagen als den offiziellen – wahrscheinlich werde ich das sogar. Und ich will nicht, dass mir die Polizei in die Quere kommt.«

Er versuchte, ein Grinsen zu unterdrücken. »Ich kann mir nicht vorstellen, dass ein Polizist Ihnen in die Quere kommen könnte«, sagte er.

»Trotzdem ist es so, dass ich lieber auf eigene Faust vorgehe«, erklärte sie.

»Mr. Everest hat mir erzählt, dass Sie eine Art Partner dafür gefunden haben. Das interessiert mich sehr.«

»Kennen Sie denn Peter Hamilton?«, fragte sie schnell.

»Ja, natürlich. Ich war eine ganze Weile im West End unterwegs und habe die meisten Leute aus dem Showbusiness irgendwann mal kennengelernt.«

»Und was halten Sie von ihm?«

Er zuckte die Achseln. »Er ist nicht viel anders als die meisten Theaterleute. Ich habe natürlich nie etwas gegen ihn gehabt. Er hat jahrelang als Regisseur gutes Geld verdient.« Er zögerte einen Moment, dann fragte er nach: »Warum steckt er seine Nase in diese Angelegenheit?«

»Er mochte Andrea sehr und sagte mir, er würde alles tun, um herauszufinden, wer sie ermordet hat.«

»Und Judy? War er auch ein Freund von ihr?«

Leslie schüttelte den Kopf. »Nein, er ist Judy Everest nie begegnet.«

»Das ist sehr interessant«, sagte Merlin und steckte seine Hand in die Brusttasche. »Ich habe dieses Bild in einem Rahmen in Judys Schlafzimmer gefunden, versteckt hinter einem Foto ihrer Mutter.«

Es war ein kleines, kabinettformatiges Bild, wie es von Bühnen- und Filmkünstlern zu Werbezwecken verwendet wurde. Die vertrauten, markanten Züge von Peter Hamilton mit seiner Hakennase waren nicht zu verkennen.

»Lesen Sie, was unten in der Ecke steht.«

Lesley tat, was ihr gesagt wurde. Auf das Foto waren die folgenden Worte gekritzelt worden:

Meiner lieben Judy, herzlichst – Peter.

Kapitel fünf

Verschiedene Theorien gingen Leslie durch den Kopf, als sie das Foto von Peter Hamilton betrachtete. Warum wollte er verheimlichen, dass er Judy kannte? Warum hatte Judy sein Foto versteckt? Was waren sie füreinander?

Als sie aufblickte, bemerkte sie, dass Merlin sie aufmerksam betrachtete. Um seine schmalen Lippen zeichnete sich die leiseste Spur eines fragenden Lächelns ab.

»Langsam bekommen Sie wohl eine Vorstellung davon, wie schwierig es für eine einzelne Person ist, in einem Mordfall zu ermitteln«, sagte er leise.

»Ich bin mir sicher, dass er mir gesagt hat, dass er Judy nie begegnet war«, murmelte Leslie, fast zu sich selbst.

»Das glaube ich Ihnen auch«, stimmte Merlin fröhlich zu. »Tatsächlich hat er unseren Leuten dasselbe gesagt.«

Sie gab ihm das Foto zurück. »Warum sollte er behaupten, dass er Judy nicht kannte?«

»Es besteht ja immer noch die Möglichkeit, dass Andrea ihn gebeten hat, ein Foto für Judy Everest zu signieren«, gab er ihr zu bedenken. »Leute von der Bühne machen so etwas oft. Häufig haben sie die Person, für die das Bild gedacht ist, nie gesehen.« Er lächelte. »Warum überlassen Sie die Klärung des Falls nicht uns und verbringen den Rest Ihres Urlaubs in dem Cottage in Shropshire, von dem Sie mir erzählt haben?«

Leslie lehnte sich in ihrem Stuhl zurück. »Warum wollen Sie mich unbedingt loswerden?«, fragte sie.

»Persönlich bin ich nicht im Geringsten darauf erpicht, Sie loszuwerden. Im Gegenteil. Ich habe Sie sehr gerne in meiner Nähe. Aber ich bin um Ihre Sicherheit besorgt, denn es ist offensichtlich, dass derjenige, der Ihre Schwester getötet hat, auch Sie aus dem Weg schaffen will.«

»Wenn er das wirklich vor hat, dann würde er mir wahrscheinlich auch nach Shropshire folgen, wo es keine Scotland-Yard-Experten gibt, die auf mich aufpassen.«

»Ich denke, das dieses Problem gelöst werden könnte«, antwortete er.

»Wenn Sie so besorgt um mich sind, warum beweisen Sie es dann nicht, indem Sie mir bei meinen Ermittlungen etwas mehr praktische Hilfe leisten?«, fragte sie. »Der Yard bietet mir im Moment nicht gerade das, was man eine hundertprozentige Kooperation bezeichnen könnte.«

Er grinste sie an. »Ich ziehe meinen Hut vor Ihnen, Sie haben wirklich Mut«, sagte er. »Nun, angenommen, der stellvertretende Polizeipräsident beschließt, Ihnen freie Hand zu lassen, was wäre Ihr erstes Ziel?«

»Ich hätte gerne das Foto«, antwortete sie prompt.

»Warum?«

»Ich werde Peter Hamilton damit konfrontieren, wenn ich ihn das nächste Mal sehe.«

»Irgendwie halte ich das nicht für sehr klug«, sagte er nachdenklich. »Sie müssten doch wissen, dass dieser Hamilton auch gefährlich sein könnte.«

»Natürlich würde ich ihn nicht in der einsamsten Gegend von Hampstead Heath darauf ansprechen«, erwiderte sie mit einiger Schärfe.

»Trotzdem denke ich, dass man solche Aufgaben am besten der Polizei überlässt.« Er hob seinen Hut auf und ging zur Tür hinüber. »Ich habe versucht, Ihnen zu helfen«, sagte er etwas schroff, »aber Sie scheinen nicht zu begreifen, dass die Befugnisse eines Kriminalinspektors ihre Grenzen haben.«

Nachdem er gegangen war, ging sie unruhig im Zimmer auf und ab. Merlin war eigentlich kein schlechter Kerl, sagte sie sich. Vielleicht war er sich der Macht derer, die ihm unterstellt waren, etwas zu sehr bewusst, aber er war wirklich bestrebt, diesen Fall zu lösen, und offensichtlich mehr als nur ein wenig um ihre Sicherheit besorgt. Es tat ihr leid, dass sie so unhöflich zu ihm gewesen war.

Am nächsten Morgen erhielt sie einen Brief. Sie schlitzte den großen flachen Umschlag auf und nahm eine Fotokopie des beschrifteten Bildes von Peter Hamilton heraus. Auf einem Blatt einfachen Briefpapiers hatte Merlin Folgendes gekritzelt: »*Dies ist eine Kopie, die den gleichen Zweck erfüllen sollte wie das Original, aber seien Sie trotzdem vorsichtig! Und kein Wort zu irgendjemandem, sonst regle ich demnächst wieder den Verkehr.*«

Sie steckte den Zettel und das Bild zurück in den Umschlag. Irgendwie erschien das Leben viel fröhlicher. Sie bemerkte, dass Keith Everest, der auf der anderen Seite des Frühstückstisches saß, sie neugierig musterte, aber sie gab keine Erklärung ab.

Im Theater erkannte sie der Pförtner wieder. Als sie sich nach Hamilton erkundigte, ging er auf die Suche nach ihm. Er war noch keine fünf Minuten weg, als Leslie bemerkte, wie Sylvia Graham in die Pförtnerloge ging und einen kleinen Stapel Briefe von einem Regal an der Rückwand nahm. Sie begann, sie durchzusehen, dann blickte sie plötzlich auf und erkannte Leslie.

»Oh … guten Morgen«, sagte sie ein wenig erschrocken. Die Begrüßung war recht förmlich, und ihre sorgfältig geschminkten Gesichtszüge erschienen wie eine ausdruckslose Maske. Nach der Erwiderung des Grußes hatte Leslie für einen Moment den Eindruck, dass Sylvia Graham noch eine weitere Bemerkung machen wollte, aber sie sah Peter Hamilton auf sich zukommen, nickte ihm beiläufig zu und ging dann den Korridor hinunter.

Hamilton tauschte einen vielsagenden Blick mit dem Pförtner aus, der hinter ihm stand. Dann ging er zu Leslie hinüber.

»Ignorieren Sie die Gräfin einfach«, grinste er. »Heute ist offensichtlich einer ihrer schlechten Tage. Lassen Sie uns doch einen Kaffee trinken gehen.«

Er führte sie in ein kleines Wiener Café in der Brewer Street, das fast leer war. Sie setzten sich in eine Ecke, und er lehnte sich über den Tisch. »Und«, sagte er, »was haben Sie auf dem Herzen, Frau Doktor?«

Sie konnte sich wirklich nicht vorstellen, dass ein eiskalter Mörder eine derart angenehme und entwaffnende Art hatte. Einige Augenblicke lang rührte sie langsam in ihrem Kaffee. »Ich wollte mich nur vergewissern, dass Sie mir tatsächlich gesagt haben, Sie hätten Judy Everest nie gesehen.«

»Natürlich, das habe ich Ihnen gesagt. Es ist die reine Wahrheit.«

»Die Polizei scheint eine andere Sicht der Dinge zu haben«, sagte sie absichtsvoll. »Sind Sie sicher, dass Sie ihr nie geschrieben oder ein signiertes Foto geschickt haben?«

»Nicht, dass ich wüsste«, antwortete er. »Es gab eine Zeit, vor etwa vier Jahren, als ich ziemlich regelmäßig auftrat, da habe ich eine ganze Reihe von Fotos verschenkt, aber ich kann mich nicht daran erinnern, dass Judy Everest mich um eines gebeten hätte.« Er schien nicht im Geringsten beunruhigt zu sein. »Die Polizei war diesbezüglich schon bei mir und hat sich eine Schriftprobe geholt. Ich weiß nicht, warum. Es klingt alles etwas unheimlich. Wissen Sie zufällig, was dahintersteckt?«

Sie zögerte einen Moment, dann erzählte sie ihm von dem signierten Foto. Irgendetwas hielt sie davon ab, ihm die Kopie in ihrer Handtasche zu zeigen.

Er lachte unverhohlen. »Ich habe ja schon einige Krimis inszeniert«, lachte er, »aber das hier übertrifft alles!«

Als sie sich eine halbe Stunde später trennten, war Leslie mehr als nur ein wenig verwirrt.

Zurück in Chelsea wurde sie von Mrs. Malins begrüßt, die ihr mitteilte, dass Kriminalinspektor Merlin angerufen und eine Nachricht für sie hinterlassen hatte. Darin bat er sie, ihn um acht Uhr im Restaurant *Flaneur* in der Gerrard Street zu treffen.

Auf einem Tisch im Flur lag ein an sie adressierter Brief, der per Bote zugestellt worden war. Sie riss ihn auf und las:

Viceroy-Theater

Liebe Frau Dr. Sanders,

ich glaube, es gibt etwas, das Sie über Andrea wissen sollten. Könnten Sie übers Wochenende in mein Cottage in Clevelode, in der Nähe von Maidenhead, kommen? Versuchen Sie nicht, mich im Theater zu erreichen oder irgendjemandem davon zu erzählen, sondern treffen Sie mich am Zugang zum Bahnsteig 4 in Paddington. Wir nehmen den Zug um 23.02 Uhr am Samstagabend.

Sylvia Graham

Völlig durcheinander faltete sie den Zettel zusammen und steckte ihn in ihre Handtasche. Sylvia Graham hatte sich ihr gegenüber im Theater so kühl verhalten, dass sie sich den Grund für diesen Gesinnungswandel nicht erklären konnte. Lag es daran, dass sie gesehen hatte, wie Leslie mit Peter Hamilton weggegangen war, und dass sie jegliche Unannehmlichkeiten in dieser Richtung vermeiden wollte?

Als Leslie die Speisekarte des Restaurants *Flaneur* studierte, fühlte sie sich geschmeichelt, dass Merlin sie zum Essen eingeladen hatte.

»Ich hoffe, Sie bekommen eine großzügige Spesenaufwandsentschädigung«, sagte sie und sah ihn etwas besorgt über den Ecktisch hinweg an.

Er lächelte sie an. »Gelegentlich auszugehen ist eine meiner wenigen Extravaganzen«, sagte er. »Ich freue mich sehr, dass Sie kommen konnten. Betrachten Sie diesen Abend als eine Art Geste des guten Willens. Um zu beweisen, dass ich es ernst meine, dachte ich, Sie würden gerne wissen, dass wir eine Probe von Hamiltons Handschrift genommen haben. Sie unterscheidet sich ziemlich von der auf dem Foto.«

»Das überrascht mich nicht«, sagte sie freundlich, aber sie erklärte ihm nicht den Grund dafür.

Im Laufe des Essens wurde Leslie klar, dass Merlin ernst meinte, was er sagte. Er interessierte sich für sie als Person, nicht nur als die eigensinnige Schwester eines ermordeten Mädchens, dessen Tod er zu untersuchen hatte. In der Tat war sie nicht abgeneigt, als er vorschlug, dass sie, falls sie am Sonntag Zeit hätte, einen Ausflug in den Epping Forest machen könnten.

»Ich fürchte, dass es diesen Sonntag nicht klappt … und das hier ist der Grund«, sagte sie, öffnete ihre Tasche und reichte ihm den Brief von Sylvia Graham. »Ich habe das Gefühl, dass ich diese Verabredung einhalten sollte.«

Er studierte den Brief sorgfältig. »Wenn sie etwas über Andrea weiß, warum hat sie es uns dann nicht gesagt?«, überlegte er. »Ich habe sie fast eine Stunde lang befragt. Sie leugnete, auch nur die geringste Kenntnis über das Privatleben Ihrer Schwester zu haben.« Merlin legte den Brief auf den Tisch. »Ich hoffe nur, dass Sie nicht in weitere Anschläge verwickelt werden, wenn Sie diese Einladung annehmen«, sagte er. »Es könnte ja sein, dass der Brief gefälscht ist. Vielleicht ist es nicht einmal ihre Handschrift.« Er unterbrach seine Ausführungen, weil er ihren Blick aufgefangen hatte. »Was amüsiert Sie denn so?«

»Ist Ihnen an der Handschrift nichts aufgefallen?«, fragte sie und versuchte, so zwanglos wie möglich zu klingen.

Er holte ein kleines Vergrößerungsglas aus seiner Westentasche und nahm den Brief wieder in die Hand. »Sieht für mich aus wie das typische Gekritzel einer Schauspielerin – übertriebene Großbuchstaben und Schnörkel am Ende jedes zweiten Wortes. Was soll daran besonders sein?«

Sie öffnete ihre Handtasche und nahm die Fotokopie des Bildes von Peter Hamilton heraus. »Vergleichen Sie mal die Handschrift auf der Notiz mit der auf dem Bild«, schlug sie vor.

Er legte sie nebeneinander und betrachtete sie abwechselnd durch sein Vergrößerungsglas. Schließlich gab er einen leisen Pfiff von sich. »Kein Zweifel – dieselbe Handschrift«, sagte er. »Das haben Sie ziemlich gut beobachtet.«

»Aber was hat das alles zu bedeuten?«, beharrte sie. »Warum sollte Sylvia Graham etwas auf das Bild von Peter Hamilton schreiben und es Judy Everest geben?«

»Diese Frage muss ich mir noch durch den Kopf gehen lassen«, antwortete er. »Ich glaube, es ist besser, wenn ich Sie jetzt zum Taxi begleite. Es ist schon ziemlich spät.«

Sie konnte sehen, dass sein Gehirn mit den Möglichkeiten beschäftigt war, die sich durch diese neue Entwicklung eröffneten. Er setzte sie in ein Taxi und fuhr zurück zum Yard.

Leslie hatte Keith Everest erzählt, dass sie mit Merlin zu Abend essen wollte. Bei ihrer Rückkehr wartete er bereits auf sie, um zu erfahren, ob es weitere Neuigkeiten in dem Fall gab. Sie sagte ihm, dass es nichts Neues gab, aber dass sie glaube, dass die Polizei einigen Hinweisen nachging. Gerade als er hinausgehen wollte, rief Leslie ihm nach: »Ich habe vergessen, Ihnen zu sagen, dass ich übers Wochenende weg sein werde.«

Er blieb an der Tür stehen. »Haben Sie irgendein besonderes Ziel?«, erkundigte er sich.

Es lag ihr auf der Zunge, ihm von Sylvia Grahams Cottage zu erzählen, aber sie überlegte es sich anders und sagte dann: »Ich fahre nur zurück zum Krankenhaus in Wolverhampton. Dort gibt es ein paar Patienten, an denen ich besonders interessiert bin. Ich will mich unbedingt über ihre Genesungsfortschritte informieren.«

Er nickte stark und wünschte ihr dann eine gute Nacht.

Sie nahm die Abendzeitung zur Hand und beschloss dann, in die Küche zu gehen und sich etwas Heißes zum Trinken zu machen. Der Tisch war bereits für das Frühstück gedeckt und auf dem Kühlschrank lag ein aufgeschlagenes Kursbuch über die Zugabfahrtszeiten auf der *Thames Valley Line*. Als Leslie sich bückte, um den Kühlschrank zu öffnen, fiel ihr das Wort Maidenhead ins Auge. Offensichtlich hatte jemand nach Zügen auf dieser Strecke gesucht.

Die große Uhr am Bahnsteig Nummer eins schlug gerade elf, als Leslie Sylvia Graham erblickte, die zügig durch die Schalterhalle ging. Sie hatte eine kleine Reisetasche dabei und trug einen dunkelgrünen Mantel.

»Da sind Sie ja!«, sagte sie. »Ich bin so froh, dass Sie kommen konnten, meine Liebe.« Sie klang so, als ob sie es wirklich ernst meinte. Sie ging zu einem Abteil der ersten Klasse vor, plauderte locker über die Reise und erklärte, dass sie ihr Auto in einer Garage in Maidenhead gelassen hatte, weil das Wetter in letzter Zeit ziemlich neblig war und sie es hasste, nach London zu fahren.

Sie holten Sylvias Auto in einer Garage, die die ganze Nacht über geöffnet war, und rasten dann durch die Nacht in Richtung Cookham. Sylvia erklärte, dass Clevelode nur ein Weiler am Flussufer mit nicht mehr als einem halben Dutzend Häusern war.

Als sie ankamen, bestand sie darauf, Schinken und Eier zu kochen und erklärte, dass sie seit dem Tee nichts mehr gegessen hatte. Leslie half, soweit sie konnte, war aber dennoch sehr verwundert darüber, dass die Schauspielerin bisher keinen Hinweis auf den Grund ihres Besuchs gegeben hatte.

Sie tranken gerade ihre zweite Tasse Kaffee, als Leslie beschloss, dass es Zeit war, auf den Punkt zu kommen. »Warum haben Sie mich hierhergebeten, Miss Graham – Sylvia?«, fragte sie und tat ihr Bestes, um nicht wie eine Ärztin zu klingen, die eine Patientin befragte. »Was wollten Sie mir sagen?«

Sylvia Graham stellte ihre leere Tasse ab und erhob sich. »Jetzt ist es schon viel zu spät, um noch damit anzufangen.«, sagte sie leise. »Morgen früh werden wir ein sehr vertrauliches, ausführliches Gespräch führen. Kommen Sie, ich zeige Ihnen Ihr Zimmer.«

Es war ein hübsches kleines Zimmer mit einem Dachvorsprung, vor den bunte Baumwollvorhänge gezogen worden waren. Es hatte keinen der üblichen Nachteile, die die meisten Schlafzimmer in Cottages hatten. Es gab einen kleinen elektrischen Kamin in einer Ecke, eine Leselampe am Bett und ein Waschbecken mit heißem und kaltem Wasser.

Trotz dieser freundlichen Umgebung und eines sehr bequemen Bettes fiel es Leslie schwer zu schlafen. Eine halbe Stunde lang blätterte sie in einer Gedichtsammlung, die sie auf dem Nachttisch gefunden hatte, dann schaltete sie das Licht aus. Etwa zwanzig Minuten zuvor hatte sie gehört, wie Sylvias Schlafzimmertür geschlossen wurde.

Leslie war gerade in einen Halbschlaf gefallen, als sie draußen auf dem Treppenabsatz eine Bewegung hörte und erkannte, dass jemand heimlich die Treppe hinunterschlich. Wenige Augenblicke später klopfte es leise an die Hintertür. Kurz darauf hörte Leslie, wie die Tür geöffnet wurde. Dann nahm sie das Gemurmel entfernter Stimmen wahr.

Sie stieg aus dem Bett und öffnete leise ihre Zimmertür. Am Fuße der Treppe war keine Tür. Sie hörte ganz deutlich eine Männerstimme. Ein etwas hitziges und sehr angespanntes Gespräch war im Gange. Sie verstand einen gelegentlichen Satz und erkannte dann sofort, dass der Mann Keith Everest war. Sie fragte sich, ob er schon im Cottage oder in der Nähe gewesen war, als sie ankamen, oder ob er gerade erst angekommen war. Sie erinnerte sich plötzlich an das Kursbuch auf dem Kühlschrank, in dem der Fahrplan der Züge durch das Thames Valley aufgeschlagen lag.

»Sie hätten sie nicht hierher einladen sollen«, hörte sie

Everest sagen. »Überhaupt sollte man die ganze Sache mit Andrea am besten vergessen.«

»Sie hat ein Recht darauf, die Wahrheit zu erfahren«, entgegnete Sylvia, »und ich mache es mir zur Aufgabe, sie ihr zu sagen. Es ist besser so als durch die Polizei.«

»Es liegt in Ihrer Verantwortung«, antwortete Everest. »Geben Sie mir dann aber nicht die Schuld für die Folgen. Sie können sicher sein, dass *ihm* das nicht gefallen wird.«

Die Diskussion dauerte noch eine ganze Weile an, aber schließlich hörte Leslie, wie sie in die Küche gingen und die Hintertür schlossen. Sie kletterte zurück ins Bett und nach ein paar Minuten kam Sylvia langsam die Treppe hinauf. Sie zögerte einen Moment vor Leslies Zimmer, dann öffnete sie vorsichtig die Tür und spähte hinein. Leslie war von der Tür abgewandt und schlief offenbar fest. Die Tür wurde wieder leise geschlossen.

Während Leslie wach lag, stellte sie im Gedanken eine Reihe von Theorien auf. Schließlich schlief sie ein und träumte, dass sie eine wichtige Operation durchführen musste. Sie hörte das leise Klirren der Instrumente, als die Krankenschwester diese sterilisierte. Als eines davon klappernd auf den gefliesten Boden fiel, setzte sie sich mit einem Ruck im Bett auf.

Sie war sofort hellwach und wusste instinktiv, dass ein kleiner Kieselstein gegen die Dachgaube geprallt war. Irgendjemand da draußen versuchte, damit ihre Aufmerksamkeit zu erregen.

Kapitel sechs

Leslie öffnete ihre Reisetasche und nahm eine Taschenlampe heraus, die sie mitgebracht hatte. Ein weiterer Kieselstein klirrte gegen das Fenster, als sie sich darauf zubewegte. Sie zog die Vorhänge ein paar Zentimeter zurück und spähte hinaus.

Das Licht des trüben Mondes, der am Rande einer schweren Wolkenbank stand, reichte gerade aus, um zu erkennen, dass ein Mann unter dem Fenster stand. Sie hantierte an der Klinke herum und schaffte es schließlich, das Fenster weit aufzustoßen. Der Mann schlich daraufhin in den Schatten der Hauswand. Sie streckte den Arm aus, richtete die winzige Taschenlampe in seine Richtung und drückte dann auf den Schalter. Der schmale Lichtstrahl zeigte ihr einen ungepflegten jungen Mann, schäbig gekleidet, die Krawatte locker vom Kragen gezogen, eine Locke blonden Haares fiel ihm unordentlich in die Stirn. Trotz seines ängstlichen Gesichtsausdrucks konnte sie erkennen, dass es sich um einen gutaussehenden jungen Mann handelte, auch wenn die gleichmäßigen Gesichtszüge einen Hauch von Schwäche verrieten. All diese Details nahm sie in dem Sekundenbruchteil auf, der verging, bevor sie ihn mit heiserer Stimme rufen hörte: »Machen Sie um Gottes Willen das Licht aus!«

Sie knipste die Lampe aus und wartete, während sie spürte, wie ihr Herz klopfte. »Was wollen Sie? Wer sind Sie?«, fragte sie dann.

»Sie sind Dr. Sanders?«, fragte der Mann unten.

»Ja, das bin ich.«

»Gott sei Dank habe ich Sie gefunden. Ich bin Clive!«

»Clive?«, wiederholte sie ungläubig. »Am Telefon haben Sie sich aber ganz anders angehört.«

»Ich versuche seit Tagen, Sie zu sehen«, sagte Clive leise. »Aber irgendetwas hat mich immer daran gehindert. Ich muss immer auf der Hut sein …« Er sprach ruckartig und aufgeregt. »Ich riskiere alles, wenn ich so einfach hierherkomme. Die Leute, die auf dem Parkplatz und vor dem Wachsfigurenkabinett versucht haben, Sie zu erwischen, sind auch hinter mir her. Sie sind gefährlich und zum Äußersten entschlossen. Sie werden vor nichts zurückschrecken.«

Trotz der Tatsache, dass Clive ziemlich viel darüber wusste, was alles geschehen war, war Leslie misstrauisch. Warum sollte er auf diese so unorthodoxe Weise Kontakt zu ihre suchen? Warum sollte er Aufmerksamkeit erregen, indem er ihr nach Maidenhead folgte, wo sie sich doch so leicht in London hätten treffen können? Das sagte sie auch dem Mann unten im Schatten.

»Sie werden beobachtet – und ich auch. Ihr Telefon wird abgehört, oder Sie haben einen Verräter im Haus. Dies ist die erste wirkliche Gelegenheit, die ich habe, ohne Verfolger mit Ihnen zu sprechen, und selbst jetzt gehe ich ein großes Risiko ein.«

Der Mond verschwand hinter einer Wolke. Leslie fragte sich vage, ob Sylvia Graham irgendetwas von diesem Gespräch mitbekommen hatte. Zum Glück lag ihr Zimmer auf der anderen Seite des Hauses.

Plötzlich sagte Clive in einem nervösen Ton: »Wenn Sie nichts mit mir zu tun haben wollen, dann ist das sehr schlimm. Ich bin ein großes Risiko eingegangen, indem ich versucht habe, mit Ihnen in Kontakt zu treten, aber wenn Sie sich nicht anhören wollen, was ich zu sagen habe – nun, dann ist das Ihre Sache.«

Leslie spürte den kühlen Nachtwind durch ihren Morgenrock hindurch und zog ihn deshalb enger zu.

»Was schlagen Sie also vor?«, fragte sie. »Wir können uns schließlich nicht die ganze Zeit so weiterunterhalten.«

»Können wir uns morgen Nacht treffen?«

»Warum nicht tagsüber?«

»Das kommt nicht in Frage«, antwortete er prompt. »Ich gehe so schon genug Risiken ein. Mitternacht wäre die beste Zeit. Wir treffen uns in dem kleinen Bootshaus hier am Ende des Gartens.«

Leslie zögerte einen Moment und nickte dann mit dem Kopf.

»Ich verstehe nicht, warum Sie sich so geheimnisvoll geben«, sagte sie, »es sei denn, Sie haben Angst, des Mordes an meiner Schwester verdächtigt zu werden.«

Er schnappte nach Luft und schien über diese Andeutung entsetzt zu sein. »Ich habe Andrea geliebt – und sie mich«, sagte er ernsthaft. »Das müssen Sie mir glauben.« Er klang jetzt angespannt, ein wenig hysterisch. »Sagen Sie niemandem ein Wort davon«, flehte er. »Am allerwenigsten Ihrem Polizistenfreund.«

»Ich verspreche es«, sagte Leslie, ein wenig amüsiert über seine Beschreibung von Kriminalinspektor Merlin.

»Ich muss jetzt gehen. Wir sehen uns dann morgen Nacht.«

Sie sah ihm nach, wie er schweigend um das Haus herumging, dann schloss sie das Fenster.

Leslie zog ihren Morgenmantel aus und legte sich wieder ins Bett. Sie war etwas überrascht, wie unglaublich müde sie auf einmal geworden war. Zehn Minuten später schlief sie tief und fest.

Ein leises Klappern der Türklinke weckte sie etwa sieben Stunden später. Sylvia Graham kam herein und trug ein schwer beladenes Frühstückstablett. »Ich hoffe, ich habe Sie nicht zu früh geweckt«, begrüßte sie Leslie, während sie zum Fenster ging, um die Vorhänge zurückzuschieben. Ein Lichtstrahl, der sich an einem vereinzelten Ast eines Birnbaums brach, drang in das Zimmer und erhellte es.

»Sehen Sie doch, wie herrlich!«, rief Sylvia und atmete tief ein. »Der Nebel löst sich allmählich auf und die Luft ist wunderbar frisch. Ich liebe den Herbst in dieser Gegend.«

Sie wandte sich vom Fenster ab und stellte den elektrischen Kamin an. »Ich hoffe doch sehr, Sie betrachten es als einen besonderen Genuss, im Bett zu frühstücken.«

Leslie, die über diese Freundlichkeit sehr verwundert war, nickte zustimmend und sagte, dass das Frühstück im Bett ein echter Luxus sei.

»Oh, das ist schön«, stimmte die Schauspielerin zu und stellte das Tablett auf einem kleinen Tisch vor dem Kamin ab.

»Mrs. Goodson von gegenüber wird gegen elf Uhr kommen und das Mittagessen kochen«, fuhr sie fort. »Bis dahin sind wir also ungestört, und ich dachte, dies hier wäre der beste Raum, um unser gemütliches Gespräch zu führen.«

Sie plauderte während des Frühstücks munter weiter. Erst als sie ihre zweite Tasse Kaffee tranken, sagte Sylvia: »Wenn Sie mich beruflich, als Ärztin, betrachten, Frau Doktor, würden Sie dann vermuten, dass ich jemals drogenabhängig war?«

Leslies Tasse klapperte mit der Untertasse. »Um Himmels willen, nein!«, antwortete sie.

Die Schauspielerin lehnte sich in ihrem Stuhl zurück und blickte nachdenklich aus dem Fenster. »Vor drei Jahren ging es mir ziemlich schlecht. Ich verbrachte mehrere Monate in einer Entziehungsanstalt in Wiltshire. Ich muss Ihnen wohl nicht sagen, dass ich in der Zeit, in der ich Drogen nahm, einige ziemlich seltsame Leute kennengelernt habe. Deshalb bin ich automatisch auf der Hut, wenn mich irgendein Fremder besuchen kommt. Wissen Sie, es gibt immer noch ein paar Leute, die mich von früher kennen, und die wissen nur zu gut, dass eine Süchtige immer rückfällig werden kann ... Nur ein kleiner Ausrutscher, und man ist wieder da, wo man war, und diese gewissen Leute verdienen dann ihr Geld damit. Ich musste schwer und angestrengt kämpfen, damit ich wieder zum Theater zurückkehren konnte. Deshalb klammere ich mich natürlich auch daran fest, was ich erreicht und wiedergewonnen habe.«

Leslie nickte. »Das verstehe ich gut«, sagte sie verständnisvoll.

»Sie haben sicherlich gehört, dass ich einen schlechten Ruf habe, was Männerbekanntschaften angeht«, fuhr Sylvia fort. »Und ich gebe mir auch gar keine Mühe, das zu leugnen. Das ist eine harmlose Art von Publicity für eine Schauspielerin. Ich habe eine ganze Reihe von Freunden – zum einen lenken sie mich von der alten Versuchung ab und zum anderen sorgen sie für mein Vergnügen«, fügte sie hinzu.

Sylvia nahm sich eine neue Zigarette und zündete sie sich mit dem Stummel der alten an. Sie sah Leslie durch die Rauchwolke an.

»Ich werde manchmal von Leuten aufgesucht, die ich am wenigsten erwarte.«

»Aber wenn Sie die Sucht besiegt haben, dann sollten Sie sich nicht allzu viele Gedanken über andere Leute machen«, riet Leslie. »Versuchen Sie, nicht zu empfindlich zu sein. Betrachten Sie die ganze Sache als abgeschlossen. Es war wirklich nicht nötig, mir all das zu erzählen. Ich hätte sicherlich nie davon erfahren.«

»Ich musste es Ihnen erzählen«, sagte Sylvia Graham, »weil es in gewisser Weise Andrea betrifft.«

»Andrea?«, wiederholte Leslie völlig sprachlos. »Sie wollen mir damit doch nicht etwa sagen, dass meine Schwester drogensüchtig war?«

Sylvia nahm die Zigarette aus ihrem Mund. Sie sah Leslie nicht an. »Ihre Schwester hat dafür gesorgt, dass die Drogen unter die Leute kamen«, sagte sie leise. »Um es ganz brutal auszudrücken: Sie war eine Drogenhändlerin.«

Leslie hätte am liebsten laut losgelacht, aber stattdessen sagte sie leise: »Aber das ist doch absurd! Warum sollte sich Andrea auf so etwas einlassen?«

Sylvia machte eine hilflose Geste. »Dafür kann es viele Gründe gegeben haben«, antwortete sie. »Ich persönlich habe immer vermutet, dass sie unter dem Einfluss irgendeines Mannes stand. Ich kann Ihnen nur sagen, dass Andrea nach der ersten Generalprobe in meine Garderobe kam und mich fragte, ob ich vielleicht eine Kleinigkeit möchte, um mich bei Laune zu halten. Ich wusste natürlich, worauf sie anspielte. Natürlich lehnte ich das Angebot ab und drohte damit, sie auffliegen zu lassen.«

»Was war ihre Antwort?«

»Sie hat mich nur daran erinnert, dass sie genug über meine Vergangenheit wusste, um mir das Leben schwer zu machen.«

Leslie stellte ihr Frühstückstablett ab. »Ich kann das alles über Andrea einfach nicht glauben«, sagte sie skeptisch.

»Ich nehme an, Sie haben sie in den letzten Jahren nicht oft zu Gesicht bekommen.«

Leslie nickte. »Das stimmt. Ich habe fleißig für meine Prüfungen gelernt und sie hat an ihrer eigenen Karriere gearbeitet. Wir haben uns nur gelegentlich getroffen, aber ich hatte nie die geringste Ahnung, dass so etwas vor sich ging. Mit Sicherheit hat sie selbst keine Drogen genommen. Das wäre mir sonst aufgefallen.«

»Ich habe nie behauptet, dass sie selbst Drogen genommen hat«, sagte Sylvia. »Zumindest hatte ich keine Beweise dafür. Ich weiß nicht, was sie in dieses schreckliche Geschäft hineingezogen hat, aber ich bin mir ziemlich sicher, dass es in direktem Zusammenhang mit ihrer Ermordung steht.«

Leslie schüttelte etwas fassungslos den Kopf. »Ich weiß nicht, was ich sagen soll. Das ist alles völlig neu für mich. Ich kann diese Neuigkeiten nicht mit irgendetwas in Verbindung bringen, was Andrea jemals getan oder gesagt hat.«

Sylvia Graham begann, das Frühstücksgeschirr auf dem Tablett zu stapeln. »Vielleicht fällt mir bis morgen noch etwas ein«, murmelte sie. »Jedenfalls fühle ich mich jetzt besser, nachdem ich es Ihnen gesagt habe.« Sie zögerte einen Moment, dann fügte sie hinzu: »Trotzdem wäre es mir lieber, wenn Sie der Polizei nichts sagen würden – über die Drogensache, meine ich. Wenn irgendetwas darüber in meine Papiere käme, dann wäre meine Zukunft im Westend für immer zerstört.«

Eher abwesend versicherte Leslie ihr, dass sie die Angelegenheit vertraulich behandeln würde. Sie war immer noch mehr als nur ein wenig schockiert, dass sie von einer Seite in Andreas Leben gehört hatte, die ihr so abstoßend erschien. Natürlich war es möglich, dass Sylvia Graham log, aber sie erschien ihr ernsthaft besorgt und aufrichtig zu sein. Trotzdem war Leslie vorsichtig. Sie wusste, dass Sylvia eine der besten Schauspielerinnen des Landes war und genug Talent besaß, um diese phantastische Geschichte überzeugend vorzuspielen.

Ihre Gastgeberin trug das Frühstückstablett hinaus und sagte, dass Mrs. Goodson bald eintreffen würde. Sie schlug Leslie vor, vor dem Mittagessen vielleicht noch einen kleinen Spaziergang den Fluss entlang zu machen.

Auf dem Weg hinunter zum Treidelpfad warf Leslie einen Blick in das Bootshaus. Sylvias Auto nahm den größten Teil des Raumes ein, denn sie hatte es zu einer Garage umbauen lassen. An einer Wand hingen ein alter Kahn und ein paar Ruder. Sie hatte halb erwartet, Spuren dafür zu finden, dass Keith Everest oder Clive in der vergangenen Nacht dort gewesen waren, aber es gab keine.

In Gedanken noch immer mit Sylvia Grahams Enthüllungen beschäftigt, ging Leslie weiter, als sie beabsichtigt hatte, und befand sich schon bald in Sichtweite der Maidenhead Bridge. Sie beschloss, bis dorthin zu schlendern und dann zurückzugehen. Als sie ein paar Minuten auf der Brücke stand und den Strom der vorbeifahrenden Autos und das Spiel des wässrigen Sonnenlichts auf dem trüben Wasser unter ihr beobachtete, wurde sie sich plötzlich eines Autos bewusst, das ganz in ihrer Nähe hielt.

»Wir treffen uns aber auch an unerwartetsten Orten«, sagte

eine Stimme, die sie kannte, und Peter Hamilton steckte seinen Kopf durch das heruntergelassene Fenster eines Morris Minor. »Kann ich Sie irgendwo hinfahren? Ich bin auf dem Weg nach Henley.«

»Das ist ja wirklich ein ziemlicher Zufall, dass wir beide uns ausgerechnet hier begegnen«, sagte sie.

»Sind Sie länger hier?«

»Ich wohne bei einer Freundin, ein Stück weiter flussaufwärts.« Sie hatte keine Lust, ihm zu erklären, wie es dazu gekommen war, dass sie bei Sylvia Graham zu Besuch war. Er schien sehr neugierig darauf zu sein, wo sie wohnte, aber sie schaffte es, ihm nur vage Antworten zu geben. Plötzlich schaute er auf seine Armbanduhr und verkündete, dass er in Henley schon überfällig war.

Sie sah ihm nach, bis er außer Sichtweite war, drehte sich dann um und ging langsam den Treidelpfad entlang, während sie darüber nachdachte, ob sie Inspektor Merlin von ihren Entdeckungen an diesem Morgen erzählen sollte. Könnte Merlin gewusst haben, dass Andrea in diesen Drogenhandel verwickelt war, und wollte er ihre Gefühle schonen? Es war auf jeden Fall ein furchtbarer Schock für sie gewesen, denn ihr Studium der Medizin hatte sie nur zu deutlich gelehrt, welche schrecklichen Auswirkungen Drogen haben konnten.

Nach dem Mittagessen versuchte sie, Sylvia näher zu befragen, aber die Schauspielerin schien nicht mehr bereit zu sein, weiter über die Angelegenheit zu sprechen. Sie sagte, dass sie mit Andrea nur noch wenig zu tun gehabt hatte, nachdem sie ihr wegen der Drogen eine Abfuhr erteilt hatte. Sie konnte ihr weder damit helfen, mit welchen Personen sie verkehrte, noch einen Tipp geben, welcher Spur sie weiter nachgehen konnte. Dennoch bemühte sie sich, Leslie zu unterhalten und erwies sich als amüsante Gesprächspartnerin.

Am frühen Abend gingen sie hinunter zum einzigen Gasthaus des Dorfes, mit dessen meisten Bewohnern Sylvia befreundet zu sein schien. Sie blieben fast zwei Stunden dort, aber Leslie bemerkte, dass Sylvia sehr wenig trank, ein paar Shandys reichten für den ganzen Abend. Schließlich kehrten sie zum Cottage zurück, bereiteten das Abendessen zu und gingen kurz nach zehn Uhr zu Bett.

Leslie schaltete ihre Nachttischlampe ein und versuchte zu lesen, denn sie wusste, dass sie niemals schlafen konnte, bevor es Zeit war, aufzustehen und ihr mitternächtliches Rendezvous einzuhalten. Sie schaute ein Dutzend Mal auf ihre Armbanduhr, bevor sie entschloss, dass es nun so weit war. Sie nahm ihre Taschenlampe aus der Handtasche und steckte sie in ihre Manteltasche. Sie schaltete das Licht im Flur nicht ein, um Sylvia nicht durch das Geräusch des Schalters zu wecken, sondern nutzte die Taschenlampe, um die Treppe hinunter und durch die Küche zur Hintertür zu gelangen. Zu ihrer Überraschung war diese nicht verschlossen. Sie erinnerte sich jedoch deutlich daran, dass Sylvia sowohl die Vorder- als auch die Hintertür verriegelt hatte. Leslie hob den Riegel an und hörte fast im selben Augenblick einen fernen Schrei. Einige Sekunden später ertönte ein weiterer. Er kam aus der Richtung des Bootshauses.

Leslie rannte so schnell sie konnte, aber der Weg war uneben, und sie wagte es nicht, ihre Taschenlampe einzuschalten, aus Angst, Aufmerksamkeit zu erregen. Es dauerte mehrere Minuten, bis sie das Bootshaus erreichte.

Eine Türhälfte stand offen. Drinnen konnte sie gerade noch zwei kämpfende Gestalten ausmachen. Einen Mann und eine Frau.

Der Mann stand mit dem Rücken zu ihr, weil er sich über die immer noch kämpfende Frau beugte, aber Leslie wusste instinktiv, dass es sich bei der Frau um Sylvia Graham handelte. Sie konnte sehen, dass der Mann sich abmühte, etwas um Sylvias Kehle zu schnüren. Während sie hin und her schwankten, stürzte sich Leslie plötzlich mit aller Kraft auf den Mann und versuchte, ihn wegzuzerren. Sie klammerte sich wild an ihn und spürte, wie sich ihre Fingernägel in das weiche Fleisch seiner Wangen bohrten. Er stieß einen Schmerzensschrei aus und löste seinen Griff um Sylvia. Dann stieß er Leslie, über deren wahren Kräfte er sich nicht sicher war, heftig zur Seite und verschwand durch die Tür des Bootshauses.

Leslie holte schnell ihre Taschenlampe heraus und untersuchte Sylvia, die nun bewusstlos war. Sie löste den Nylonstrumpf, der ihr um den Hals geknotet worden war, lief dann zum Flussufer und tauchte den Strumpf ins Wasser. Sylvia war immer noch bewusstlos, als sie zurückkam, aber sobald Leslie begann, ihr Gesicht mit dem nassen Strumpf abzutupfen, kam sie wieder zu Bewusstsein.

Leslie untersuchte gerade die roten Striemen an Sylvias Hals, als sie das Geräusch von sich nähernden Schritten hörte.

Hatte der mysteriöse Fremde erkannt, dass er es nur mit zwei Frauen zu tun hatte, von denen eine fast bewusstlos war? Hatte er beschlossen, dass keine von ihnen überleben sollte, um Hinweise auf seine Identität zu geben?

Leslie fasste einen schnellen Entschluss. Sie ließ Sylvia so liegen, wie sie war, und versteckte sich dann neben der Tür. Sie wollte warten, bis der Eindringling drinnen war, und ihm dann mit ihrer Taschenlampe ins Gesicht leuchten, um zu sehen, wer es war.

Die Schritte kamen näher. Leslies Daumen legte sich auf den Knopf der Taschenlampe. Sie hielt sie leicht von sich weg, für den Fall, dass er sich auf sie stürzen würde. Es waren fraglos die Schritte eines Mannes, daran bestand kein Zweifel. Er fummelte unsicher an der Tür herum, bis sie sich öffnen ließ.

Leslie konnte die schemenhaften Umrisse eines Mannes erkennen. Sie wartete, bis er fast auf gleicher Höhe mit ihr war, dann schaltete sie die Taschenlampe ein.

Der erschrockene Ausruf des Mannes wurde von Leslies überraschtem und bestürztem Aufschrei noch übertroffen.

Bei dem Eindringling handelte es sich um Kriminalinspektor Merlin. Seine beiden Wangen waren tief zerkratzt und bluteten stark.

.

Kapitel sieben

Merlin beugte sich über die halb bewusstlose Sylvia Graham, um sich zu vergewissern, dass sie noch lebte, dann nahm er ein Taschentuch aus seiner Manteltasche und tupfte sich das Gesicht ab.

»Was ist hier los?«, fragte er und nahm den Strumpf, den Leslie in der Hand hielt.

»Das wollte ich Sie auch gerade fragen«, sagte Leslie.

»Haben Sie den Kerl gesehen?«

»Er war nicht zu erkennen. Und Sie?«

Er schüttelte den Kopf.

Sie beschloss, dass alle weiteren Fragen besser aufgeschoben werden sollten, bis sie Sylvia in das Cottage gebracht hatten. Merlin schien dies zu schätzen, denn er hob Sylvia kurzerhand hoch und trug sie aus dem Bootshaus. Leslie leuchtete mit der Taschenlampe, damit er den Weg sehen konnte. Fünf Minuten später lag Sylvia auf einem Sofa und zeigte Anzeichen, dass sie wieder zu sich kam.

»Ich hätte nie erwartet, Sie hier zu treffen«, sagte Leslie neugierig.

Merlin tupfte sich die Wunden auf seiner Wange ab. »Es war mein freies Wochenende, und ich beschloss deshalb, dass ich besser ein Auge auf Sie werfen sollte«, antwortete er etwas abrupt. »Ich wohne im örtlichen Gasthaus.«

»Wir waren heute Abend auch dort, haben Sie aber nicht gesehen.«

»Ich hielt es für das Beste, Ihnen aus dem Weg zu gehen.« Er erzählte weiter, dass er nicht schlafen konnte und zum Cottage gekommen war, um zu sehen, ob dort alles in Ordnung war. Er hatte auch einen entfernten Schrei gehört, aber es brauchte einige Zeit, bis er herausfand, woher er kam. Als er am Bootshaus ankam, konnte er gerade noch sehen, wie der mutmaßliche Mörder herausstürzte. Merlin war quer durch den Garten gerannt, um ihm den Weg abzuschneiden.

»Der Kerl wehrte sich wie ein Verrückter«, fuhr Merlin fort. »Ich schlug ihn einmal nieder, aber er stand wieder auf, und da hatte er entweder einen Stein oder einen Ziegel in der Hand. Er kam wieder auf mich zu und schlug mir damit ins Gesicht.«

Er strich sich über das Gesicht und spürte reumütig die Schwellung, als er mit dem Handrücken darüberfuhr. »Ich war wohl etwa eine Minute lang bewusstlos. Während dieser Zeit machte er sich aus dem Staub. Ich wollte ihm schon nachlaufen, aber dann dachte ich, dass Sie verletzt sein könntest oder sogar ... Wie auch immer, Gott sei Dank geht es Ihnen gut.«

Leslie hatte den Brandy gefunden und goss ihn in ein kleines Glas. »Dann haben Sie den Mann also auch nicht erkannt«, fragte sie.

»Nein. Der Mond war hinter den Wolken und es war sehr dunkel unter der alten Eiche, wo wir gekämpft haben. Hätten Sie etwas dagegen, wenn ich einen Schluck von dem Brandy nehmen würde? Ich glaube, Sie könnten auch einen Schluck gebrauchen.«

Sie nickte und schenkte den Brandy ein. Sie versuchten, Sylvia zum Trinken zu bringen, hatten aber einige Schwierigkeiten, ein paar Tropfen zwischen ihre fest zusammengebissenen Zähne zu träufeln. Offensichtlich hatte es aber eine gewisse Wirkung, denn ein oder zwei Minuten später öffnete sie die Augen. Sie fuhr sich gerade mit der Hand an die Kehle, als sie Merlin erblickte. Ihre Augen weiteten sich vor Entsetzen.

»Es ist alles in Ordnung«, sagte Leslie und hielt ihre beiden Hände. »Das ist Inspektor Merlin. Sie erinnern sich doch an ihn?«

Sylvia drehte sich um und vergrub ihren Kopf in einem

Kissen. »Geht weg – geht weg, alle beide!«, rief sie mit gedämpfter Stimme. »Ich sage euch, ich halte das alles nicht mehr aus!«

Leslie tauschte einen Blick mit Merlin. »Es ist das Blut in meinem Gesicht«, flüsterte er. »Ich gehe und wasche es mir ab.« Er ging hinaus in die Küche.

Leslie massierte Sylvias Hals einige Minuten lang und fragte sie, ob sie noch andere Verletzungen habe. An einem Fuß befand sich ein schlimmer Bluterguss, weil ihr Angreifer ihr darauf getreten war. Sonst gab es keine Anzeichen dafür, dass sie weitere Verletzungen hatte.

Bald darauf kam Merlin zurück und sah viel ansehnlicher aus. Sylvia entschuldigte sich für ihren Ausbruch. Plötzlich begann sie, ohne Aufforderung, von ihrem Erlebnis zu erzählen.

Die Schauspielerin berichtete, dass sie, obwohl sie früh zu Bett gegangen war, Kopfschmerzen bekam. Sie dachte, dass ein kurzer Spaziergang an der frischen Luft diese vertreiben konnte. Sylvia hatte ihren Lieblingsweg entlang des Treidelpfades genommen und hörte auf dem Rückweg ein seltsames Geräusch im Bootshaus. Sie beschloss, nachzusehen. An der Tür hatte sie einen Augenblick lang gezögert – das nächste, was sie spürte, war wie sich etwas fest um ihre Kehle zog. Was danach geschah, wusste sie nicht genau.

Merlin machte keine Anstalten, sie zu befragen, sondern schlug vor, dass Leslie sie ins Bett bringen sollte. Sylvia stimmte bereitwillig zu und schaffte es, ohne Hilfe die Treppe hochzugehen. Als sie sich ausgezogen hatte, untersuchte Leslie rasch ihren Kopf und fühlte ihren Puls. Für das, was sie erlebt hatte, schien es ihr ganz gut zu gehen.

Als Leslie die Treppe hinunter ins Wohnzimmer kam, stand Merlin neben der Stehlampe und untersuchte den durchnässten Strumpf, den Sylvias Angreifer benutzt hatte. Er zog die feinen Maschen vorsichtig durch seine Finger und sah langsam auf, als Leslie den Raum betrat.

»Wie geht es ihr jetzt?«, erkundigte er sich.

»Ich glaube, dass es ihr bald wieder gut geht. Es war mehr ein Schock als alles andere. Wenn sie etwas Schlaf bekommt, sollte sie morgen früh wieder ganz normal sein.«

»Sie hatte unglaubliches Glück, dass Sie auf der Bildfläche erschienen sind«, kommentierte Merlin.

»Und wir hatten beide Glück, dass Sie dazugekommen sind«, murmelte sie.

»Ja«, sagte Merlin etwas trocken, »wir scheinen alle sehr viel Glück gehabt zu haben. Und jetzt ist Miss Graham offenbar sehr darauf bedacht, die ganze Sache zu vergessen.«

Leslie betrachtete ihn neugierig. »Glauben Sie denn, dass Sylvia nicht die Wahrheit gesagt hat?«, fragte sie.

»Nicht die ganze Wahrheit. Aber es schien mir kaum fair, sie in ihrem jetzigen Zustand mit Fragen zu löchern. Trotzdem bin ich mir ziemlich sicher, dass sie uns nicht alles erzählt hat. Und wo wir schon dabei sind, junge Dame, was haben Sie selbst im Bootshaus gemacht? Sagen Sie mir bloß nicht, dass Sie auch an Schlaflosigkeit litten.«

Leslie hoffte, dass er ihr Zögern nicht bemerkt hatte. Einen Moment lang hatte sie vorgehabt, ihm alles über die geplante Verabredung mit Clive zu erzählen. Doch dann schlich sich bei ihr ein leiser Zweifel an Merlin ein. Es war schon ein komischer Zufall, dass er im Bootshaus auftauchte und dass sein Gesicht so stark zerkratzt war. Sie erinnerte sich an Clives Abschiedsworte: »Sagen Sie niemandem etwas davon – am allerwenigsten Ihrem Polizistenfreund.«

Sie nippte einige Augenblicke an ihrem Brandy. »Ich hörte zufällig Sylvias Schrei, als ich mein Schlafzimmerfenster öffnen wollte. Als ich zum Bootshaus hinunterkam, sah ich, wie sich der Mann über Sylvia beugte und sie mit dem Strumpf würgte. Ich habe sein Gesicht ziemlich zerkratzt«, fügte sie mit schwacher Betonung hinzu.

Merlin lächelte. »Es ist wirklich schade, dass Sie sein Gesicht nicht gesehen haben«, sagte er ruhig. Er griff nach seinem Hut. »Sie finden mich im Gasthaus, wenn Sie mich brauchen sollten«, sagte er.

Er schien jedoch nur ungern zu gehen, und nahm ihr das Versprechen ab, alle Türen zu verriegeln und die Fenster zu schließen.

Nachdem sie dem nachgekommen war, ging sie in Sylvias Zimmer. Die Schauspielerin war schon im Halbschlaf, also wünschte Leslie ihr eine gute Nacht und schloss leise die Tür. Als sie in ihr eigenes Zimmer ging, zog sie die Vorhänge zurück und schaute hinaus, bevor sie das Licht einschaltete. Die Wolken hatten sich verzogen und der Mond war jetzt deutlich zu sehen. Einige Minuten lang saß sie am Fenster und blickte auf den stillen Garten unter ihr. Im dunstigen Mondlicht wirkte er ziemlich unwirklich. Plötzlich schreckte sie ein Geräusch von leisen Schritten auf. Sie stellte sich an die Seite des Fensters, wo sie durch den Vorhang vom Garten aus nicht sichtbar war.

Ein Mann blieb unter dem Fenster stehen und bewegte sich mehrere Sekunden lang nicht. Ganz vorsichtig spähte sie hinaus und sah, dass es sich dabei um Inspektor Merlin handelte. Er stand da und blickte auf den Weg unter dem Fenster hinunter. Nach einigen Augenblicken schaute er sich um, als ob er sich vergewissern wollte, dass er nicht beobachtet wurde, dann holte er eine Taschenlampe hervor und begann, den Boden zu untersuchen. Er betrachtete offensichtlich einen Fußabdruck, den er dort gefunden hatte. Leslie erkannte, dass es sich wahrscheinlich um Clives Fußabdruck handelte. Er hatte wohl einen ziemlich tiefen Abdruck hinterlassen, als er in der vergangenen Nacht unter ihrem Fenster gestanden hatte.

Konnte Merlin etwas von diesem Besuch ahnen, oder trieb er sich nur zufällig hier herum? Sie war versucht, das Fenster zu öffnen und ihn zu fragen, wonach er suchte. Doch schließlich verzichtete sie darauf und saß still in der Dunkelheit, bis sie hörte, wie er sich heimlich davonschlich. Dann zog sie die

Vorhänge zu und schaltete das Licht ein. Fünf Minuten später lag sie im Bett und ließ die Ereignisse des Wochenendes Revue passieren.

Am nächsten Morgen war Sylvia fast wieder die Alte, aber sie beschloss, im Bett zu bleiben, bis es Zeit war, nach London zu fahren.

Sie war ziemlich schockiert, als Leslie vorschlug, sie solle im Theater anrufen und an jenem Abend ihre Zweitbesetzung ihre Rolle spielen lassen.

»Das Risiko kann ich nicht eingehen«, antwortete sie. »Dann würde womöglich der ganze alte Klatsch und Tratsch anfangen, dass ich wieder Drogen nehme.«

»Ich könnte Ihnen ja ein Attest ausstellen«, schlug Leslie vor.

Sylvia schüttelte den Kopf. »Das ist sehr lieb von Ihnen, aber nach ein paar Stunden Ruhe geht es mir sicher wieder gut.«

Nachdem Leslie das Frühstücksgeschirr weggeräumt hatte, ging sie hinaus in den Garten. Es war ein angenehmer Morgen und ziemlich warm für diese Jahreszeit. Sie ging hinunter zum Bootshaus, weil Sylvia sie gebeten hatte, nachzusehen, ob sie genug Benzin hatte, um zurück in die Stadt zu fahren.

Leslie hatte gerade die Türen zurückgeschoben, damit sie die Tankanzeige gut sehen konnte, als sie ein winziges Metallstück bemerkte, das im Sonnenlicht glitzerte. Es war das Ende eines goldenen Manschettenknopfes, das sich davon gelöst hatte. Sie hob es auf und drehte es um. Inmitten eines kunstvollen Musters war der Buchstabe »M« deutlich zu erkennen. Sie untersuchte das Teil genauer. Es gab nur diesen einen Buchstaben.

Konnte er Inspektor Merlin gehören? Es war möglich, dass das Teil während Merlins angeblichem Kampf mit dem mysteriösen Fremden vor dem Bootshaus abgebrochen und ihm erst ein oder zwei Minuten später heruntergefallen war.

Als sie in das Cottage zurückkehrte, wartete Merlin auf sie. »Ich dachte, ich vergewissere mich nochmal, dass es keine weiteren Zwischenfälle gab«, sagte er. »Außerdem wollte ich mich auch nach Miss Graham erkundigen.« Sie erzählte ihm, dass Sylvia sich gut erholt hatte, und bat ihn ins Haus.

Sie kochte Kaffee und brachte Sylvia eine Tasse. »Inspektor Merlin sagt, dass er gern mit dem Wagen fährt, wenn Sie damit nach London fahren wollen. Benzin ist genug da.«

Um den Mund der Schauspielerin flackerte ein amüsiertes Lächeln. »Soweit es in den Kräften dieses jungen Mannes steht, meine Liebe, wird Ihnen mit Sicherheit nichts passieren.«

Leslie war wütend auf sich selbst, weil sie errötete. Sylvia nahm jedoch Merlins Angebot an und erklärte, dass sie erleichtert wäre, wenn jemand anderes am Steuer säße, um die Fahrt durch die Vororte zu bewältigen.

Als Leslie wieder nach unten ging, las Merlin gerade die Morgenzeitung. »Übrigens habe ich mir erlaubt, auf dem Weg hierher einen Blick in das Bootshaus zu werfen, um zu sehen, ob es irgendeinen Hinweis gibt«, sagte er beiläufig. »Allerdings ohne Erfolg.«

»Das könnte daran liegen, dass vor Ihnen schon jemand anderes dort war«, schlug sie vor.

»Wollen Sie damit sagen, dass Sie schon dort waren?«

Sie nahm das Stück Manschettenknopf aus ihrer Tasche und reichte es ihm. »Was halten Sie hiervon?«, fragte sie.

Er pfiff leise vor sich hin, während er das Teil in seiner Handfläche umdrehte. Dann sah er plötzlich auf und sagte: »Ich nehme an, Sie fragen sich, ob »M« für Merlin steht.«

»Diese Möglichkeit ist mir in den Sinn gekommen«, gab sie zu.

Er lachte und zog seine Jackenärmel zurück. »Dass Sie auf solche Ideen kommen gefällt mir aber ganz und gar nicht«, sagte er und zeigte ihr, dass seine Manschetten zugeknöpft waren. »Ich hatte gestern dieses Hemd an – sehen Sie, da ist das Blut von dem Kratzer an meiner Wange.« Er deutete auf einen Blutfleck, der von seiner Krawatte verdeckt worden war.

»Ich habe ganz vergessen, mich nach Ihren Verletzungen zu erkundigen«, sagte sie.

Er betastete die Wunden etwas vorsichtig. »Es tut ziemlich weh, wenn ich lache«, sagte er.

Sie lud ihn ein, zum Mittagessen zu bleiben, aber er sagte, er habe schon eine Mahlzeit im Gasthaus bestellt.

Um Punkt halb drei war er wieder da, um sie nach London zu fahren. Leslie bemerkte erneut den Hauch eines Lächelns von Sylvia, als diese vorschlug, dass Leslie besser neben dem Fahrer sitzen sollte. In einem etwas distanzierten Ton erwiderte Leslie, dass sie lieber hinten bleiben würde. Dies hielt Merlin nicht davon ab, sich weiter mit ihnen zu unterhalten.

Während der ersten Hälfte der Fahrt rätselten sie über die Identität des Mannes im Bootshaus. Merlin forderte die beiden Frauen auf, an alle zu denken, die sie während des Wochenendes gesehen hatten. Leslie erzählte daraufhin von ihrer Begegnung mit Peter Hamilton auf der Brücke in Maidenhead.

»Ich frage mich, ob der alte Monty Midget wirklich nach Henley fahren wollte«, sagte Sylvia nachdenklich.

»Wer ist Monty Midget?«, fragte Merlin.

»Na, Peter Hamilton natürlich. Montague Midget ist sein richtiger Name. Er hat ihn geändert, als er anfing, anspruchsvolle Stücke zu inszenieren. Monty Midget – das klingt doch nach einer Zirkusnummer! Ich nenne ihn aber immer noch Monty, wenn ich auf ihn schlecht zu sprechen bin.«

Merlin warf einen Blick über seine Schulter und sah Leslie an. Sie wusste sofort, was er dachte. Stand das geheimnisvolle »M« auf seinem Manschettenknopf für »Midget«? Das Gespräch verstummte, als sie durch die inneren Vororte fuhren und Merlin das Auto in Shepherds Bush durch den Verkehrsstrom lenkte. Er setzte Leslie an ihrem Haus in Chelsea ab.

Als sie den Flur betrat, kam Keith Everest gerade die Treppe herunter. Er schien viel besser drauf zu sein. Sie bemerkte, dass er Farbe an den Händen hatte und nur noch mit einem Stock ging.

»Haben Sie gearbeitet?«, fragte sie.

Er nickte. »Das erste Mal seit …« Er brach ab und deutete auf die Küchentür. »Kommen Sie mal kurz mit.«

Etwas verwirrt folgte sie ihm in die leere Küche. Er schloss die Tür hinter ihnen.

»Ein Patient ist hier, um Sie zu sehen«, informierte er sie. »Ich habe ihm gesagt, Sie seien in Wolverhampton und wüssten nicht, wann Sie zurückkämen, aber er hat darauf bestanden, auf sie zu warten. Ich habe ihn ins Wohnzimmer gesetzt.«

Sie bewegte sich zur Tür, aber er erhob eine Hand, um sie noch kurz zurückzuhalten. »Einen Moment, Leslie«, sagte er. »Irgendetwas an diesem Kerl ist merkwürdig. Vielleicht sollte ich lieber mit Ihnen hineingehen, nur für den Fall, dass …«

Sie war ein wenig gerührt von seiner Besorgnis, lehnte das Angebot jedoch ab und versicherte ihm, dass sie noch nie Schwierigkeiten mit Patienten gehabt habe.

»Wie Sie wollen, ich bleibe jedenfalls hier in der Küche. Sie brauchen nur zu schreien, dann humple ich so schnell ich kann.«

Sie nickte dankend und ging dann in das Wohnzimmer. Als sie die Tür öffnete, schien ihr der Raum auf den ersten Blick hin leer zu sein. Dann bemerkte sie, dass ein Mann mit dem Rücken zu ihr in einem Sessel vergraben war. Er drehte sich um, als sie hereinkam und sie erkannte ihn sofort.

Es war der Mann, der sich Clive nannte.

Kapitel acht

Der junge Mann erhob sich, als Leslie den Raum betrat, aber er schien dies eher aus Nervosität, denn aus Höflichkeit zu tun. Aufgrund ihrer beruflichen Erfahrung konnte sie mit einem Blick beurteilen, dass er nervenschwach war. Wie Keith Everest gesagt hatte, hatte er einen wirren Blick und eine Seite seines Mundes zuckte alle paar Sekunden auffällig.

Leslie schätzte ihn auf Anfang zwanzig, aber die Strapazen, denen er ausgesetzt war, ließen ihn älter aussehen, als er war. Eine einzelne Locke silbergrauen Haares, die aus der Mitte seiner Stirn zurückgekämmt war, verstärkte diesen Eindruck noch. Sein abgetragener Regenmantel war aufgeknöpft, darunter trug er einen schäbigen Anzug. Seine Schuhe waren an den Fußspitzen rissig und bedurften dringend einer Politur.

Als er sprach, verschwand jeder Zweifel daran, dass er der mysteriöse Besucher von Samstagabend gewesen war. Leslie erkannte seine ruckartige Sprechweise, die immer am Rande eines Stotterns war.

»Ich musste Sie sehen«, sagte er leise und ging zur Tür hinüber, um sich zu vergewissern, dass sie geschlossen war. Sie verfolgte seine Bewegungen neugierig und fühlte sich durch die Tatsache, dass Keith Everest in unmittelbarer Nähe war, ein wenig beruhigt.

Seitdem sie in ihrer Praxis auch Patienten ambulant behandelte, war sie allen Arten von Menschen begegnet. Jetzt aber fühlte sie sich etwas hilflos, als ihr ein Mann gegenüberstand, der vielleicht ein Verbrecher war. Merlin hatte ihr zudem gesagt, dass sich ihre theoretischen Kenntnisse unter solchen Umständen als wenig nützlich erweisen würden.

»Sie hätten mich doch auch gestern Nacht schon sehen können«, sagte sie schließlich. »Ich habe die Verabredung eingehalten. Das war schon das dritte Mal, dass Sie nicht gekommen sind.«

»Ich weiß«, sagte er. Ein Hauch von Verzweiflung lag dabei in seiner Stimme. »Sie haben keine Ahnung, wie schwierig die Dinge für mich sind. Ich bin ein gezeichneter Mann.« Er nahm eine halbe Zigarette aus seiner Tasche und zündete sie an, ohne um Erlaubnis zu fragen. »Ich habe versucht zu kommen«, sagte er ruckartig. »Ich habe es jedes Mal versucht. Gestern Abend war ich nur fünfzig Meter vom Bootshaus entfernt, als ich Ihren Freund von der Polizei sah.«

»Sie meinen Inspektor Merlin? Was hat er dort gemacht?«

»Er ging in die gleiche Richtung. Ich dachte natürlich, Sie hätten ihm gesagt, dass Sie mich treffen, obwohl ich Sie gebeten hatte, dies nicht zu tun. Ich muss der Polizei um jeden Preis aus dem Weg gehen.«

»Ich habe ihm nichts erzählt«, versicherte Leslie dem jungen Mann, der wieder in seinen Stuhl gesunken war und nervös seine Zigarette paffte. »Haben Sie denn irgendein Geräusch aus dem Bootshaus gehört?«

»Nein. Sobald ich Merlin sah, bin ich in die entgegengesetzte Richtung gelaufen. Ich kann es mir nicht leisten, ein Risiko einzugehen.«

Leslie betrachtete ihn neugierig. Warum versuchte er so verzweifelt, der Polizei aus dem Weg zu gehen?

»Dann wissen Sie auch nichts von dem Anschlag auf Sylvia Graham?«

Er schien plötzlich noch mehr auf der Hut zu sein. »Sylvia Graham?«, wiederholte er. »Davon weiß ich nichts.«

Leslie fuhr mit ihrer Befragung fort. »Wenn Sie Andrea nicht ermordet haben …«

»Natürlich habe ich sie nicht ermordet. Ich haben Ihnen doch schon gesagt, dass wir ineinander verliebt waren.«

»Warum haben Sie dann so viel Angst vor der Polizei?«

Er seufzte und warf seinen Zigarettenstummel in den Kamin. »Es ist wohl besser, wenn ich Ihnen alles erzähle. Es ist zum Teil der Grund für meine Probleme.« Er sah Leslie einige Sekunden lang an, als ob er sich nicht entscheiden konnte. »Ich nehme an, ich bin das, was die Bewährungshelfer psychologisch gesehen als schwierigen Fall bezeichnen würden«, sagte er schließlich. »Als Ärztin werden Sie das auch schon erkannt haben. Ich wurde von meiner Mutter sehr verwöhnt, bis sie starb. Kurz darauf wurde ich eingezogen. Zuerst dachte ich, das würde alle meine Probleme lösen – meinen Geldmangel, meine Langeweile und meine Einsamkeit. Aber ich entdeckte sehr bald, dass das ein Irrtum war. Ich konnte das Leben in der Armee einfach nicht ertragen. Ich hatte nicht das Durchhaltevermögen – die Fähigkeit –, das Beste aus der Situation zu machen. Ich war ein absoluter Außenseiter, also bin ich weggelaufen.«

»Sie meinen, Sie sind desertiert?«

Clive nickte. »Ja, so nennt man das wohl. Ich bin jetzt seit zwei Jahren auf der Flucht – in der Erwartung, dass mich die Polizei jeden Moment verhaftet. Ich schlafe selten zwei Nächte hintereinander unter demselben Dach, misstraue jedem – und habe seit Andreas Tod keinen einzigen Freund mehr auf der Welt.«

»Aber wovon leben Sie dann?«, fragte Leslie neugierig.

Er zuckte die Achseln. »Hauptsächlich von Kleinkriminalität.«

»Wie haben Sie Andrea kennengelernt?«

»Es war das erste Mal, als die Polizei mir wirklich auf die Spur kam. Zwei Männer in Zivil verfolgten mich auf der Shaftesbury Avenue, als ich plötzlich ein Polizeiauto sah, das sich aus der entgegengesetzten Richtung näherte. Ich wäre in die Enge getrieben worden, also wich ich in die Gasse neben dem Viceroy-Theater aus. Ich ging durch eine offene Tür und geradeaus einen Korridor entlang. Zufälligerweise war das der Bühneneingang. Ich ging bis zum Ende eines Ganges und kam in einen leeren Raum.«

»Sie haben aber wirklich Nerven«, sagte Leslie.

»Ich war ziemlich verzweifelt. Nachdem ich zehn Minuten in dem Raum war, kam Andrea herein. Sie schien weder überrascht noch verängstigt zu sein. Ich glaube, sie hat mich zuerst für jemand anderen gehalten, aber dann habe ich ihr die ganze Geschichte erzählt. Sie hat sich sehr nett verhalten und ließ mich dort bleiben. Schließlich schmuggelte sie mich aus dem Theater heraus und brachte mich hierher in dieses Haus.«

»Sie meinen, Sie sind tatsächlich hier gewesen?«

»Ich bin die ganze Nacht über geblieben. Niemand sonst hat mich gesehen – sie waren alle schon im Bett, als wir zurückkamen.« Während er sprach, bemühte sich Leslie, diesen seltsamen jungen Mann einzuschätzen, der auf so unerklärliche Weise die Sympathie ihrer Schwester geweckt hatte. Sie erinnerte sich an ein paar andere Gelegenheiten, bei denen ihre Schwester Personen, die in Not geraten waren, geholfen hatte. Dieses Mal hatte sie sich dabei jedoch ernsthaft ins Unglück gestürzt. Nicht, dass Andrea eine Sekunde lang die Folgen ihrer Handlungsweise bereut hätte. Sie hatte immer spontan ihr Gefallen oder Missfallen an Menschen gezeigt.

»Danach hat sich mein ganzes Leben um Andrea gedreht«, fuhr Clive fort. »Seit dem Tod meiner Mutter gab es niemanden mehr, zu dem ich gehen konnte. Andrea nahm ihren Platz ein. Natürlich mussten wir uns an allen möglichen seltsamen Orten und unter falschen Namen treffen, aber wenn ich mit Andrea zusammen war, erschien ich weniger verdächtig. Ich wage zu behaupten, dass die Hotelangestellten gelegentlich vermuteten, dass wir nicht verheiratet waren, aber es kam ihnen nie in den Sinn, dass ich von der Polizei gesucht wurde. Andrea hat mir ein neues Leben geschenkt, in einem Moment, in dem ich wirklich fürchterlich verzweifelt war. Ich verdanke ihr alles.«

Leslie bemerkte, dass er jetzt Tränen in den Augen hatte. Sie versuchte, ihn wieder auf das Thema des Mordes an ihrer Schwester zu lenken. »Hat Andrea Ihnen von irgendwelchen Problemen erzählt, die sie hatte?«, fragte Leslie. »Und falls ja, waren es ernsthafte Probleme?«

Er nickte. »Sie waren so beängstigend, dass ich mir meist mehr Sorgen um sie als um mich selbst gemacht habe. Wir haben immer versucht, einen Ausweg zu finden, aber die einzige wirkliche Lösung schien darin zu bestehen, das Land zu verlassen. Wir hatten nie genug Geld dafür, obwohl immer eine Chance bestand, dass Andrea auf eine Tournee in Kanada oder Südafrika geschickt würde.

»Sie haben mir noch nichts über Andreas Probleme erzählt«, sagte Leslie. »Ich habe gehört, dass sie in einen Drogenhandel verwickelt war, aber ich kenne nicht alle Einzelheiten.«

»Andrea wurde erpresst«, berichtete Clive ihr aufgeregt. »Das war auch der Grund, warum sie ermordet wurde. Sie hat immer gesagt, sie würde sich weigern, mit dem Drogenhandel weiterzumachen. Ich glaube, dass dieser Erpresser sie deshalb ermordet hat.«

»Und was ist mit Judy Everest? Sie wurde doch auch ermordet. Wurde sie ebenfalls erpresst?«

»Möglich ist es. Ich habe sie allerdings nie kennengelernt.«

»Es ist doch wahrscheinlich, dass Andrea Ihnen gegenüber Andeutungen über diesen unbekannten Mann gemacht hat«, sagte Leslie. »Haben Sie denn keine Ahnung, wer es ist?«

Clive stand von seinem Stuhl auf und ging zum Fenster hinüber. Nach einem Moment drehte er sich um und sagte dann: »Ich kann mir sehr gut vorstellen, wer es ist. Aber ich warte noch, bis ich den stichfesten Beweis habe. Dann werde ich direkt zur Polizei gehen.«

»Auch wenn das Ihre eigene Verhaftung bedeuten würde?«

»Das ist das Mindeste, was ich für Andrea tun kann«, antwortete er leise. »Alles andere spielt für mich keine Rolle. Es ist nur wichtig, dass ich nicht wieder zur Armee eingezogen werde, bevor ich den endgültigen Beweis erbringen kann.«

»Wenn Sie zur Polizei gehen würden und ihr erklären würden, dass …«, begann Leslie, aber er schüttelte schnell den Kopf.

»Ich muss meinen eigenen Weg gehen«, argumentierte er. »Wenn der Mörder vermutet, dass ich die Polizei kontaktiert habe, sind meine Pläne durchkreuzt.«

Er erzählte Leslie, dass er vermutete, dass der Erpresser bereits erkannt hatte, dass er auf der richtigen Spur war, weshalb er versucht hatte, ein Treffen mit ihr zu verhindern.

Leslie versuchte, Clive zu überreden, ihr mehr über die Beweise zu erzählen, die er über den mutmaßlichen Mörder zusammengetragen hatte, aber er blieb stur und argumentierte, dass sie Gefahr liefe, das Schicksal von Andrea zu erleiden, wenn sie sich einmischen würde. Schließlich willigte er jedoch ein, sie zu kontaktieren, sobald er etwas wirklich Wichtiges herausgefunden hatte.

Als Clive gegangen war, ging Leslie in die Küche, um sich einen Tee zu machen. Der Raum war leer, aber bald hörte sie die schweren Schritte von Keith Everest auf der Treppe. Er kam in die Küche und teilte ihr mit, dass sich Mrs. Malins einen halben Tag frei nehmen wollte.

Sie tranken gemeinsam Tee im Wohnzimmer. Es schien ihr, dass er sich seit ihrer Ankunft noch nie so gut gefühlt hatte. Sie führte es darauf zurück, dass er sich wieder in seine Arbeit vertieft hatte.

»Gab es Schwierigkeiten mit Ihrem Patienten«, erkundigte sich Keith.

Leslie schüttelte lächelnd den Kopf.

»Bei ihm handelt es sich wohl um einen ihrer ganz besonderen Patienten … Wenn er schon extra von Wolverhampton hierherfährt«, fuhr Everest fort. »Mein Gott, vielleicht sind Sie sogar mit demselben Zug gekommen.«

»Er ist tatsächlich einer meiner ältesten Patienten, noch aus meinen Tagen im St.-Thomas-Hospital. Seit damals haben wir die Verbindung immer aufrechterhalten. Ich habe ihm außerdem extra geschrieben, dass ich hier bin.«

Everest nickte und nahm sich eine zweie Scheibe Toast. »Woran leidet er?«, erkundigte er sich. »Oder verletzt es Ihre ärztliche Schweigepflicht, wenn Sie mir das sagen?«

»Es ist eine ziemlich komplexe und komplizierte Geschichte«, antwortete Leslie. »Meiner Diagnose nach ist er in erster Linie unterernährt.«

Leslie war versucht, ihn zu fragen, was er am späten Samstagabend in Sylvia Grahams Haus gemacht hatte und wie viel er über Andreas Verwicklung in den Drogenhandel wusste. Dies hätte jedoch bedeutet, dass sie ihm gegenüber zugeben musste, dass sie ihn wegen der Fahrt nach Wolverhampton angelogen hatte. Außerdem hatte sie das Gefühl, dass er alles abgestritten hätte.

Nachdem er ein Buch in die Hand genommen und zu lesen begonnen hatte, schweiften ihre Gedanken zu dem Wochenende in dem Cottage ab. Sie fühlte sich seltsam unruhig und begann sich zu fragen, was mit Sylvia los war. Warum war sie zu so später Stunde noch zum Bootshaus gegangen? Es gab noch eine Menge zu erklären. Aus einem Impuls heraus sagte sie schließlich zu Keith Everest, dass sie ins Theater gehen würde. Er nickte nur abwesend und widmete sich wieder seinem Buch.

Leslie suchte sich einen Platz im hinteren Teil des Zuschauerraums und sah sich das Stück an. Sie musste zugeben, dass Sylvia Graham eine großartige Vorstellung gab. Falls sie unter den Strapazen des Wochenendes litt, zeigte sie nicht das geringste Anzeichen davon. Jede ihrer Bewegungen war sicher und bis ins letzte Detail ausgefeilt. Es handelte sich auch keineswegs um ein mechanisches Spiel, sondern um eine gefühlvolle Darbietung, die das Interesse von Leslie in jeder Szene bis zu ihrem großartigen Abgang etwa zehn Minuten vor Ende des Stücks aufrechterhielt.

Für einen Montagabend war das Haus besonders gut besucht. Leslie war sich sicher, dass Sylvia begeisterte Ovationen erhalten würde. Sie wartete mit einiger Ungeduld, als sich der Vorhang nach der Schlussszene langsam senkte. Es gab eine längere Verzögerung als sonst, aber schließlich hob sich der Vorhang wieder und das Schauspielensemble erschien auf der Bühne.

Leslie bemerkte sofort, dass Sylvia fehlte. Die anderen Darsteller schienen ein wenig unsicher zu sein. Sie sah, wie einer oder zwei von ihnen fragend von der Bühne blickten. Es gab nur noch einen Vorhang, dann ging das Licht an.

Leslie brauchte ein paar Minuten, um sich aus dem Gedränge der Besucher zu befreien, die sich zu den Ausgängen schoben. Sie war sich nicht sicher, wo sich die Verbindungstür vom Zuschauerraum zur Hinterbühne des Viceroy-Theaters befand. Deshalb verließ sie schließlich das Gebäude durch den Vordereingang und drängte sich durch die Menschenmenge auf dem Bürgersteig in Richtung Bühneneingang.

Als sie um die Ecke bog, sah sie, wie ein Polizeiauto mit einem Ruck anhielt. Noch bevor es zum Stehen kam, wurde eine Tür aufgerissen und eine vertraute Gestalt stieg aus.

Inspektor Merlin sah sie sofort. »Hallo, was machen Sie denn hier?«, fragte er eilig, als sie die Gasse hinuntergingen.

»Ich bin auf dem Weg zu Sylvia Graham«, antwortete sie.

»Wir auch«, sagte Merlin grimmig. Etwas in seinem Tonfall ließ sie scharf aufblicken.

»Stimmt etwas nicht?«, fragte sie.

»Ganz viel stimmt nicht! Wir haben vor zehn Minuten einen Anruf auf dem Yard erhalten. Sylvia Graham wurde ermordet. Man hat sie mit einem Messer erstochen, als sie in ihrer Garderobe saß und auf den letzten Vorhang des Stücks wartete.«

In diesem Moment erreichten Sie den Bühneneingang. Leslie wich plötzlich zurück. Sie fühlte sich so, als würde ihr gleich heftig übel werden. Merlin ergriff ihren Arm.

»Kommen Sie schon«, sagte er. »Es ist besser, Sie bringen es jetzt gleich hinter sich.«

Hinter der Bühne herrschte ein noch größeres Durcheinander als gewöhnlich. Drei Polizisten bewachten die Ausgänge. In den Gängen standen die Schauspieler in kleinen Grüppchen zusammen und sprachen wild und aufgeregt durcheinander. Außerdem herrschte in den Fluren ein pausenloses Hin und Her von Bühnenhandwerkern und Polizisten.

Leslie folgte Merlin in Sylvias Garderobe und blieb in der Tür stehen, während er hinüberging und einen kurzen Blick auf die reglose Gestalt warf, die auf dem Diwan lag. Ein Mann in Zivil richtete seine Kamera auf eine Seite des Raumes, ein anderer war damit beschäftigt, Fingerabdrücke zu nehmen.

Merlin übernahm sofort das Kommando und bat darum, mit dem Pförtner des Bühneneingangs zu sprechen. In dessen kleinen Kämmerchen zeigte ihm der Mann die Besucherliste, die er in einem speziellen Buch aufbewahrte. Darauf standen Namen der Besucher, Uhrzeit des Besuchs und Namen der Person, die sie besuchten.

»Wie ich sehe, ist in den letzten zwanzig Minuten kein Besucher gekommen«, sagte Merlin und zeigte auf das Buch.

»Nein, Sir. Es war heute Abend sehr ruhig.«

»Sind Sie sicher, dass Sie die ganze Zeit hier waren?« Der Mann hatte einen unsicheren Blick. »Huschen sie denn nie um diese Zeit hinaus, um etwas zu trinken?«, schlug Merlin vor, dessen Erfahrung ihn etwas über die Gewohnheiten von Theaterangestellten gelehrt hatte.

»Tja ...«, begann der Pförtner zögernd. »Ich war nur in der Kneipe unten an der Ecke ... Aber Albert passt dann immer auf die Tür auf.«

Merlin befragte Albert, den Laufburschen, jedoch ohne großen Erfolg. Der Junge gab zu, dass er gebeten worden war, die Tür im Auge zu behalten, aber er hatte zweimal Besorgungen für Mitglieder des Ensembles machen müssen.

Der Inspektor kehrte schließlich in Sylvias Garderobe zurück und fragte Leslie gerade, wie es kam, dass sie an diesem Abend im Theater war, als es an der Tür klopfte und sie einen uniformierten Polizisten mit einem jungen Mann in Hemdsärmeln vor der Tür sahen.

»Dieser junge Mann sagt, er habe etwas Verdächtiges beobachtet«, verkündete der Beamte wichtig. Merlin winkte sie herein und schloss die Tür.

Der Mann in Hemdsärmeln war ein Bühnenarbeiter namens Lawrence. »Ich habe mir vorhin nichts weiter dabei gedacht, Sir«, sagte er. »Aber ein junger Mann klopfte ganz beiläufig an Miss Grahams Tür und ging dann einfach hinein.«

»Wann war das?«

»Gleich nachdem sie von der Bühne kam. Sie hat viele Freunde, die bei ihr ein und aus gehen, also habe ich mir nie viele Gedanken darüber gemacht.«

»Haben Sie diesen Mann schon vorher einmal gesehen?«, fragte Merlin.

Lawrence schüttelte den Kopf. »Nein, niemals.«

»Wie können Sie sich da sicher sein?«

»Hätte ich ihn schon einmal gesehen, dann würde ich mich mit Sicherheit an ihn erinnern«, sagte Lawrence mit Nachdruck. »Er hatte eine graue Haarsträhne, die er aus der Stirn zurückgekämmt trug.«

Kapitel neun

Leslie hoffte, dass Inspektor Merlin ihren überraschten Blick nicht bemerkt hatte, als der Bühnenarbeiter den Mann beschrieb, der in Sylvia Grahams Garderobe gegangen war. Sie warf sofort einen Blick in Merlins Richtung und bemerkte, dass die scharfen grauen Augen sie eindringlich musterten. Er sagte jedoch nichts zu ihr, sondern wandte sich an den Mann und fragte ihn: »Ich nehme an, Sie kennen die meisten der Leute, die hinter die Bühne dürfen?«

Der Mann zögerte einen Moment, dann sagte er: »Ehrlich gesagt bin ich neu hier, Sir. Ich habe erst heute angefangen. Natürlich kenne ich die Truppe vom Sehen und das Bühnenpersonal auch.«

»Und Sie sind sich sicher, dass es keiner von ihnen war?«

»Ganz sicher, Sir.«

Merlin wandte sich an den Polizisten in Zivil, der einige Minuten zuvor hereingekommen war. »Ich wäre Ihnen dankbar, wenn Sie die Adresse dieses Mannes aufnehmen würden, Sergeant Jukes, nur für den Fall, dass wir ihn kurzfristig brauchen. Und versuchen Sie, so viele Details wie möglich aus ihm herauszuholen.«

In diesem Moment klopfte es an der Tür und der Polizeiarzt kam herein, nickte Merlin zu und stellte seine Tasche ab. Lawrence und Sergeant Jukes gingen hinaus und schlossen leise die Tür hinter sich.

Der Polizeiarzt warf Leslie einen fragenden Blick zu, woraufhin der Inspektor sagte: »Diese Dame ist Ärztin – sie war im Publikum.«

Der Polizeiarzt nickte Leslie vage zu und murmelte vor sich hin, als er sich hinkniete, um die Leiche zu untersuchen. »Sie ist seit etwa einer halben Stunde tot«, murmelte er weiter. »Es ist eine ziemlich kleine Wunde und sehr schmal – wahrscheinlich stammt sie von einer Art Dolch.« Er blickte zu Merlin auf. »Haben Sie die Tatwaffe gefunden?«

»Bis jetzt noch nicht.«

Der Polizeiarzt nickte und fuhr dann mit seiner Untersuchung fort. Er wollte sie gerade beenden, als draußen auf dem Gang schnelle Schritte zu hören waren und sich die Tür öffnete. Peter Hamilton kam herein.

Der Regisseur blieb einen Moment lang in der Tür stehen und ließ seinen Blick durch den Raum schweifen. Er leckte sich nervös über die Lippen. »Das ist ja schrecklich, Inspektor. Der Pförtner hat es mir gerade erzählt. Wie furchtbar! Wir müssen das Stück absetzen. Das ist das Ende von allem!«

»Nur keine Panik, Mr. Hamilton«, sagte Merlin langsam. »Denken Sie einmal genau nach und versuchen Sie, sich an einen jungen Mann mit einer grauen Strähne auf der Stirn zu erinnern. Man hat beobachtet, wie eine Person, auf die diese Beschreibung zutrifft, diesen Raum betrat, kurz bevor Miss Graham ermordet wurde.«

Hamilton runzelte nachdenklich die Stirn, schüttelte aber schließlich den Kopf. »Ich kannte mal einen Schauspieler namens Solari, der eine graue Haarsträhne hatte, aber ich bin mir ziemlich sicher, dass er tot ist. Jedenfalls war er niemand, der mit diesem Theater in Verbindung stand.« Er zögerte. »Aber Moment mal!« Er rieb sich mit der rechten Hand nachdenklich über das Kinn. »Jetzt fällt mir etwas ein«, murmelte er. »Ich habe einmal Andrea Lake mit einem jungen Mann gesehen, auf den diese Beschreibung zutrifft. Sie kamen gerade aus einem Wochenschaukino, das auf dem Strand-Boulevard liegt.«

Hamilton nickte vor sich hin, als er sich an die Einzelheiten des Vorfalls erinnerte. Allerdings wurde ihm der Begleiter von Andrea bei dieser Gelegenheit nicht vorgestellt und sie hatte ihm gegenüber den jungen Mann später auch nie mehr erwähnt.

110

Als der Krankenwagen eintraf, überließ Merlin Sergeant Jukes das Kommando und sagte ihm, er solle auf dem Yard anrufen, falls es weitere Entwicklungen gäbe. Dann wandte sich Merlin an Leslie. »Ich glaube, eine Tasse schwarzer Kaffee wäre für uns beide jetzt genau das Richtige.«

Er nahm sie mit in ein schäbiges kleines Café in der Old Compton Street, das praktisch menschenleer war. Während sie an einem der Metalltische saßen und Kaffee aus dicken Tassen tranken, sagte er: »Meinen Sie nicht, dass Sie besser die Wahrheit sagen sollten, Frau Doktor? Ich habe bemerkt, wie Ihnen der Atem stockte, als der Bühnenarbeiter den Mann mit der grauen Strähne erwähnte.«

Leslie trank weiter und antwortete nicht sofort. Konnte sie tatsächlich eine so wichtige Information zurückhalten? Sie wusste instinktiv, dass sie in diesem Falle keine weitere Unterstützung von Inspektor Merlin bei der Suche nach dem Mörder ihrer Schwester erhalten würde. Schließlich setzte sie ihre Tasse ab und erzählte ihm mit vorsichtiger Stimme alles, was sie über den Deserteur Clive wusste, der in ihre Schwester verliebt gewesen war. »Trotzdem glaube ich nicht, dass er etwas mit dem Mord an Andrea oder Sylvia Graham zu tun hat«, schloss sie.

Merlin drückte nachdenklich die Zigarette aus, die er geraucht hatte. »Es scheint jedenfalls ziemlich sicher zu sein, dass er heute Abend im Theater war und in Sylvia Grahams Garderobe gegangen ist.«

Leslie schüttelte hilflos den Kopf. »Ich kann es nicht verstehen«, gestand sie. »Sein ganzes Leben ist darauf ausgerichtet, in der Öffentlichkeit nicht aufzufallen. Er hat Angst, dass die Polizei ihn erwischt, bevor er den von ihm gesammelten Hinweisen im Mord an Andrea nachgehen kann.«

»Vielleicht ist das nur ein Bluff«, meinte Merlin. »Jedenfalls müssen Sie auf der Hut sein, denn er wird mit ziemlicher Sicherheit wieder versuchen, mit Ihnen in Kontakt zu treten.« Er zögerte einen Moment, dann stützte er die Ellbogen auf den Tisch und sah ihr in die Augen. »Sie müssen mir versprechen, mich sofort anzurufen, wenn Sie von ihm hören.«

Leslie überlegte einen Moment und nickte dann. »In Ordnung«, stimmte sie zu, »vorausgesetzt, Sie versprechen, ihn nicht an die Militärpolizei zu übergeben, bevor wir den Mörder gefunden haben.«

Er nickte, schaute auf seine Uhr und entschied, dass es Zeit war zu gehen. Sie war ein wenig überrascht, als er darauf bestand, sie zurück nach Chelsea zu begleiten.

»Ich mache mir große Sorgen um Sie«, sagte er ihr, als sie im Halbdunkel des Taxis saßen. »Je mehr Sie in diese Affäre verwickelt werden, desto mehr ist Ihre persönliche Sicherheit gefährdet. Ein nettes Mädchen wie Sie sollte sich aus solchen Dingen heraushalten.«

»Ich glaube, ich habe Ihnen schon einmal gesagt, Inspektor, dass ich an alle Arten von Unannehmlichkeiten gewöhnt bin. Es ist Teil meiner täglichen Arbeitsroutine.«

»Ja, aber unter den gegenwärtigen Umständen sind Sie selbst in Gefahr. Das ist es, was mich beunruhigt.«

Leslie lachte. »Jetzt werden Sie aber melodramatisch, Inspektor. Ich mag Ihre harte Polizistennummer viel lieber.«

Bevor Merlin etwas erwidern konnte, kam das Taxi ruckartig zum Stehen. Er bezahlte den Fahrer und sagte dann: »Was dagegen, wenn ich kurz mit reinkomme? Nur um sicherzugehen, dass Ihr mysteriöser Freund nicht im Flur auf Sie wartet?«

Leslie nickte und öffnete die Tür mit ihrem Schlüssel. Im Haus war es still und dunkel, bis auf einen schwachen Lichtschein durch die halb geöffnete Ateliertür. Leslie spähte hinein und sah, dass der elektrische Ofen brannte, obwohl der Raum leer war.

»Kommen Sie lieber hier herein, hier ist es wärmer«, rief sie Merlin über die Schulter zu. »Ich nehme an, Mr. Everest hat vergessen, den Ofen auszumachen.«

Merlin ließ sich in einem bequemen Sessel nieder. »Wissen Sie«, begann er, »jedes Mal, wenn ich Sie sehe, schauen Sie weniger wie eine Ärztin aus.«

»Heißt das, ich gewinne das Vertrauen des Patienten?«, lächelte sie.

»Ihre Patienten haben wirklich großes Glück«, murmelte er mit einem Hauch von Neid. »Ich werde Sie vermissen, wenn Ihr einmonatiger Urlaub vorbei ist. Obwohl Sie mich manchmal ganz schön auf die Palme gebracht haben, war es schön, Sie hier zu haben.«

»Wollen Sie etwa andeuten, dass ich mich als Polizeiärztin bewerben soll?«

»Gott bewahre! Dafür wären Sie viel zu schade.« Er schien dies noch weiter ausführen zu wollen, doch die Tür öffnete sich und Keith Everest stand in seinem Morgenmantel vor ihnen.

»Ich dachte, ich hätte Stimmen gehört«, sagte er. »Ich habe oben im Atelier ein paar Kleinigkeiten erledigt. Ich wurde dabei von Ihrem Patienten unterbrochen – Sie wissen schon, der mit der grauen Haarsträhne. Er war sehr verärgert über etwas und wollte nicht einmal ein paar Minuten warten.«

»Hat er keine Nachricht hinterlassen?«, fragte Leslie schnell.

»Kein einziges Wort. Ich hatte mich noch nicht einmal umgedreht, da war er schon in der Nacht verschwunden.«

Inspektor Merlin lehnte sich in seinem Stuhl vor. »Mr. Everest«, sagte er leise, »war dieser junge Mann mit der grauen Haarsträhne derselbe, der schon einmal hier war?«

»Ja, natürlich«, antwortete Everest etwas brüsk.

»Um wie viel Uhr war er hier?«

»Es muss so kurz vor zehn gewesen sein. Ich erinnere mich, dass die Zehn-Uhr-Nachrichten gerade anfingen, als ich wieder hier ins Zimmer kam. Das war etwa eine Minute, nachdem er gegangen war.«

Merlin sah ratlos aus. Leslie merkte, dass er darüber nachdachte, wie Clive um wenige Minuten vor zehn in Chelsea und fast genau zur gleichen Zeit in der Shaftesbury Avenue sein konnte.

Everest fragte sie, ob sie etwas trinken wollten. Als beide ablehnten, nahm er sich ein großes, halbvolles Glas mit Whisky. Es war offensichtlich nicht sein erster. Während er ihn hinunterschluckte, erzählte Leslie ihm von dem Mord an Sylvia Graham.

»Es ist bestimmt dasselbe Schwein, das Judy ermordet hat!«, röchelte er. »Da bin ich mir sicher.« Er drehte sich um und wandte sich an Merlin. »Wann hat das alles endlich ein Ende?«, fragte er. »Woche für Woche schlägt der Mörder weiter zu und Sie sind ihm keinen Millimeter näher gerückt. Was ist nur mit der Polizei in diesem Land los?«

Everest schritt unruhig im Zimmer auf und ab. »Haben Sie denn keine Vermutung? Verdächtigen Sie niemanden?«, fragte er.

»Wir verdächtigen eine Menge Leute«, antwortete Merlin gleichmütig.

»Mich eingeschlossen, nehme ich an«, sagte Everest spöttisch.

Merlin zuckte mit den Schultern und nahm einen Brieföffner vom Schreibtisch. »Sieht ziemlich wertvoll aus. Woher haben Sie ihn?«, fragte er, darauf bedacht, das Thema zu wechseln.

»Er ist in der Tat ziemlich wertvoll. Das ist ein venezianisches Stilett – sechzehntes Jahrhundert, glaube ich. Ich habe es in Paris gekauft.«

Merlin bewunderte die kunstvollen Schnörkel am Griff und fuhr dann mit dem Daumen über die schmale, fein gehärtete Klinge. »Das könnte eine sehr böse Waffe sein«, sagte er leise.

»Ich denke schon, denn dafür wurde es ja gemacht«, antwortete der Künstler. »Ich persönlich benutze es als Brieföffner.«

Merlin legte das Messer kommentarlos wieder auf den

Schreibtisch und kündigte nach einigen weiteren Minuten des Gesprächs an, dass er jetzt gehen müsse. Leslie begleitete ihn zur Eingangstür. »Dieser venezianische Dolch«, flüsterte sie, »könnte doch die Waffe gewesen sein, mit der Sylvia Graham getötet wurde.«

»Das würde Ihren Vermieter zu einem ziemlich wahrscheinlichen Verdächtigen machen, wenn er nicht körperlich beeinträchtigt wäre. Außerdem: Wenn er Sylvia Graham getötet hätte, würde er die Waffe wohl kaum so offen liegen lassen.«

Leslie schüttelte zweifelnd den Kopf. »Keith Everest ist ein sehr seltsamer Mensch«, sagte sie leise. »Wenn er Clive um zehn Uhr die Tür geöffnet hat, kann er natürlich nur schwer zur gleichen Zeit im Theater gewesen sein.«

»Diesbezüglich können wir uns nur auf seine Aussage verlassen«, fügte Merlin hinzu. »Aber irgendwie habe ich das Gefühl, dass er die Wahrheit sagt. Irgendetwas sagt mir außerdem, dass dieser Clive nicht sehr weit weg ist.«

Er drückte ihre Hand, als sie sich verabschiedeten. »Denken Sie an das, was Sie mir versprochen haben: Rufen Sie mich an, sobald dieser Kerl auftaucht«, erinnerte er sie. Sie nickte und schloss leise die Haustür.

Einen Moment lang stand Merlin oben auf der kurzen Treppe, um sich an die Dunkelheit zu gewöhnen. Er wollte gerade hinuntersteigen, als er im Schatten einer Gasse zwischen zwei fast gegenüberliegenden Häusern eine Bewegung wahrnahm. Er erkannte sofort, dass dort ein Mann lauerte, ein Beobachter, der unbedingt wissen wollte, wer das Haus verließ.

Der Inspektor ging zügig die Treppe hinunter. Als er so tat, als ob er die Straße überqueren wollte, verschwand die schweigsame Gestalt sofort im Dunkeln. Merlin überlegte es sich anders und überquerte die Straße doch nicht, in der Hoffnung, dass der Beobachter nicht bemerkt hatte, dass er ihn unwillkürlich gesehen hatte. Stattdessen ging er zügig zur

King's Road hinunter und bog um die Ecke, als ob er ins West End zurückwollte. Nachdem er etwa zehn Meter gegangen war, blieb er stehen und ging dann zurück. Er schlich sich leise an der Ladenfront vorbei und stellte sich in die Tür, von der aus er einen hervorragenden Blick auf die Straße hatte. Etwa zehn Meter hinter dem Haus von Keith Everest war eine Straßenlaterne und Merlin stand starr im Ladeneingang und konzentrierte sich auf den Lichtschein.

Ein paar leere Busse rauschten auf ihrem Weg zur Garage vorbei und eine kleine Gruppe von Männern und Frauen in Abendgarderobe, die Luftballons und Luftschlangen trugen, kam lautstark die King's Road hinunter. In der Seitenstraße gab es jedoch immer noch kein Lebenszeichen. Merlin begann sich zu fragen, ob der versteckte Beobachter die Straße überquert hatte und in das Haus von Everest eingedrungen war, während der kurzen Zeit, in der er es nicht unter Beobachtung gehalten hatte.

Die Minuten vergingen quälend langsam. Nachtbummler zogen auf beiden Seiten der Straße vorbei. Falls sie Merlin dabei überhaupt wahrnahmen, zeigten sie es nicht.

Der Inspektor begann über den Mord an Sylvia Graham nachzudenken. Seine Gedanken wanderten dabei sofort zu Leslie, die so tief in diese Kette von tragischen Ereignissen verwickelt war und in diesem Moment selbst in großer Gefahr sein konnte.

Merlin überlegte gerade, ob er es wagen sollte, sich eine Zigarette anzuzünden, bevor er sich zu einer langen Nachtwache entschloss, als er den Schatten eines Mannes sah, der sich aus dem Schutz eines Hauses gegenüber von Everests Heim bewegte.

Der Mann überquerte die Straße, stieg die Treppe hinauf, die Merlin soeben heruntergekommen war, und wollte gerade an der Haustür klingeln, als er zehn Meter entfernt die Stimme Merlins hörte.

»Moment mal!«

In dem Moment, in dem er sprach, bemerkte Merlin, wie die Gestalt am oberen Ende der Treppe erstarrte. Er ließ die Hand sinken, drehte sich aber nicht zu Merlin um, der inzwischen den Fuß der Treppe erreicht hatte.

»Was wollen Sie?«, fragte der Mann an der Haustür in einem dumpfen, undeutlichen Ton.

»Ich bin Polizeibeamter. Ich würde gerne mit Ihnen sprechen.«

Der Mann drehte sich langsam zu Merlin um, doch bevor der Inspektor einen Blick auf sein Gesicht erhaschen konnte, sprang er auf ihn zu und Merlin fand sich plötzlich atemlos in der Gosse liegend wieder. Durch den Aufprall war der schäbige Filzhut des jungen Mannes vom Kopf gefallen und der Inspektor konnte die graue Haarsträhne des Angreifers erkennen, als dieser wie wild in Richtung King's Road rannte.

Es dauerte ein oder zwei Sekunden, bis Merlin wieder zu Atem kam. Als er sich schließlich wieder aufgerichtet hatte, konnte er sehen, wie die erhoffte Beute gerade um die Ecke auf die Hauptstraße bog. Merlin erreichte die Ecke gerade noch rechtzeitig, um zu sehen, wie der Mann die Straße vor einem Bus überquerte und über eine niedrige Mauer sprang, die vor einem Trümmergrundstück lag. Dann sah ihn Merlin nicht mehr. Er suchte das verlassene Grundstück ab und erkundete jeden Winkel der bröckelnden Mauern, aber es gab keine Spur des Flüchtigen. Nachdem er etwa zehn Minuten lang über Stapel von Mauerwerk gestolpert war, erkannte Merlin, dass seine Beute wahrscheinlich in dem Netz von Seitenstraßen hinter dem Trümmergrundstück verschwunden war.

Etwas verärgert kehrte der Inspektor auf die Straße zurück. Nachdem er fast bis zum Sloane Square gelaufen war, gelang es ihm, ein Taxi zurück zu New Scotland Yard zu bekommen. Sein einziger Trost bestand in dem Gedanken, dass der nächtliche Besucher nicht ohne weiteres zu Everests Haus zurückkehren konnte, da er annehmen musste, dass es von der Polizei beobachtet wurde.

Auf dem Yard teilte ihm der diensthabende Sergeant mit, dass Sergeant Jukes, der im Theater das Kommando übernommen hatte, eine Nachricht per Telefon durchgegeben hatte. Er bat Merlin, sich so schnell wie möglich mit ihm in Verbindung zu setzen. Der Inspektor nickte müde und ging in sein Büro, um im Theater anzurufen.

In der Stimme des Sergeants war durch das Telefon ein Hauch von unterdrückter Aufregung zu hören. »Wir haben etwas gefunden, Sir. Ich würde es Ihnen aber lieber nicht am Telefon erzählen – nur für den Fall.« Merlin antwortete, dass er sofort kommen würde und legte den Hörer auf.

Es schien eine unheimliche Atmosphäre in dem stillen Theater zu herrschen, als Merlin die verlassene Gasse hinunter zum Bühneneingang ging. Er fand Sergeant Jukes in dem kleinen Büro, in dem normalerweise der Pförtner des Bühneneingangs saß.

»Ich dachte, es kann nicht schaden, einen Blick in die Mülltonnen vor der Tür zu werfen, Sir«, sagte Jukes. »Dort habe ich etwas gefunden, das Sie sicherlich interessieren wird.«

Er kramte in dem Aktenkoffer herum, der zu seinen Füßen stand, und holte eine schäbige braune Perücke heraus, die ziemlich zerknittert war. Einen Moment lang war Merlin ein wenig verwirrt. Dann drehte er die Perücke um und sah, dass sich vorne eine graue Haarsträhne befand.

Kapitel zehn

Während Inspektor Merlin sich nachdenklich die Perücke über den Rücken seiner geballten Faust zog, rief er sich die Einzelheiten des Stücks ins Gedächtnis, in dem Sylvia Graham mitgespielt hatte. Er war sich sicher, dass keiner der männlichen Schauspieler eine Perücke mit dieser charakteristischen grauen Haarsträhne trug.

»Natürlich könnte jemand die Perücke absichtlich in die Mülltonne geworfen haben«, murmelte der Sergeant nachdenklich und rieb sich das Kinn.

»Meinen Sie damit, dass der Mörder sie absichtlich dort platziert hat, um uns glauben zu machen, dass er keine graue Strähne hat, obwohl er in Wirklichkeit eine hat?« Merlin schürzte seine Lippen. »Die ganze Sache wird immer verwickelter«, überlegte er.

Der Inspektor stellte fest, dass in der Perücke der Name der Hersteller *Forsythe & Terrell* stand. Deshalb suchte er am nächsten Morgen deren Geschäft in der Shaftesbury Avenue auf. Ein zuvorkommender Verkäufer sah in einer Verkaufsliste nach und teilte Merlin mit, dass die Perücke an einen Schauspieler namens Chris Layton verkauft worden war, der zur Zeit in Südafrika auf Tournee war.

Merlin steckte die Perücke in seine Manteltasche und ging zum Viceroy-Theater, wo er feststellte, dass für zehn Uhr eine Probe anberaumt worden war, damit Sylvia Grahams Zweitbesetzung einen Durchlauf mit dem Ensemble machen konnte.

Als die Schauspieler eintrafen, bat er jeden einzeln zu einem Gespräch unter vier Augen in das Büro des Inspizienten. Er zeigte die Perücke jedem der fünf Männer. Erst beim letzten, einem Charakterdarsteller mittleren Alters namens

Thompson, bemerkte er an dessen Blick, dass er das Teil erkannte.

»So eine Perücke hatte ich mal«, sagte Thompson. Er nahm sie und untersuchte das Futter. »Ja, das ist wirklich meine. Ich habe sie von einem Kerl namens Chris Layton bekommen, als ich bei ihm in Southend spielte. Er hat sie nie getragen, deshalb habe ich sie ihm zu einem günstigen Preis abgekauft.«

Sie gingen zu Thompsons Garderobe, um dort nachzusehen, ob das Toupet tatsächlich fort war. In der Tat fehlte von der Perücke mit der grauen Haarlocke jede Spur.

Merlin erzählte dem Schauspieler daraufhin, wo die Perücke gefunden worden war, und fragte, ob er es gewesen sei, der sie in die Mülltonne geworfen hatte.

»Natürlich nicht!«, antwortete Thompson entrüstet. »Es ist eine vorzüglich gearbeitete Perücke. Warum, zum Teufel, sollte ich sie wegwerfen?«

»Weiß sonst noch jemand, dass Sie sie besitzen?«

»Praktisch das ganze Ensemble, denke ich. Ich habe sie bei der ersten Generalprobe getragen, aber Hamilton verlangte, dass ich dies ändere. Er sagte, ich sähe damit ein bisschen wie ein Verrückter aus.«

»Ist es üblich, die Perücken anderer Schauspieler zu kaufen?«

»Das kommt schon mal vor. Eine neue Perücke kostet eine Menge Geld.«

Vorsichtshalber ließ Merlin Lawrence, den Bühnenarbeiter, rufen, der mit Bestimmtheit feststellte, dass Thompson nicht der Mann war, den er beim Verlassen von Sylvia Grahams Garderobe gesehen hatte. Etwas verärgert saß Merlin im Parkett, während sich das Ensemble auf der Bühne versammelte. Dann gab Hamilton seine letzten Anweisungen und die Probe begann. Nachdem der Inspektor zehn Minuten lang ziemlich missmutig zugeschaut hatte, verließ er das Haus und kehrte ins Yard zurück.

Als Leslie an diesem Morgen herunterkam, um das Frühstück zuzubereiten, sah sie einen kleinen Stapel Briefe hinter der Eingangstür liegen. Sie hob ihn auf, ging ihn schnell durch und fand einen Brief, der an sie selbst adressiert war. Sie öffnete ihn und las:

> *Ich habe gerade von dem Mord an Sylvia Graham erfahren. Ich hatte nichts damit zu tun, ich schwöre es. Ich kann es Ihnen beweisen, wenn Sie sich mit mir treffen wollen. Da ich mich bei Tageslicht nicht zeigen kann, werde ich den ganzen Nachmittag in den hinteren Rängen des Elite-Kinos in der Tottenham Court Road sein. Wenn Sie kommen, werde ich Ihnen alles erzählen, was ich weiß. Bitte sagen Sie niemandem etwas davon.*
>
> *Clive*

Leslie musste wohl ein ratloses Gesicht gemacht haben, als sie Keith Everest beim Frühstück seine Post übergab, denn er blickte sie teilnahmsvoll an und erkundigte sich, ob sie eine schlechte Nachricht erhalten hatte.

»Nein«, antwortete Leslie und versuchte, ihre Stimme unbeschwert klingen zu lassen. »Als schlecht kann man es nicht gerade bezeichnen.«

In Merlins spärlich möbliertem Büro gab Leslie dem Inspektor den Brief, den sie von Clive erhalten hatte. Er brauchte ziemlich lange, um ihn zu lesen. Sie hatte den Eindruck, dass er in der vergangenen Nacht nicht viel geschlafen hatte. Schließlich legte er den Brief auf den Tisch und sagte leise: »Ich bin froh, dass Sie mir das hier gezeigt haben.«

»Was soll ich tun?«, fragte sie.

Er zog auf dem Löschblock ein Muster nach, das sich durchgedruckt hatte. »Sie können die Verabredung einhalten, wenn Sie keine Angst haben«, antwortete er knapp.

»Heißt das, Sie glauben, dass Clive Sylvia Graham nicht getötet hat?«, fragte sie.

»Das scheint unwahrscheinlich zu sein.« Er fuhr fort und erzählte ihr von der Entdeckung der Perücke.

»Dann streichen Sie Clive also von der Liste der Verdächtigen?«, fragte sie, als er fertig war.

Merlin schüttelte den Kopf. »Es muss noch bewiesen werden, dass er mit keinem der anderen Morde etwas zu tun hat«, antwortete er ihr. »Ich schlage deshalb vor, dass wir diesen jungen Mann genau im Auge behalten.«

»Dann haben Sie also nichts dagegen, dass ich die Verabredung einhalte?«

»Das habe ich doch schon gesagt. Es sei denn, Sie haben Angst.«

»Vor Clive habe ich keine Angst. Ich halte ihn für einen schwachen Charakter mit sehr wenig moralischem Halt, aber ich hatte schon mit unangenehmeren Leuten zu tun.«

»Auf jeden Fall werden ein paar meiner Männer in Zivil auf Abruf bereitstehen, nur für den Fall, dass es irgendwelche Probleme geben sollte.«

»Und was soll ich tun, wenn Clive auftaucht?«, fragte sie neugierig.

Merlin zuckte ein wenig mit den Schultern. »Es gibt nicht viel, was Sie tun können – außer zuzuhören, was er zu sagen hat. Aber passen Sie auf, dass er nicht bemerkt, dass er beobachtet wird. Und Sie könnten Ihren hellen Regenmantel anziehen, damit meine Männer Sie in der Dunkelheit erkennen können.«

Sie stand auf, um zu gehen. Merlin begleitete sie zur Tür. Er hielt ihren Arm für einen Moment und drehte sie zu sich. »Machen Sie sich keine Sorgen, Leslie«, sagte er leise. »Wir werden nicht weit weg sein.«

Während des Mittagessens wurde Leslie bewusst, dass Keith

Everest sie diskret danach ausfragte, wie sie ihren Vormittag verbracht hatte. Als sie berichtete, dass sie Inspektor Merlin getroffen hatte, wollte er sofort wissen, ob es seit dem Vorabend irgendwelche neuen Entwicklungen gegeben hatte. Leslie antwortete, dass sich nichts Wichtiges ereignet hatte.

Er stand mühsam auf und humpelte durch den Raum. »Ich will verdammt sein, wenn ich das nicht selbst besser kann als die Polizei«, murmelte er. »Die scheinen ihre Köpfe nicht genug anzustrengen. Es muss doch jemanden im Theater geben, der den Mörder gesehen hat? Es ist nur eine Frage der richtigen Vorgangsweise und Beweissicherung. Ich habe gute Lust, selbst ins Theater zu fahren und mich dort umzusehen.«

»Warum tun Sie es dann nicht?«, sagte Leslie und ermunterte ihn.

Der Künstler verließ das Zimmer. Dabei murmelte und schimpfte er vor sich hin. Zehn Minuten später hörte sie die Haustür zuschlagen. Durch das halb geöffnete Fenster sah sie, wie er ein Taxi heranwinkte, und hörte, wie er dem Fahrer befahl, ihn zum Viceroy-Theater zu bringen. Sie überlegte, ob sie Merlin davon in Kenntnis setzen sollte, aber sie verwarf diesen Gedanken in der Überzeugung, dass Keith Everest im Theater nicht viel Schaden anrichten konnte – wenn man vielleicht einmal davon absah, dass er möglicherweise die Probe unterbrach. Außerdem kannten ihn die Schauspieler, Peter Hamilton eingeschlossen, und Leslie nahm an, dass sie sich schon um ihn kümmern würden.

Leslie musste sich bei einem freundlichen Busfahrer erkundigen, wo sich das Elite-Kino befand. Es erwies sich als drittklassiges Lichtspielhaus auf halbem Wege zwischen der Goodge Street und der Warren Street, dessen abbröckelnde Stuckfassade durch ein Gestell mit nackten Glühbirnen aufgelockert wurde. Ein Sitzplatz im hinteren Parkett kostete einen Sixpence. Nach den sich wellenden Plakaten in den Rahmen zu urteilen, schloss sie, dass hier hauptsächlich Western und

Gangsterfilme gezeigt wurden.

Wie sie erwartet hatte, roch es in dem Saal nach Apfelsinenschalen, Desinfektionsmitteln und billigem Tabak. Etwas vorsichtig und langsam nahm Leslie auf einem Sessel Platz. Da es im Saal sehr finster war, konnte sie während der ersten paar Minuten nur schemenhaft die wenigen Gestalten in ihrer näheren Umgebung erkennen.

Auf der Leinwand verfolgte ein schwerbewaffnetes Auto hartnäckig eine riesige Limousine. Zwischendurch sah man abwechseln Nahaufnahmen von einem grimmig dreinschauenden Gangster, der mit einem Maschinengewehr schoss, und von einem Polizisten, der die Reifen der Limousine zu treffen versuchte. Gerade in dem Augenblick, als durch die Lautsprecher das Geräusch des unvermeidlichen Bremskreischens erklang, bemerkte Leslie, dass ein Mann den leeren Sitz zu ihrer Linken einnahm. In dem Moment, als er sprach, erkannte sie, dass es Clive war.

»Sind Sie allein?«, fragte er.

»Ja, natürlich.« Sie konnte sehen, wie er sich vorsichtig nach allen Richtungen umsah.

»Die Polizei ist hinter mir her«, flüsterte er. »Gestern Abend hätten sie mich fast erwischt, als ich Sie besuchen wollte.« Er nahm eine Zigarette von ihr an und beugte sich vor, um sie anzuzünden, damit sein Gesicht nicht zu sehen war.

»Ich nehme an, Sie haben in der Zeitung gelesen, dass die Polizei im Zusammenhang mit dem Mord an Sylvia Graham nach einem Mann sucht, auf den Ihre Beschreibung passt?«

»Es muss sich dabei um jemand anderen handeln.«

»Es war jemand, der eine Perücke mit einer grauen Strähne trug. Die Polizei hat die Perücke gestern am späten Abend gefunden.«

Er schien in seinem Sitz zu erstarren. »Ich hatte recht«, sagte er leise, mit einem angespannten Ton in der Stimme. »Ich wusste, dass ich recht hatte!«

Sie sah ihn fragend an, aber machte keine Anstalten, darauf näher einzugehen.

Aus den Lautsprechern ertönte wieder das heisere Stakkato der Maschinenpistole. In dem von der Leinwand reflektierten Licht konnte Leslie sehen, wie seine Gesichtsmuskeln nervös zuckten. »Sie können nicht ewig so weiterleben«, sagte sie. »Es untergräbt Ihre Gesundheit und kann Ihren Verstand beeinträchtigen. Im Gefängnis wären Sie besser dran. Wenn Sie sich stellen, werde ich mit dem Amtsarzt sprechen …«

Clive schien jedoch gar nicht zuzuhören und war allem Anschein nach in das Geschehen auf der Leinwand vertieft. Plötzlich beugte er sich vor und sagte: »Ich hole mir ein paar Zigaretten aus dem Kiosk. Ich bin gleich wieder da.«

Bevor Leslie ihn aufhalten konnte, verschwand er in der Dunkelheit.

Leslie saß vor der Leinwand, auf der gerade ein alter Western begonnen hatte. Die Minuten vergingen. Sie rutschte unruhig auf ihrem Sitz hin und her und schaute sich um. Von Clive war keine Spur zu sehen.

Schließlich stand sie auf und ging ins Foyer, wo sie eine mollige Frau im Kiosk fragte, ob sie einen jungen Mann in einem Regenmantel gesehen hatte. Die Frau antwortete, dass er eine Schachtel Zigaretten gekauft hatte und dann auf die Straße hinausgegangen war. Leslie ging langsam zum Vordereingang und schaute die breite Straße hinauf und hinunter. Es schien keinen Sinn zu haben, noch länger hier zu bleiben. Clive war offensichtlich verschwunden.

Sie wollte sich gerade auf den Weg zur U-Bahnstation in der Warren Street machen, als ein Taxi an den Bordstein fuhr und sie eine vertraute Stimme hörte. »Ich bin so schnell ich konnte gekommen, um Sie abzuholen«, sagte Merlin zu ihr. »Wir hatten noch ein paar Probleme im Theater.«

Sie wartete nicht ab, um zu erfahren, um welche Probleme es sich handelte, sondern erzählte ihm schnell, was sich mit Clive zugetragen hatte. Er tätschelte ihr beruhigend die Hand.

»Das haben Sie sehr gut gemacht, Leslie«, sagte er. »Die Hauptsache war, dass wir diesen jungen Mann einmal zu Gesicht bekommen haben. Machen Sie sich keine Sorgen, ein paar meiner besten Männer beschatten ihn.«

Leslie sah jedoch immer noch nachdenklich aus. »Ich verstehe nicht, warum sich sein ganzes Verhalten geändert hat, als ich die Perücke erwähnte«, überlegte sie. »Ich bin mir sicher, dass er etwas wusste.«

»Das kriegen wir schon noch raus«, versicherte Merlin ihr, als das Taxi in die Shaftesbury Avenue einbog und vor dem Restaurant *Pandora* hielt. »Ich habe Ihnen noch nicht erzählt, was im Theater passiert ist, also kommen Sie lieber mit rein und trinken Sie einen Tee«, schlug er vor.

Sie suchten sich einen Ecktisch und bestellten Tee. Dann erzählte Merlin ihr, wie er einen Anruf von Sergeant Jukes vom Theater erhalten hatte. Dieser teilte ihm mit, dass der Bühnenarbeiter Lawrence, der den Mörder von Sylvia Graham gesehen hatte, einen Unfall erlitten hatte.

»Anscheinend waren sie dabei, die Szene für den zweiten Akt vorzubereiten, als ein hundert Pfund schweres Gegengewicht von dem Hängeboden auf Lawrences Nacken fiel. Er wurde ins Krankenhaus gebracht, aber sie glauben nicht, dass er überlebt.«

»Aber wie konnte das passieren? War denn niemand dafür verantwortlich?«, fragte Leslie etwas verwundert.

Merlin zuckte mit den Schultern. »Das Gegengewicht war nicht richtig befestigt – und der Verantwortliche dafür war Lawrence selbst. Es sei denn, jemand hat sich daran zu schaffen gemacht.«

Leslie sah zu ihm hinüber. »Glauben Sie, dass es dabei nicht mit rechten Dingen zugegangen ist?«

Merlin schüttelte zweifelnd den Kopf. »Wir können uns nicht sicher sein. Natürlich ist es für den Mörder äußerst praktisch, dass der Mann, der ihn wiedererkennen könnte, jetzt aus dem Weg geräumt ist.«

Ihr kam das Bild von Keith Everest in den Sinn, der eine Taxitür öffnete und dem Fahrer »Viceroy-Theater« zurief. Sie versuchte, ihre Stimme zwanglos klingen zu lassen, als sie fragte: »Haben Sie Mr. Everest im Theater gesehen?«

»Ich habe ihn nicht selbst gesehen, aber der Sergeant sagte, er sei dort gewesen, habe herumgeschnüffelt und eine Menge Fragen gestellt. Er hat sich ziemlich unbeliebt gemacht, wie ich höre. Er sagte, die Polizei sei völlig inkompetent.«

Leslie war gerade damit beschäftigt, den Tee einzuschenken, weshalb sie sich zu dieser Bemerkung nicht äußerte. Erst als sie dem Inspektor die Tasse reichte, sagte sie: »Es tut mir furchtbar leid, dass Sie durch diesen Fall so viel Ärger haben.«

»Ach, das macht nichts«, antwortete er und grinste. »Wir haben mit jedem Fall so viel Ärger. Das sind wir schon gewohnt. Ein guter Kriminalist weiß, wie er diese Dinge am besten bewältigt.« Merlin blickte auf, als ein Bekannter das Restaurant betrat. »Ich glaube, es gibt noch mehr Unannehmlichkeiten«, prophezeite er.

Der Neuankömmling war Peter Hamilton, der ziemlich mitgenommen aussah. Er fragte, ob er sich zu ihnen setzen durfte und ließ sich niedergeschlagen auf einen freien Stuhl fallen.

»Dieses verdammte Stück ist verhext«, verkündete er launisch und zündete sich eine Zigarette an. »Wir sind bis auf den letzten Platz ausverkauft, haben die zwei besten Schauspieler des Ensembles verloren und jetzt macht mich dieses neue Mädchen ganz wahnsinnig. Sie ist für Sylvias Rolle einfach nicht geeignet. Ich musste erstmal eine halbe Stunde Pause einlegen, sonst wären alle noch die Wände hochgegangen.«

Während Leslie ihm Tee einschenkte, wandte er sich an Merlin. »Übrigens, Ihr Sergeant im Theater will Sie sprechen. Es kam ein Anruf, während er mich über Sylvia befragt hat.«

»Ich rufe ihn sofort an«, sagte Merlin.

Nachdem der Inspektor gegangen war, wurde Hamilton etwas redseliger über seine Schwierigkeiten. »Ihr Mr. Everest war ganz schön anstrengend«, sagte er. »Er hat den ganzen Nachmittag herumgeschnüffelt. Und die Krönung war dann auch noch der Unfall von Lawrence, dieses armen Kerls! Es war ein höllischer Tag – und er ist noch nicht zu Ende. Allein der Gedanke an den dritten Akt treibt mir den kalten Schweiß auf die Stirn.«

Sobald Merlin zurück war, schaute Hamilton auf seine Armbanduhr und verkündete, dass er zurück ins Theater eilen musste. Als er aufstand, um zu gehen, sagte er: »Warum kommen Sie heute Abend nicht vorbei und sehen sich das neue Mädchen an? Ich würde mich freuen, wenn wenigstens zwei Freunde unter den Zuschauern sind.«

»Ich werde auf jeden Fall im Theater sein«, sagte Merlin und sah Leslie fragend an.

»Ich wäre auch sehr daran interessiert, die Neubesetzung zu sehen«, nickte sie.

»Gut«, sagte Hamilton. »Sie können die Loge der Theaterleitung haben. Ich werde sie für sie reservieren lassen, sobald ich zurück bin.«

Als er gegangen war, fragte Leslie: »War es ein wichtiges Telefonat?«

»In der Tat. Es ging um Ihren Freund Clive. Mein Mann ist ihm zu einer schäbigen Unterkunft in der Perrigo Street in der Nähe des Euston-Bahnhofs gefolgt. Es scheint so, als ob er dort schon mehrere Nächte verbracht hat. Es ist eine triste Gegend, aber ideal, wenn man nicht auffallen und untertauchen will.«

»Was werden Sie jetzt tun?«

»Ihn für ein oder zwei Tage unter Beobachtung halten. Ein paar meiner Leute beschatten ihn Tag und Nacht. Ich bin mir sogar ziemlich sicher, dass er uns zu dem Mann führen könnte, der für all die Nylonmorde verantwortlich ist.«

»Gehen Sie dabei nicht ein großes Risiko ein?«

»Hätten Sie es etwa lieber, dass ich ihn festnehmen lasse?«

Leslie war ein wenig verwirrt. »Ich weiß nicht, was ich darauf antworten soll«, gab sie zu. »Der arme Teufel befindet sich in einer schrecklichen Lage. Diese ständige Aufregung reibt seine Nerven auf. Ich bin der festen Überzeugung, dass er das Land verlassen würde, wenn er genügend Geld dafür hätte.«

»Wahrscheinlich wird er schon bald den Versuch machen, sich das Geld dafür zu beschaffen?«, sagte Merlin nachdenklich.

Leslie überlegte krampfhaft. »Und wo sollte er sich das Geld dafür Ihrer Meinung nach beschaffen«, fragte sie schließlich.

»Beim Mörder.«

»Ich glaube nicht, dass er ein Erpresser ist.«

Merlin schüttelte den Kopf. »Nein. Aber Sie müssen auch bedenken, dass er hoffnungslos verzweifelt ist.«

»Da haben Sie recht. Aber setzen Sie nicht ziemlich viel dabei auf Spiel? Nehmen Sie nur einmal an, dass er Ihren Leuten entwischt.«

»In diesem Fall wäre ich tatsächlich aufgeschmissen, fürchte ich«, gab er kläglich zu. »Aber dieser Fall hat sich schon genug in die Länge gezogen. Ich muss diese Chance wahrnehmen, auch wenn es vielleicht nur ein missglückter Versuch ist.«

Leslie fuhr nach Chelsea zurück, um sich umzuziehen. Sie fand Keith Everest in seinem Atelier, wo er launisch eine Leinwand reinigte.

»Haben Sie im Theater Glück gehabt?«, erkundigte sie sich.

Er nahm ein Spachtelmesser in die Hand und kratzte etwas Farbe ab. »Ich habe festgestellt, was für Idioten diese Leute von der Polizei sind«, schnauzte er.

»Haben Sie den Unfall des Bühnenarbeiters gesehen?«

»Ich habe nur eine Menge Leute gesehen, die im Kreis herumliefen.« Er sah Leslie an und legte das Spachtelmesser auf den Tisch. »Ich nehme an, dass ich mich durch die Tatsache, dass ich im Theater war, noch mehr verdächtig gemacht habe«, sagte er.

Leslie war etwas enttäuscht, weil Merlin sie nicht im Foyer des Theaters erwartete. Stattdessen lief sie Peter Hamilton in die Arme, der sie zu der versprochenen Loge führte. In dem Moment, als der Vorhang hochging, öffnete sich die Logentür und Merlin kam herein. Er flüsterte Leslie eine Entschuldigung zu und setzte sich dann neben sie.

Während des gesamten ersten Aktes wirkte der Inspektor ziemlich unruhig. Dies war jedoch kaum verwunderlich, denn dem Neuling im Ensemble fehlten sowohl die Schauspielkunst als auch der Charme von Sylvia Graham.

»Gibt es noch etwas Neues?«, fragte Leslie, sobald der Vorhang fiel.

»Ich warte auf eine Nachricht von meinen Leuten in Euston«, sagte er ihr. »Ich habe das Gefühl, dass dort bald etwas passieren wird.«

»Es sieht so aus, als ob Sie mich bald los sind«, antwortete Leslie und beobachtete, wie das Publikum zu den Ausgängen strömte.

»Ich hoffe nicht«, sagte er ernsthaft. »In meinem Beruf findet man nicht so leicht Freunde, aber bei Ihnen ist das irgendwie anders. Noch nie konnte ich mich mit einer Frau unterhalten und hatte dabei das Gefühl, dass ich ihr so bedingungslos vertrauen kann.«

Die Logentür wurde geöffnet. Ein Mann stand auf der Schwelle. Merlin erkannte ihn offensichtlich, denn er entschuldigte sich bei Leslie und führte den Mann auf den Korridor hinaus. Sie hörte, wie sich die beiden vor der Loge in leisen Tönen unterhielten. Kurz darauf wurde die Tür erneut geöffnet und sie hörte Merlin sagen: »In Ordnung. Fahren Sie zurück in die Perrigo Street, und sehen Sie zu, dass Ihnen der Fehler nicht noch einmal passiert.« Dann ließ er sich schwer atmend auf den Sitz neben ihr sinken.

»Stimmt etwas nicht?«, fragte sie.

»Dieser verdammte Idiot folgte Clive, der sich in einem Haus ganz offensichtlich mit jemandem treffen wollte. Dort konnte er ihm durch die Hintertür entwischen.«

»Haben Sie eine Ahnung, wer dort wohnt?«

Merlin drehte sich um und sah sie an, dann sagte er langsam: »Ja. Es Ihr Freund, der Künstler Keith Everest.«

Kapitel elf

Leslie blieb äußerlich ruhig und bemühte sich, ihre Zweifel und Ängste zu verbergen, als sie erfuhr, dass man Clive bis zum Haus von Everest in Chelsea verfolgt hatte. Sie fragte sich, ob er dorthin gegangen war, um zu versuchen, wieder mit ihr in Kontakt zu treten, vielleicht um ihr von einer neuen Entscheidung zu berichten, die er getroffen hatte. Aber es schien, als hätte Merlin andere Vorstellungen.

»Ich muss sofort mit Everest sprechen«, beschloss er.

»Wieso glauben Sie, dass er etwas weiß?«

»Der junge Mann war einige Zeit in seinem Haus.«

»Woraus können Sie das schließen? Ihr Beamter hat ihn doch schließlich aus den Augen verloren. Er könnte auch direkt in das Haus, gleich hindurch und wieder hinausgegangen sein.«

»Jemand muss ihn hineingelassen haben.«

»Nicht unbedingt. Die Haustür ist oft nur eingeklinkt.«

»Wie dem auch sei, ich denke, ich fahre gleich hin, solange die Spur noch heiß ist. Es besteht immerhin die Möglichkeit, dass Everest etwas herausgefunden hat.«

»Wenn das so ist, dann komme ich mit«, sagte Leslie und nahm ihre Tasche.

Das Rampenlicht war bereits an und als sie die Loge verließen, wurde das Licht im Saal gerade ausgeschaltet.

»Wenn wir hier entlang gehen, sind wir schneller«, sagte Merlin, als sie auf dem Korridor standen. Er deutete auf die Durchgangstür, die hinter die Bühne führte.

Als sie gerade durch den Bühneneingang gehen wollten, hörten sie eine vertraute Stimme und sahen Peter Hamilton, der sich ihnen auf dem Korridor näherte.

»Großer Gott, ist die Aufführung denn so schlimm?«, sagte er bedauernd. »Ich habe gehofft, dass wenigstens Sie ein paar Akte durchhalten würden.«

Merlin erklärte taktvoll, dass es eine neue Entwicklung in dem Fall gegeben hatte, der er nachgehen musste, und dass es unerlässlich war, dass sie sofort aufbrachen.

»Wie finden Sie die neue Darstellerin?«, fragte Hamilton, als er mit ihnen durch den Bühneneingang ging.

Leslie versuchte, höflich zu sein, aber Hamilton wollte nichts davon hören.

»Sie macht mich wahnsinnig! Und sie ist miserabel! Wenn dieser Abend vorbei ist, werde ich nicht nur eine graue Haarsträhne, sondern schneeweißes Haar haben!«

Er winkte ihnen etwas wehmütig nach, als sie in ein Taxi stiegen und davonfuhren.

»Armer Peter Hamilton. Er steigert sich in alles so hinein«, seufzte Leslie.

»Wenn Sie so viele Leute vom Theater kennengelernt hätten, wie ich, dann würden sie gar nicht mehr darauf achten«, versicherte Merlin ihr. »Konzentrieren Sie Ihr Mitgefühl zur Abwechslung mal auf mich, denn ich möchte, dass Sie mir einen Gefallen tun.«

»Welchen?«

Merlin drehte sich in seinem Sitz um und sah sie direkt an. »Ich möchte, dass Sie bei Everest ausziehen.« Er zögerte einen Moment, dann fügte er entschlossen hinzu: »Noch heute Abend.«

»Gibt es einen besonderen Grund dafür?«, fragte sie.

»Keinen konkreten. Ich habe nur das Gefühl, dass das Haus von Everest ein gefährlicher Ort für Sie ist. Es würde mich nicht im Geringsten überraschen, wenn dort in den nächsten achtundvierzig Stunden etwas Entsetzliches passiert.«

Leslie lächelte. »Dabei dachte ich schon, ich hätte Ihnen bewiesen, dass ich in der Lage bin, auf mich selbst aufzupassen.«

Er griff fest um ihr Handgelenk. »Leslie, ich meine das sehr ernst. Abgesehen von Ihrer eigenen Sicherheit könnten Sie die Dinge für mich verkomplizieren, wenn Sie weiterhin dortbleiben.«

»Das ist ja alles schön und gut«, sagte Leslie. »Aber Sie scheinen nicht zu wissen, wie schwierig es in London ist, ein Zimmer zu finden.«

»Daran habe ich schon gedacht«, antwortete er. »Ich könnte Sie für ein paar Nächte bei mir unterbringen – bis dieser Fall geklärt ist.«

Sie lehnte sich zurück. »Also wirklich, Inspektor Merlin«, sagte sie, »wenn Sie glauben, dass ich die Angewohnheit habe, einfach so bei einem Junggesellen zu übernachten …«

Er fand, ihre Stimme klang ein wenig amüsiert, aber er war sich dessen nicht sicher.

»In der Zwischenzeit sollten Sie mich doch gut genug kennen, Leslie«, sagte er leise. »Sie können selbstverständlich mein Schlafzimmer haben. Ich mache es mir dann auf dem Sofa bequem – wenn ich nicht gerade im Einsatz bin. Bei mir sind Sie in Sicherheit. Mich würde das sehr beruhigen.«

Leslie dachte ein oder zwei Minuten über diesen Vorschlag nach. »Nun, mir würde es nicht gefallen, wenn ich den Arm des Gesetzes behindern würde«, sagte sie schließlich, »aber ich glaube nicht, dass das Haus von Everest wirklich so gefährlich ist.«

»Es gibt genügend Beweise dafür«, antwortete er. »Was Everest selbst betrifft, bin ich keineswegs zufrieden und misstrauisch. Außerdem: Wenn dieser Clive dort wieder auftaucht, könnte es zu einer gravierenden Auseinandersetzung kommen.«

»Aber was wird Everest sagen, wenn er erfährt, dass ich ausziehe?«

»Wir können uns irgendeine Ausrede ausdenken. Sie müssen ihm ja nicht unbedingt auf die Nase binden, dass Sie zu

134

mir ziehen.«

Als sie am Haus in der Walsingham Street ankamen, öffnete Leslie mit ihrem Schlüssel die Tür und sie gingen hinein. Im Haus schien alles ruhig zu sein. Everest fanden Sie im Wohnzimmer. Er saß zusammengesunken in einem Sessel, eine Karaffe mit Whisky stand auf einem kleinen Tisch neben ihm. Es hatte den Anschein, als ob er in seinem betrunkenen Zustand gedöst hatte. Bei ihrem Eintreten gab er sich jedoch Mühe, aufzustehen, und bot ihnen mit einigermaßen fester Stimme einen Drink an. Merlin akzeptierte einen kleinen Whisky, auch weil er Everest nicht verärgern wollte, wenn es sich vermeiden ließ. Leslie lehnte jedoch ab und sagte, sie müsse auf ihr Zimmer gehen und packen.

»Soll das heißen, Sie verlassen mich?«, fragte Everest und beäugte sie misstrauisch.

Sie erzählte ihm, dass sie im Krankenhaus angerufen hatte und gebeten worden war, aufgrund eines erkrankten Kollegen eine Woche früher zum Dienst zurückzukehren.

Als Leslie die Treppe hinaufgegangen war, nippte Merlin an seinem Whisky und sagte beiläufig: »Sie hatten heute Abend wieder Besuch von Leslies Patienten, nicht wahr?«

Everest schaute etwas begriffsstutzig zu ihm herüber. »Von Leslies Patienten?«, fragte er.

»Sie wissen schon, der junge Mann mit der grauen Haarsträhne, der vorhin hier war.«

Everest nahm einen Schluck von seinem Whisky und sagte dann: »Heute Abend war überhaupt niemand hier.«

»Das ist aber sehr seltsam«, antwortete Merlin sanft, »denn er betrat kurz nach sieben Uhr dieses Haus.«

»Sie scheinen sich da aber sehr sicher zu sein.«

»Ja. Einer meiner zuverlässigsten Männer hat ihn hineingehen sehen. Offenbar ist er durch den Hintereingang wieder hinausgeschlüpft – es sei denn, er ist noch im Haus«, fügte Merlin bedeutsam hinzu.

»Natürlich ist er nicht im Haus! Er ist überhaupt nicht hier gewesen«, schnauzte Everest gereizt.

Gerade als Merlin antworten wollte, klingelte das Telefon im Flur und Everest ging hinaus, um den Hörer abzuheben. Möglicherweise hatte ihn der starke Alkoholkonsum unvorsichtig gemacht, denn er ließ die Wohnzimmertür ein paar Zentimeter offen. »Am Apparat«, antwortete Everest auf eine Frage des Anrufers. »Ja, ja, er hat es bekommen ... Ganz sicher ... Ich sage doch, ich habe mein Versprechen gehalten ... Also gut, auf Wiederhören.«

Everest knallte den Hörer ziemlich auf die Gabel und murmelte dann etwas, das sich wie eine Verwünschung anhörte. Dann kam er zurück in den Raum.

»Ich fürchte, ich kann Ihnen nicht erlauben, das Haus zu durchsuchen – es sei denn, Sie haben einen Durchsuchungsbefehl«, sagte er schroff.

»Das macht nichts«, nickte Merlin, scheinbar völlig unbeeindruckt. »Ich habe nämlich keinen Zweifel daran, dass der junge Mann bald wieder hier auftauchen wird.«

In diesem Moment kam Leslie mit ihren gepackten Koffern herein. Sie dankte dem Künstler für seine Gastfreundschaft, aber Everest schien kaum zu verstehen, was sie sagte. Er kündigte an, dass er in sein Atelier gehen wollte, um zu arbeiten.

Als sie in Richtung King's Road fuhren, stieß Merlin einen Seufzer der Erleichterung aus. »Ich kann Ihnen gar nicht sagen, wie froh ich bin, dass Sie aus diesem Haus weg sind«, sagte er.

Merlins Wohnung befand sich im obersten Stockwerk eines massiven viktorianischen Gebäudes in Holborn, das keinen Aufzug besaß. Er trug Leslies Koffer ins Schlafzimmer und kam mit ein paar Decken und Bettzeug zurück, um es sich auf dem Sofa im Wohnzimmer gemütlich zu machen.

Leslie ließ ihren Blick im Zimmer herumwandern, suchte

instinktiv nach irgendwelchen Spuren oder Anzeichen, die auf eine Frau hindeuteten, aber fand keine.

»Als Erstes müssen wir uns um das Abendessen kümmern«, verkündete er und ließ das Bettzeug fallen.

»Ich mache das, solange Sie mit dem Bett beschäftigt sind«, antwortete sie. »Sie müssen mir allerdings vertrauen und mir glauben, dass ich kochen kann.«

Er grinste. »Sie können nicht viel falsch machen, denn im Kühlschrank sind nur Eier und Schinken.«

»Na gut, dann will ich mich mutig an die Zubereitung eines Schinkenomeletts machen. Kommen Sie, zeigen Sie mir, wo alles ist.«

Er wollte sie gerade in die Küche führen, als es an der Haustür klingelte. Merlin ging hin, um zu öffnen, während Leslie sich in die Küche begab, das Licht einschaltete und die Tür hinter sich schloss.

Zu Merlins Überraschung war Peter Hamilton der Besucher. Der Regisseur entschuldigte sich ausgiebig dafür, dass er Merlins Zeit in Anspruch nahm. Als er ihm ins Wohnzimmer folgte, erklärte er, dass er die Adresse des Inspektors durch einen einfachen Blick ins Telefonbuch herausgefunden hatte.

»Warum haben Sie mich dann nicht angerufen?«, fragte Merlin, der nicht darüber erfreut war, dass ihn jemand in seinen privaten Räumlichkeiten aufsuchte.

»Das habe ich in Erwägung gezogen«, nickte Hamilton, »aber dann überlegte ich mir, dass vielleicht jemand mithören könnte.«

»Was ist los?«, fragte Merlin und deutete auf den unbequemsten Stuhl im Raum. Hamilton ignorierte die Andeutung und machte es sich in einem Sessel bequem.

»Ich glaube, ich habe etwas Wichtiges entdeckt«, sagte Hamilton. »Als ich heute Abend auf und ab ging, um auf das Ende des dritten Aktes zu warten, kam ich mit dem Pförtner ins Gespräch. Wir kamen natürlich auf den Mord zu sprechen, und er erinnerte sich plötzlich daran, dass Sylvia Graham am Abend vor Beginn der Vorstellung einen Besucher empfangen hatte.«

»Warum hat er uns das nicht gesagt, als wir ihn befragt haben?«

»Weil er es völlig vergessen hatte. Er ist schon weit über siebzig und sein Gedächtnis ist nicht mehr das, was es einmal war. Außerdem kam es ihm nicht mehr so wichtig vor, weil es so viel früher war als der Mord.«

»Hat ihm der Besucher seinen Namen gesagt?«

»Ja, der alte Junge sagte, es sei ein Mr. Fortescue gewesen. Er beschrieb ihn als dicklich, mittelgroß, sandblondes Haar. Er trug einen Filzhut und hatte eine Aktentasche bei sich.«

»Sagt Ihnen das etwas?«

Hamilton schüttelte den Kopf. »Er kann natürlich auch ein Versicherungsvertreter oder ein anderer harmloser Mann gewesen sein«, sagte er. »Jedenfalls dachte ich, Sie sollten darüber Bescheid wissen. Unser alter Pförtner war völlig aus dem Häuschen, als ich ihm zu verstehen gab, dass er das sofort hätte aussagen müssen.«

Alle weiteren Spekulationen wurden durch das Klingeln des Telefons in einer Ecke des Raumes unterbrochen. Merlin ging hinüber, um den Anruf entgegenzunehmen. Er hob den Hörer ab und erkannte die vertraute Stimme von Sergeant Jukes, der von New Scotland Yard aus sprach.

»Von den Albert-Docks kam eben eine Nachricht herein. Die Hafenpolizei hat unseren Mann festgenommen«, brummte Sergeant Jukes.

»Meinen Sie Clive?«

»Genau, Sir. Er wollte sich als blinder Passagier an Bord der *Mombassa* schmuggeln, die morgen ausläuft. Die Kollegen wollen wissen, ob sie ihn nach Canning Town bringen sollen oder …«

»Sagen Sie ihnen, dass Sie ihn dabehalten sollen«, schnauzte Merlin. »Ich komme sofort hin.« Er knallte den

Hörer auf die Gabel, ohne auf Jukes Antwort zu warten.

Während des Gesprächs hatte sich Hamilton offenbar für die Sammlung von Theaterbiografien in Merlins gut bestückten Bücherregalen interessiert. Trotzdem fragte sich der Inspektor, wie viel der Regisseur von dem Gespräch mitbekommen hatte. Der Sergeant hatte eine kräftige Stimme, die noch aus mindestens drei Metern Entfernung zu einem Telefonhörer zu hören war.

»Ich wusste gar nicht, dass das Theater ein Hobby von Ihnen ist«, sagte Hamilton. »Wir müssen uns mal darüber unterhalten.«

Merlin hatte den bösen Verdacht, dass diese Bemerkung ihn von seinen misstrauischen Erwägungen ablenken sollte, ob Hamilton das Gespräch mitverfolgt hatte oder nicht.

»Das würde mich freuen«, antwortete Merlin mechanisch. »Aber ich muss jetzt leider gehen.«

»Hat es etwas mit der neuesten Entwicklung in diesem Fall zu tun?«, fragte Hamilton.

»Könnte sein.«

»In diesem Fall will ich Sie nicht länger aufhalten.« Hamilton griff nach seinem Hut.

»Wie ist das Stück heute Abend gelaufen?«, fragte Merlin, als sie zur Tür gingen.

»Ziemlich mies«, antwortete Hamilton mit einem Achselzucken. »Ich gebe dem Ganzen noch zwei, vielleicht drei Wochen.«

»Pech gehabt«, meinte Merlin mitfühlend.

Hamilton hielt einen Moment lang in der Tür inne. »Das Theater ist ein Ort, an dem man immer wieder Pech haben kann«, murmelte er. »Irgendein armer Teufel ist immer auf dem absteigenden Ast.« Er hielt inne, um seinen Hut in die richtige Position zu bringen, dann wünschte er Merlin eine gute Nacht.

Sobald er Hamilton die Steintreppe hinuntergehen hörte, ging Merlin in die Küche. »Lassen Sie alles stehen und liegen«, befahl er. »Wir müssen fort.«

Leslie, die eine große Schürze um die Taille gebunden und einen besorgten Blick in ihren braunen Augen hatte, schlug gerade sorgfältig Eier in einer Schüssel auf. »Aber das Omelett ist gleich fertig«, wandte sie ein.

»Es tut mir leid, aber wir müssen gehen«, beharrte er. »Die Hafenpolizei hat Clive gerade aufgegriffen. Ich möchte, dass Sie mitkommen und ihn identifizieren.«

»Wo ist er?«

»Sie halten ihn unten am Hafen fest, bis wir da sind. Ich will keine Zeit verlieren.«

Sie nickte und legte schnell die Schürze ab.

»Es wird nicht länger dauern als eine Stunde. Wir essen dann nachher, wenn wir zurück sind«, versprach er ihr.

Sie fanden ein Taxi an einem nahegelegenen Standplatz und fuhren bald in hohem Tempo durch die menschenleeren Straßen der Stadt.

»Essen Sie überhaupt jemals pünktlich?«, fragte Leslie, um sich damit von ihren Gedanken an Clive abzulenken.

»Manchmal schon – an Heiligabend zum Beispiel«, antworte er und lachte.

»Sie werden noch ein Magengeschwür bekommen«, antwortete Leslie besorgt.

»Wenn es dazu kommt, dann werde ich eine Ärztin konsultieren, mit der ich befreundet bin.«

»Sie wird Ihnen dann allerdings eine ganz entsetzliche Diät verschreiben«, warnte Leslie ihn.

Am Eingang zu den Royal-Albert-Docks wurden sie von einem Polizisten empfangen, der sie offensichtlich erwartete und ihnen sofort den Weg zu einem Büro erklärte, das kaum mehr als eine mittelgroße Militärbaracke war. Sie fanden sie ohne große Schwierigkeiten, da sie hell erleuchtet und offensichtlich das einzige Gebäude war, das man noch nicht abgeschlossen hatte.

Clive war in einen Raum gesperrt worden, der als vorübergehende Arrestzelle diente. Als sich die Tür öffnete, blickte er von dem schlichten Holzstuhl auf, auf dem er neben dem Fenster saß. Auf seinem dünnen, farblosen Gesicht lag ein Ausdruck völliger Niedergeschlagenheit.

»Wir haben bei ihm fast zweihundert Pfund in bar gefunden«, sagte der Hafenpolizist, der sie in den Raum begleitet hatte.

Merlin ging zu Clive hinüber und blickte auf ihn hinunter. »Woher haben Sie das Geld?«, fragte er.

Clive sah jedoch nur Leslie an, die versuchte, im Hintergrund zu bleiben.

»Sie sind also doch zur Polizei gegangen«, sagte er anklagend in einem rauen, schrillen Ton.

Leslie machte unwillkürlich einen Schritt nach vorne. »Clive, das ist Inspektor Merlin, ein Freund von mir. Er wird versuchen, Ihnen zu helfen. Er weiß, dass Sie mit den Morden nichts zu tun haben. Wenn Sie ihm nur erzählen, wie …«

Clive schüttelte den Kopf. »Niemand ist auf meiner Seite – alle sind sie gegen mich«, murmelte er fast zu sich selbst.

Merlin rüttelte ihn grob an der Schulter. »Sie sind in einer schwierigen Lage, mein Junge«, sagte er. »Diese Einstellung wird Ihnen nicht helfen.«

»Nichts und niemand wird mir helfen«, antwortete Clive mürrisch. »Dazu ist es jetzt zu spät.«

»Seien Sie kein Narr!«, schnauzte Merlin. »Erzählen Sie uns, woher Sie das Geld haben!«

Plötzlich überkam Leslie eine Welle des Mitleids für den fassungslosen jungen Mann. »Clive, ich gebe Ihnen mein feierliches Ehrenwort, dafür zu sorgen, dass Sie ins Ausland kommen und neu anfangen können«, sagte sie nachdrücklich.

Doch Clive schüttelte erneut den Kopf. »Wenn ich Ihnen alles erzählen würde, würde er auf mich warten, wenn ich rauskomme«, murmelte er.

»Sagen Sie uns alles und man wird ihn wegen Mordes hängen«, erwiderte Merlin schroff.

»Er entkommt immer«, beharrte Clive hartnäckig. »Die Polizei wird ihn nie erwischen. Er ist ein Teufel ...«

In den Augen des jungen Mannes lag ein Ausdruck von Angst. Leslie blickte zu Merlin hinüber und sah, wie sich sein Kinn anspannte. Sie ahnte, dass er in Kürze zu weniger höflichen Methoden greifen würde. Clive zuliebe hatte sie deshalb das Gefühl, einen letzten Versuch unternehmen zu müssen. Sie ging zu ihm, stellte sich vor ihn hin und sagte: »Clive, sehen Sie mich an.«

Zögernd hob er den Kopf und seine Augen trafen ihren festen Blick.

»Clive, haben Sie Andrea vergessen? Als Sie das erste Mal mit mir in Kontakt getreten sind, wollten Sie sich nur noch an dem Mann rächen, der Andrea getötet hat. Haben Sie das vergessen?«

Er ließ seinen Kopf sinken. Sie konnte sehen, wie seine Lippen vor Erregung zitterten.

»Nach allem, was Andrea für Sie getan hat«, fuhr sie fort, »nach allem, was sie Ihnen bedeutet hat, wollen Sie ihren Mörder nun einfach so davonkommen lassen, ohne etwas dagegen zu tun?«

Über eine Minute lang sprach er nicht, sondern biss sich auf die Unterlippe. Schließlich sagte er in einem erstickten Flüsterton: »Na gut. Ich werde Ihnen alles erzählen.«

Die Spannung ließ nach. Merlin lehnte sich auf den rauen Holztisch. »Das Geld, das Sie bei sich hatten ... Haben Sie es vom Mörder bekommen? Haben Sie ihn erpresst?«

»Ich wollte weg und einen Neuanfang machen. Ich war verzweifelt.«

»Natürlich«, sagte Merlin. »Das verstehe ich. Aber sagen Sie uns jetzt, was Sie über ihn wissen.«

Clive räusperte sich nervös. »Der Mann, den Sie suchen, ist ...« Bevor er seinen Satz beenden konnte, hörten sie etwas, das so klang, als habe es das Fenster durchschlagen. Clive schnappte nach Luft, fasste sich an die Brust und sackte in seinem Stuhl nach vorne.

Merlin sprang zum Fenster hinüber. Ein sauberes kleines Einschussloch war in der Scheibe zu sehen. Der Inspektor konnte gerade noch sehen, wie ein Mann um die Ecke eines Bürogebäudes bog und dann in der Dunkelheit verschwand.

Kapitel zwölf

Während Leslie sich um Clive kümmerte, eilte Merlin zur Tür und rannte hinaus auf den Steg in Richtung des Bürogebäudes, hinter dem der Schütze verschwunden war. Der Inspektor erkannte bald, dass es aussichtslos war, nach ihm zu suchen. Er konnte sich in einer von tausend Ecken verstecken oder war vielleicht schon in das Labyrinth der Seitenstraßen entkommen.

Merlin drehte sich auf dem Absatz um und ging zurück zur Baracke, wo er feststellte, dass Leslie mit Hilfe eines Hafenpolizisten Clive auf den Boden gelegt und seinen Mantel zu einem Kopfkissen zusammengeknüllt hatte. Sie sah auf und schüttelte den Kopf, als Merlin eintrat. »Es sieht schlecht aus«, flüsterte sie. »Sie haben einen Krankenwagen gerufen, aber ich fürchte, dass er zu spät kommen wird.«

Der Inspektor nickte und kniete sich neben Clive, der seine Augen öffnete und ihn erkannte. »Gibt es etwas, das Sie mir sagen wollen?«, sagte Merlin leise.

Clive bemühte sich entschlossen, zu sprechen. »Er hat Andrea getötet«, keuchte er. »Er hat sie umgebracht, weil sie sich in mich verliebte und sich weigerte, seine Befehle weiter auszuführen. Als er wusste, dass ich Verdacht schöpfte, fing er an, mich zu verfolgen ... Ich sah ihn in jener Nacht im Bootshaus ... Dieser Teufel! Ich wusste, er würde mich kriegen ...«

»Haben Sie den Mörder erpresst?«, fragte Merlin leise.

»Ich war verzweifelt ... Ich musste mir Geld beschaffen ... Es war meine einzige Chance zu entkommen ... Also bin ich nach Chelsea gefahren und er gab mir das Geld.«

Clive atmete mit großer Mühe.

»Wollen Sie damit sagen, dass Keith Everest Ihnen das

Geld gegeben hat?«, hakte Merlin nach.

Die Augen des verletzten Mannes waren halb geschlossen. »Ja … Everest hat mir die zweihundert Pfund gegeben, dann bin ich hinten zur Tür raus … Dieser Teufel muss mir hierher gefolgt sein … Es hat keinen Zweck …«

Er schloss die Augen und seine Stimme verstummte. Draußen ertönte der schrille Klang einer Krankenwagensirene. Leslie griff nach Clives Handgelenk. »Clive kann ihnen nichts mehr mitteilen«, sagte sie leise.

Sie standen langsam auf, als der Krankenwagen draußen vorfuhr. »Armer Teufel«, sagte Merlin. »Vielleicht war es so besser für ihn … Aber ich hätte mehr Vorsichtsmaßnahmen treffen müssen. Ich hatte keine Ahnung, dass der Mann, hinter dem wir her sind, so schnell hier sein würde.«

»Glauben Sie, er hat Clive verfolgt?«, fragte Leslie.

»Entweder das, oder er hatte einen Komplizen, der die Sache für ihn erledigt hat.«

Als zwei Sanitäter mit einer Bahre hereinkamen, wandten sich Merlin und Leslie zum Gehen. Draußen sahen sie, dass ein Polizeiauto eingetroffen war. Der Inspektor requirierte es, weil es sie zurückbringen sollte. Merlin wies den Fahrer an, zu seiner Wohnung in Holborn zu fahren. Auf dem Weg dorthin überredete er Leslie, das Abendessen zu machen, weil er dachte, dass sie das wenigstens ablenken würde.

»Und was ist mit Ihnen?«, fragte Leslie.

»Ich fahre nach Chelsea, um mit Mr. Everest zu sprechen. Ich muss das Eisen schmieden, solange es heiß ist.«

»Glauben Sie, dass er versuchen wird, das Land zu verlassen?«

»Diese Möglichkeit besteht immer.« In seiner Stimme lag ein besorgter Ton, denn er war nicht gänzlich davon überzeugt, dass Keith Everest der Mann war, den er schnell in der Dunkelheit hatte verschwinden sehen. Er berichtete Leslie von seinen Zweifeln und fragte sie, ob sie ganz sicher sei, dass Everest gehbehindert war.

»Ich hatte nie Grund, daran zu zweifeln, dass er sich von der Kinderlähmung erholt hat«, antwortete sie. »Er hat nie viel darüber gesprochen, aber er hatte alle Symptome und Merkmale der Krankheit.« Sie versuchte, sich an irgendeine Situation zu erinnern, die Merlin in seinem Verdacht bestätigt hätte, aber es war vergebens. Ihr fiel keine ein. Es stimmte, dass sich Everests Zustand während ihres Aufenthalts etwas gebessert hatte, aber sie konnte sich nicht vorstellen, dass er so wie ein gesunder Mann seines Alters laufen konnte.

»Irgendwo muss es eine Antwort auf diese Frage geben«, überlegte Merlin. »Vielleicht finde ich sie heute Nacht.«

»Sollte ich nicht doch besser mitkommen?«

»Ganz sicher nicht! Sie haben sich für einen Abend schon genug Risiken ausgesetzt. Jetzt müssen Sie sich auf das Omelett konzentrieren!«

Als Merlin am Haus von Everest ankam, postierte er einen Mann an der Vorderseite und einen an der Rückseite. Er konnte ein Licht im Obergeschoss sehen und vermutete, dass Everest in seinem Atelier arbeitete. Als er an der Haustür klingelte, rührte sich niemand, also drückte er erneut auf den Knopf.

»Sie müssen mir schon ein wenig Zeit geben, die Treppe herunterzukommen«, protestierte Everest, als er die Haustür öffnete. Dann erkannte er seinen Besucher. »Die Polizei hat heute Abend aber ganz schön viel zu tun«, sagte er sarkastisch.

»Ich muss Sie bitten, mich nach Scotland Yard zu begleiten, Mr. Everest«, begann Merlin.

»Einen Augenblick«, warf Everest ein. »Vielleicht sollten wir uns erst einmal hier darüber unterhalten. Kommen Sie herein.«

»Ich warne Sie, das Haus steht unter Beobachtung.«

»Schon gut, schon gut!«, erwiderte Everest gereizt. »Ich werde nicht versuchen zu fliehen. Und ich würde gerne herausfinden, welche Rolle ich in diesem Fall spielen soll.«

Sie gingen ins Wohnzimmer. Merlin bemerkte, dass die Whiskykaraffe nun leer war. Everest hob sie hoch und stellte sie wieder hin, dann ließ er sich schwer in einen Sessel fallen.

»Was genau werfen Sie mir vor?«, erkundigte Everest sich.

»Das ist schnell beantwortet«, erwiderte Merlin scharf. »Man wird sie wegen des Mordes an Sylvia Graham und an Ihrer Tochter Judy anklagen.«

»Judy?«, wiederholte Everest, sichtlich erschrocken. Merlin beobachtete ihn genau und konnte sehen, dass er über diese Entwicklung völlig entsetzt war. »Ich weiß nicht, wovon Sie sprechen«, sagte er. »Judy war mein einziges Kind – wir haben uns immer sehr liebgehabt.«

»Meine Informationen stammen von einem jungen Mann namens Clive, der heute Abend bei Ihnen war, obwohl Sie das vorhin bestritten haben.«

»Meine Aussage ist genauso viel wert wie seine. Der Kerl lügt.«

»Sterbende sagen normalerweise die Wahrheit«, erwiderte Merlin. »Er ist inzwischen tot, und ich glaube, Sie wissen, wer ihn ermordet hat.«

Everest leckte sich die Lippen und sah sich unruhig im Zimmer um. »Darf ich etwas trinken?«, fragte er.

»Haben Sie heute Abend denn noch nicht genug gehabt?«

»Ich muss trinken … Seitdem ich keine Drogen mehr nehme.«

»Dann waren Sie also auch in diese Drogengeschäfte verwickelt«, sagte Merlin. »Am besten erzählen Sie mir alles von Anfang an.«

Everest hob sich mit Mühe aus dem Sessel und ging zur Anrichte. Er öffnete sie und nahm eine frische Flasche Whisky heraus. Er schenkte sich großzügig das Glas ein und sah dann zu Merlin hinüber, der den Kopf schüttelte. »Für mich nicht, danke«, antwortete er auf die unausgesprochene Einladung. Everest trank den Whisky pur und stellte das Glas etwas unsicher ab.

»Also«, forderte Merlin auf. »Erzählen Sie mir von diesem Drogenhandel. Wer genau war außer Ihnen noch daran beteiligt?«

Everest setzte sich wieder in seinen Sessel und blickte missmutig auf den elektrischen Kamin. »Andrea Lake – deshalb wohnte sie auch hier – und Sylvia Graham. Dann gab es da den Schauspieler Melton, der sich angeblich vor ein paar Monaten selbst mit Gas getötet hat, Mimy Dreyford, die Nachtclubtänzerin und einige andere, die das Zeug nur von Zeit zu Zeit verteilten …«

»Und was ist mit Clive?«

»Er hatte nichts damit zu tun. Er war nur ein junger Narr, mit dem sich Andrea eingelassen hat. Der Chef der ganzen Bande – nennen wir ihn X – sagte ihr, sie solle mit ihm Schluss machen. Deshalb kam es zum Streit. Sie drohte, die ganze Sache auffliegen zu lassen. X antwortete darauf, er könne niemanden für sich arbeiten lassen, der nicht hundertprozentig zuverlässig sei.«

»Und deshalb wurde Andrea ausgeschaltet?«

»Damit fing der ganze Ärger an. Ich war dagegen, aber X ist absolut skrupellos. Sylvia Graham war darüber empört und bekam Angst, dass sie die Nächste sein könnte. Deshalb hat sie Leslie ins Vertrauen gezogen. Ich denke, Sie hatte das Bedürfnis, mit jemandem über die Sache zu sprechen. Jedenfalls hat X davon Wind bekommen. Er gab mir den Auftrag, dass ich Sylvia in ihrem Cottage aufsuchen und ihr sagen sollte, dass sie keinen Stoff mehr bekommen würde falls Sie irgendwelchen Unsinn erzählte.«

»Waren Sie derjenige, der den Mordversuch im Bootshaus unternommen hat?«

Everest schüttelte den Kopf. »Das muss X gewesen sein. Er hat wahrscheinlich herausgefunden, dass Sylvia die Warnung ignoriert hatte. Ich sagte doch, er ist ziemlich skrupellos.«

Merlin rutschte unruhig in seinem Stuhl hin und her. Er merkte, dass der Künstler Angst hatte und war überzeugt davon, dass er immer noch etwas verheimlichte. »Sie erzählen viel von diesem mysteriösen X«, sagte er. »Aber Sie haben für keine Ihrer Behauptungen einen Beweis. Genauso gut können auch Sie selbst die beiden Frauen umgebracht haben.«

Everest erhob sich mühsam und ging zur Kommode hinüber. Aus einer Schublade nahm er ein kleines schwarzes Tagebuch.

»Das hier habe ich erst letzte Woche in Judys Zimmer gefunden. Es ist ihr privates Tagebuch. Ich denke, Sie werden darin Informationen finden, wer sie getötet hat.«

»Warum haben Sie dann nicht schon eher die Polizei benachrichtigt?«

»Ich habe versucht, es vorher abzuwägen«, antwortete Everest langsam. »Sehen Sie, sie wurde von X getötet. Daran besteht kein Zweifel mehr. Sie waren sehr befreundet, sie war sogar in ihn vernarrt, und ich wusste nichts davon. Sie werden alles im Tagebuch finden.«

Merlin nahm das kleine Buch und blätterte darin herum. Die Aufzeichnungen waren in einer sauberen, mädchenhaften Handschrift geschrieben. Die Seiten waren voller kryptischer Kommentare, die so typisch für Mädchen im Teenageralter waren. Es herrschte Stille, abgesehen vom Ticken der Uhr, während der Inspektor die Einträge des letzten Monats in dem Buch sorgfältig durchlas. Schließlich blickte er auf und sagte: »Der einzige Mann, der außer Ihnen erwähnt wird, ist dieser Peter …«

»Genau«, nickte Everest.

»Sie spricht von dem Foto, das er ihr geschenkt hat …« Merlin pfiff leise. »Großer Gott! Peter Hamilton!«

»So ist es«, nickte Everest müde. »Peter Hamilton. Er hat Judy ein Foto gegeben, sich aber nicht getraut, es selbst zu unterschreiben, deshalb hat er die Handschrift von Sylvia

149

Graham gefälscht.«

Merlin stand auf und stellte sich mit dem Rücken zum Kamin. »Sind Sie sich da ganz sicher?«, fragte er.

Everest nickte. »Hamilton war der Chef der ganzen Organisation. Wir mussten alle tun, was er verlangte. Aber ich wusste nicht, welches Verhältnis zwischen ihm und Judy bestand, sonst hätte ich sie weggebracht – nach Italien, nach Amerika, irgendwohin.«

»Aber warum sollte Hamilton so angetan von ihr gewesen sein? Ich hätte kaum gedacht, dass sie sein Typ war.«

»Sie kennen ihn nicht. Die Vorstellung, ein junges Mädchen verderben zu können, faszinierte ihn. Außerdem dachte er wahrscheinlich, dass er mich dadurch noch mehr in der Hand haben würde. Er wusste, dass ich im letzten Jahr eine Zeit lang keine Drogen mehr genommen hatte und dachte, ich würde damit wieder anfangen.«

»Aber Sie hatten doch sicherlich den Verdacht, dass Judy mit einem Mann zusammen war?«

»Ich habe Ihnen doch schon mehrfach gesagt, dass ich nichts geahnt habe. Er muss sie dazu gebracht haben, es vor mir geheim zu halten. Sie wissen doch, wie junge Mädchen sind – sie genießen diese kleinen Heimlichkeiten.« Er schien jetzt die Wahrheit zu sagen. »Wenn ich auch nur einen Moment vermutet hätte, dass er Judy getötet hat, hätte ich ihn mit meinen eigenen Händen erwürgt«, fuhr er fort.

Aber Merlin las aufmerksam die letzte Seite des Tagebuchs. »Hier steht, dass Judy ihn durchschaut hatte. Es wurde an dem Tag geschrieben, an dem sie ermordet wurde. Sie schreibt, dass sie zum Theater fahren und ihn damit konfrontieren wolle.«

Er schloss das Buch und steckte es ein. »Armes Kind«, sagte er leise.

»Bei Gott! Ich werde mich an dem Schwein rächen«, sagte Everest.

»Es gibt zwei Möglichkeiten, das zu tun«, schlug Merlin

vor. »Sie könnten mir zunächst alles sagen, was Sie sonst noch über ihn wissen.«

»Ich glaube nicht, dass es noch viel mehr zu erzählen gibt«, antwortete Everest.

»Da wäre doch noch die ganze Sache mit Clive«, erinnerte ihn Merlin. »Sie waren doch hier, als er kam, oder?«

Everest nickte.

»Und Sie haben ihm die zweihundert Pfund gegeben?«

»Ja, auf Hamiltons Anweisung«, sagte Everest mürrisch. »Ich habe doch nur getan, was mir befohlen wurde. Anscheinend hatte Clive etwas über Hamilton herausgefunden. Dieser hatte den Verdacht auf den jungen Mann gelenkt. Aber Clive muss Hamilton wohl zu verstehen gegeben haben, dass er viel wusste, deshalb musste Hamilton ihm den Mund stopfen. Zumindest vorläufig.«

»Mittlerweile für immer«, sagte Merlin und machte sich im Stillen Vorwürfe, weil er Hamilton erlaubt hatte, das Telefongespräch mit dem Sergeant zu belauschen. Offensichtlich hatte es den Regisseur dazu veranlasst, ihnen direkt zu den Albert-Docks zu folgen.

»Er macht niemals einen Fehler, selbst dann nicht, wenn er in die Enge getrieben wird. Wenn er beschließt, jemanden zu eliminieren, dann gibt es kein Entkommen. Sylvia Graham ist es dank Leslie einen Tag lang gelungen, ihn hinters Licht zu führen, aber schließlich hat er sie doch bekommen. Er kam noch am selben Abend hierher und prahlte damit – dabei ließ er auch das Stilett, das er benutzt hatte, auf meinem Schreibtisch liegen, als ich ihm kurz den Rücken zukehrte.«

»Jetzt müssen Sie mir nur noch sagen, wo ich ihn finden kann. Den Rest können Sie dann mir überlassen«, sagte Merlin.

»Das würde ich gerne tun, wenn ich es wüsste«, antwortete Everest grimmig. »Aber keiner von uns hat je herausgefunden, wo er wohnt – ich habe den Verdacht, dass er immer wo anders schläft und keinen festen Wohnsitz hat. Er hat sich immer telefonisch bei uns gemeldet und einen Treffpunkt vereinbart. Oft war dies sein Büro im Theater.«

»Würden Sie ihn für mich anrufen und ihm sagen, dass Sie ihn sehen wollen?«

»Ich wüsste nicht, wo ich ihn um diese Zeit erreichen könnte, es sei denn …« Er zögerte. »Manchmal verbringt er die Nacht im Theater. In seinem Büro steht ein Bett. Wenn er dort schläft, stellt er das Telefon dorthin durch.«

»Wir können es auf alle Fälle mal versuchen«, entschied Merlin. »Sagen Sie ihm, dass Sie jemanden bei sich haben, der jeden Preis bezahlen würde, wenn er dafür an Drogen kommt.«

Everest nickte und ging zum Telefon. Merlin beobachtete ihn aufmerksam und passte auf, dass er Hamilton keine Warnung zukommen ließ. Von seiner Seite des Zimmers aus konnte Merlin das Klingeln nur sehr schwach hören. Kurz darauf ertönte ein Klicken, als der Hörer am anderen Ende abgehoben wurde. Doch wer auch immer den Anruf entgegennahm, sprach mit sehr leiser Stimme, die nur für Everest hörbar war.

»Wissen Sie, wer spricht?«, sagte der Künstler. »Ich habe hier jemanden, der dringend etwas von dem Zeug braucht. Er wird einen guten Preis dafür zahlen. … Ja, ja, natürlich. … Nein, nein, ist schon in Ordnung. Ich bringe ihn ins Theater … In einer halben Stunde. Wiederhören.«

Langsam legte er den Hörer auf und wandte sich wieder an den Inspektor. »Ich soll ihn in einer halben Stunde im Theater treffen. Er wird dem Nachtwächter sagen, dass er mich hineinlassen soll. Diesbezüglich wird es also keine Probleme geben.«

Merlin ging zum Telefon und rief Scotland Yard an. Er gab die dringende Anweisung, dass sich die Fahrzeuge der Sondereinsatzgruppe in einer halben Stunde am Viceroy-Theater einzufinden hatten. Er fügte hinzu, dass sie besonders vorsichtig sein sollten, um keine Aufmerksamkeit zu erregen.

Alle Ausgänge des Theaters mussten bewacht werden und niemand durfte es ohne Erlaubnis verlassen. Für den Notfall sollten sechs der Männer bewaffnet sein.

Everest ging und zog sich den schwarzen Mantel an, den er üblicherweise trug. Merlin folgte ihm in den Flur. Dann ging der Künstler zurück ins Wohnzimmer, um das Licht auszuschalten, aber Merlin sah nicht, wie er das venezianische Stilett, das auf dem Schreibtisch lag, aufhob und einsteckte.

Im Polizeiauto auf dem Weg zum Theater schwieg Everest eine Zeit lang. Dann, als sie um die Ecke zur Sloane Street bogen, sagte er: »Diese Sache muss vorsichtig angegangen werden, Merlin. Er ist so glitschig wie ein Aal.«

»Das brauchen Sie mir nicht zu sagen«, antwortete Merlin.

»Darf ich Ihnen einen Vorschlag machen?«

Merlin drehte sich halb um und sah ihn im unsteten Licht der vorbeifahrenden Straßenlaternen an. Er schien jetzt fast wieder nüchtern zu sein.

»Ich schlage vor, Sie kommen mit mir ins Theater und wir gehen zu Hamiltons Büro. Ich gehe allein hinein und vergewissere mich, dass er da ist. Wenn Sie hören, wie ich mit ihm spreche, können Sie Ihren Männern durch eines der Garderobenfenster das Signal geben – mit einer Taschenlampe oder etwas anderem –, dass sie sich nähern sollen. Sie können es sich nicht leisten, ein Risiko einzugehen, denn Hamilton kennt jeden Winkel in diesem Theater.«

»Sie meinen, er könnte versuchen, sich aus dem Staub zu machen, wenn er zwei Leute kommen hört?«, fragte Merlin.

»Es wäre besser, kein Risiko einzugehen. Er scheint immer auf der Hut zu sein, und ich bin mir nicht sicher, ob der Nachtwächter nicht auch zu seinen Leuten gehört. Er könnte leicht von seiner Loge aus anrufen, während wir auf dem Weg nach oben sind, wenn er Verdacht schöpft.«

»Also gut, wir machen es so, wie Sie es vorgeschlagen haben«, beschloss Merlin, nachdem er das Für und Wider des

Plans abgewogen hatte.

Als sie am Theater ankamen, gab Merlin die nötigen Anweisungen. Zwei Polizeiautos standen auf dem Parkplatz hinter dem Gebäude, zwei weitere standen etwa dreißig Meter entfernt in der Shaftesbury Avenue. Männer in Regenmänteln und Filzhüten standen unauffällig in Ladeneingängen. Ein großer Polizeiwagen bog um die Ecke der Wardour Street.

Nach einer letzten Abstimmung mit dem verantwortlichen Polizeibeamten ging Merlin mit Everest die bekannte Gasse hinunter zum Bühneneingang des Viceroy-Theaters. Ein kühler Wind fegte durch die Passage. Einzelne Papierfetzen und leere Kartons trieben ihnen entgegen.

An der offenen Bühnentür war niemand. Am Ende des Ganges, der zur Bühne führte, konnten sie ein schwaches Licht sehen. Everest ging eine Treppe hinauf zu den Garderoben im ersten Stock vor, Merlin folgte ihm.

»Es ist die hinterste Tür«, flüsterte der Künstler.

Merlin tastete nach der Taschenlampe in seiner linken Manteltasche und nach dem Revolver in seiner rechten. »Schreien Sie gleich los, wenn es nur die geringsten Anzeichen von Schwierigkeiten gibt«, sagte er leise und Everest nickte.

Merlin öffnete die Tür des Nachbarzimmers zu Hamiltons Büro und blieb im Rahmen stehen, als Everest an die nächste Tür klopfte und auf eine gedämpfte Aufforderung hin eintrat. Merlin konnte gleich darauf Stimmen hören und ging deshalb zum Fenster. Er blinkte mehrmals mit seiner Taschenlampe hinaus. Aus etwa vierzig Metern Entfernung kam ein kurzes Antwortsignal.

Als er zurück zur Tür ging, hörte er plötzlich vor Wut lauter gewordene und gereizte Stimmen aus dem Nebenzimmer. Nur einen Augenblick später schrie Everest, dann ertönte ein Revolverschuss. Merlin sprang auf den Flur, rannte zur Tür von Hamiltons Büro, stieß sie auf und stolperte sogleich über die Leiche von Keith Everest, die mitten im Zimmer auf dem Boden lag. Er hielt das venezianische Stilett umklammert und hatte ein Einschussloch im Kopf.

Außer Everest war sonst niemand im Raum. Schließlich bemerkte Merlin einen flatternden Vorhang in einer Ecke und erkannte, dass sich dahinter ein Notausgang verbarg. Mit dem Finger am Abzug seines Revolvers ging Merlin zur Tür und blieb dort einige Sekunden stehen. Er glaubte, Schritte zu hören und vermutete, dass sie von der Feuertreppe kamen, die jedes Theater besaß. Vorsichtig steckte er seinen Kopf durch die Tür und spähte hinaus. Mit einem kurzen Blick nach unten vergewisserte er sich, dass sich niemand auf diesem Abschnitt der Treppe befand. Dann blickte er die Treppe hinauf und glaubte, irgendwo am oberen Ende eine schemenhafte Gestalt zu erkennen. Vorsichtig begann er, die Eisentreppe hinaufzusteigen, wobei er sich so weit wie möglich an der Hauswand abstützte.

Er erreichte die kleine Plattform am oberen Ende der nächsten Treppe und versuchte, die Tür zu öffnen, musste jedoch feststellen, dass dies nur von innen möglich war. Merlin nahm die nächste Treppe in Angriff und entdeckte eine weitere Tür. Auch diese war verriegelt. Es schien keinen Zweifel daran zu geben, dass Hamilton auf dem Dach des Theaters war. Merlin gab den Männern unten sofort ein Zeichen. Zwei Minuten später hörte er Schritte hinter sich auf der Feuertreppe. Es gab einen Lichtblitz, als ein starker Scheinwerfer aus einem Polizeifahrzeug unten eingeschaltet auf das Dach gerichtet wurde. Als Merlin über die Brüstung kam, hörte er das Knacken eines Revolvers und duckte sich instinktiv. Er sah, wie sein Hut zu Boden wirbelte, und fragte sich, ob er durch eine Kugel oder durch seine ruckhafte Kopfbewegung heruntergeflogen war.

»Geht es Ihnen gut, Sir?«, kam eine Stimme.

Bevor Merlin etwas erwidern konnte, ertönte ein metallisches Klappern und ein plötzlicher lauter Fluch vom Flachdach, das einige Meter entfernt lag. Merlin schloss daraus, dass Hamilton über etwas gestolpert war. Er nutzte die Gelegenheit, um über die Brüstung zu springen und sich in voller Länge auf das flache Dach zu werfen. Dann versuchte er, sich mit der der Umgebung vertraut zu machen. Im grellen Licht von unten konnte er die Umrisse von zwei großen Lüftungsschächten und einem etwas weiter entfernten Schornstein erkennen.

Plötzlich nahm Merlin eine Bewegung hinter sich war. Es war einer seiner Männer, der versuchte, auf das Dach zu klettern. Fast gleichzeitig sah der Inspektor, wie sich ein Arm um einen Lüftungsschacht in drei Metern Entfernung schob. Dann blitzte ein Revolver auf.

Merlin zielte hastig auf den Arm und feuerte einen Schuss ab. Es war ein Glückstreffer. Ein Schmerzensschrei ertönte, und Hamiltons Revolver fiel auf das Dach. Im nächsten Augenblick waren zwei Männer an Merlins Seite, der seinen Vorteil schnell ausspielen konnte. Er deutete auf den Lüftungsschacht, hinter dem sich Hamilton versteckte, und sie bewegten sich darauf zu. Als sie etwa einen Meter entfernt waren, rief Merlin: »Es ist besser, wenn Sie sich jetzt ergeben, Hamilton!«

Hamilton hatte jedoch andere Pläne. Ehe sie sich versahen, brach er aus der Deckung aus und rannte mit voller Geschwindigkeit auf die Dachkante zu.

»Mein Gott, er wird springen!«, rief einer der Polizisten.

Hamiltons Ziel war das Dach des gegenüberliegenden Gebäudes, etwa drei Meter über der Gasse, in der sich der Bühneneingang befand. Er sprang über die Kluft und landete eine Fußbreite von der Kante entfernt auf dem anderen Dach. Allerdings war die Brüstung, auf der er gelandet war, alt und verwittert und konnte daher dem plötzlichen Aufprall nicht standhalten.

Hamiltons Füße schienen unter ihm wegzurutschen. Einige Sekunden lang klammerten sich seine Hände noch an das

bröckelnde Mauerwerk. Dann stürzte er mit einem schrecklichen, keuchenden Schrei in die Dunkelheit.

Leslie, die einen hübschen Morgenmantel über ihrem Pyjama
trug, beobachtete Inspektor Merlin, der genüsslich ein Omelett verzehrte und gelegentlich innehielt, um die vielen Fragen
zu beantworten, mit denen sie ihn seit der Rückkehr in die
Wohnung überhäuft hatte.

»Ich bin froh, dass es vorbei ist«, sagte sie schließlich mit
einem Seufzer der Erleichterung.

»Ja, es war ein ganz schön anstrengender und nervenzer-
reißender Fall«, stimmte Merlin zu. »Ich denke, Sie werden
ganz schön froh sein, wenn Sie uns jetzt alle los sind.«

Ein Lächeln umspielte ihre Mundwinkel, aber sie antwortete nicht.

Merlin schob seinen Stuhl zurück und zündete sich eine
Zigarette an. »Das war mit Sicherheit das beste Omelett, das
ich je gegessen habe«, verkündete er. »Es war wirklich sehr
nett von Ihnen, extra um vier Uhr morgens aufzustehen, um es
mir zuzubereiten.«

»Ärzte sind es gewohnt, mitten in der Nacht geweckt zu
werden.«

»Jedenfalls haben Sie jetzt die schlimmen Seiten des Zu-
sammenlebens mit einem Polizisten kennengelernt«, sagte er.

»Es muss auch gute Seiten geben«, erwiderte sie bedeu-
tungsvoll, während sie ihm eine zweite Tasse Kaffee einschenkte. »Es wäre interessant, diese auch kennenzulernen.«

»Leslie!«, rief er aus, ergriff ihre freie Hand und hielt sie
in seiner. »Soll das heißen …?«

Sie lachte. »Wenn *du deinen* Antrag jetzt noch in eine
romantischere Form gießt, dann werde ich ernsthaft darüber
nachdenken«, sagte Dr. Leslie Sanders.

ENDE

157

Die letzte Folge im *Sunday Dispatch* am Sonntag, dem 8. Februar 1953

Die Romane von Francis Durbridge – Übersicht und Einteilung

von Dr. Georg Pagitz

Francis Durbridge war – und das sollte mittlerweile hinlänglich bekannt sein – kein beschreibender Erzähler, weshalb er sich auch nie als Romanautor verstand. Seine Bücher waren vielmehr willkommene Nebenprodukte, die zum Großteil auf Basis seiner Manuskripte für seine Hörspiele oder Fernsehmehrteiler entstanden. Ihre Existenz ist zunächst überhaupt dem Umstand geschuldet, dass viele Hörerinnen und Hörer oder Zuschauerinnen und Zuschauer von damals oft nicht alle Folgen der neuesten Durbridge-Serie verfolgen konnten und den Autor anschrieben, um ihn zu fragen, was in der verpassten Episode geschehen war.

Aus dieser Not machte man eine Tugend und so kann Durbridge als einer der Väter des »Buchs zur Serie« betrachtet werden.

Da sich das Hauptbetätigungsfeld des Autors auf das dialogische Schreiben beschränkte und er daher hauptsächlich für Radio, Fernsehen, Kino und Theater arbeitete, hatte er wenig Zeit, sich auch noch um die Romanfassungen zu kümmern. Man darf nicht vergessen, dass Durbridge von den 1940ern bis in die 1970er einer der meistbeschäftigten britischen Autoren überhaupt war: Ständig wollte man von ihm neues Material, neben Drehbüchern auch Filmsujets (die oft nicht verfilmt, aber manchmal auch zu einem Roman umgearbeitet wurden), außerdem lief über zwanzig Jahre eine Comicserie mit seinem Helden Paul Temple in Zeitschriften, zudem wurden seine Radio- und TV-Werke ins Ausland lizenziert und so weiter. Wer die Korrespondenz von Durbridge

159

durchblättert, erkennt, dass der Autor ständig mit mehreren Werken in mehreren Medien beschäftigt war.

Aus den genannten Gründen engagierte Durbridge Mitarbeiter, die seine Drehbücher in Romanform gossen bzw. ihm bei der Umwandlung halfen. Dafür wurden sie auch bezahlt.

Die »Assistenz« oder »Mitarbeit«, wie es in den Verträgen genannt wurde, sah zunächst so aus, dass der betreffende »Co-Autor« eine Zusammenfassung erstellte, die Durbridge absegnete (oder auch nicht). Dann entstanden unter ständiger Zusammenarbeit zwischen dem Autor und dem Mitarbeiter die ersten Kapitel, wobei Durbridge immer konkrete Vorgaben gab und eingriff, wenn etwas nicht so umgesetzt wurde, wie er es sich vorstellte.

Nur die Kurzgeschichten und kürzeren Kriminalerzählungen sowie einige Fortsetzungsromane in Zeitungen verfasste Durbridge komplett selbständig. Bei allen anderen Romanfassungen seiner Manuskripte waren ihm unterschiedliche Mitarbeiter behilflich: John Thewes, Charles Hatton, James McConnell (der unter dem Pseudonym Douglas Rutherford selbst Romane verfasste), Tim Carew, Paul Townend und John Garforth.

Vor allem James McConnell (eigentlich James Douglas Rutherford McConnell, 1915–1988) arbeitete mit Durbridge an den Romanen. Er war eigentlich Fremdsprachenlehrer in Eton und mit Durbridge auch privat befreundet. Zudem verfasste er zwischen 1950 und 1987 auch selbst Kriminalromane. Dass 1988, in dem Jahr, in dem er starb, auch der letzte Durbridge-Roman erschien, ist mit Sicherheit kein Zufall, denn mit ihm verlor Durbridge einen treuen Mitarbeiter.

Durch die unterschiedlichen Autoren ergeben sich auch Unterschiede in der Erzählweise in den Büchern, sowohl in der Dramaturgie, als auch im Stil und in der Erzählperspektive. Die ersten beiden Tim-Frazer-Romane etwa werden in der Ich-Form erzählt (beide von Tim Carew zum Buch umgeschrieben), der dritte plötzlich von einem allwissenden Erzähler in der dritten Person Singular (nun war McConnell der Co-Autor).

Wie viele Romane Francis Durbridge letztlich verfasst hat, hängt davon ab, wie man zählt. Denn wie bei seinen gesamten anderen Werken für Radio und Fernsehen, war der Perfektionist nie mit einer Arbeit zufrieden und schloss sie nie ganz ab. Daraus resultierten überarbeitete Fassungen mit anderen Tätern ebenso, wie Romane, die sich wie zwei unterschiedliche Werke mit demselben Handlungsstrang lesen.

Von der Geschichte seines ersten Romans gibt es beispielsweise drei Versionen: *Paul Temple und der Fall Max Lorraine* (Pidax, 2021), *Vorsicht vor Johnny Washington!* (Band 14 dieser Edition) und *Von Mann zu Mann* (bisher nicht veröffentlicht). Aber sollte man diese drei Werke als *einen* Roman zählen – oder als drei? Die Figuren- und Ortsnamen wurden in allen Varianten ausgetauscht. *Max Lorraine* unterscheidet sich von *Johnny Washington* in vielen Aspekten: Die Handlung ist identisch, aber vieles ist vereinfacht, auf andere Art und Weise erzählt, ausgelassen oder durch anderes ersetzt. *Von Mann zu Mann* hingegen ist zu etwa 95% identisch mit *Johnny Washington*, wenn man den Austausch der Personennamen nicht berücksichtigt.

Andersherum wurde die für eine englische Zeitschrift verfasste Serie *Der Mann, der das Quiz gewann* um viele Szenen, Handlungselemente und Figuren erweitert, bevor Durbridge das Manuskript nach Deutschland mit neuem Täter und neuer Auflösung unter dem Titel *Mitten ins Herz* verkaufte (beide Fassungen sind in Band 6 dieser Edition enthalten).

An diesen Beispielen wird klar, dass eine genaue Anzahl der Romane nicht gegeben werden kann. Je nachdem, wie man zählt, kommt man auf ein anderes Ergebnis.

Wir wollen hier eine Anzahl von 41 Romanen und 18 Kurzgeschichten annehmen. Von den 41 Romanen hat Durbridge nur ganz wenige exklusiv für das Lesepublikum geschrieben. Dabei handelt es sich um Fortsetzungskrimis, die er für Zeitschriften verfasste. Drei Romane basieren auf keinem Hör- oder Fernsehspiel, haben als Basis jedoch ein unverfilmtes Drehbuch: *Im Schatten von Soho*, *Paul Temple – Banküberfall in Harkdale* und *Paul Temple – Der Fall Kelby*.

Insgesamt 17 Bücher sind Adaptionen von Fernsehspielen und 13 Romane Verschriftlichungen von Paul-Temple-Hörspielabenteuern.

Was die Paul-Temple-Romane betrifft, so sind hier mehrere Romanzyklen festzuhalten. Der erste umfasst die Romane 1 bis 5 (1938–1948), an deren Ende Steves Schwangerschaft steht. Danach widmet sich Durbridge anderen Projekten bzw. verwertet den Gregory-Fall aus der Temple-Reihe als achtes Buch, jedoch ohne die Temples. Mit den Romanen 12 und 14 (1957 und 1959) kehrt Temple als Romanheld zurück. Kuriosum: Durbridge und Rutherford verfassen die Romane, aber auf den Erstausgaben ist Paul Temple als Autor zu lesen. Die Romane 24 und 26 basieren wieder auf Temple-Hörspielen, kommen aber erneut ohne die Temples aus. 1970 erscheinen im Zuge der TV-Serie *Paul Temple* mit den Romanen Nr. 29 und 30 zwei neue Temple-Abenteuer, die niemals als Hörspiel produziert worden waren, jedoch auf unverfilmten Drehbüchern basieren. Die letzten vier Temple-Romane sind wiederum Verschriftlichungen bereits viele Jahre zuvor produzierter Hörspiele.

Folgende Liste enthält alle Werke chronologisch und listet auch die deutschen Titel auf (oft mehrere, da sich die Neuübersetzungen meist am Originaltitel orientieren). Erstmals werden unter dem Punkt »Mitarbeit« auch sämtliche Co-Autoren mitaufgeführt.

Im Anschluss findet sich eine Auflistung der achtzehn Kurzgeschichten sowie eine Einteilung der verschiedenen Werke in Temple-, Frazer- und andere Romane.

Kriminalromane von Francis Durbridge (chronologisch)

1. *Send for Paul Temple*
   (Paul Temple und der Fall Max Lorraine)
Erstausgabe: John Long, London, 06/1938
Mitarbeit: John Thewes
Basiert auf: Hörspiel *Send for Paul Temple* (1938)
Deutsche Ausgabe: Pidax, Riegelsberg, 2022
Deutsche Übersetzung: Georg Pagitz
Weitere Auswertungen: *Send for Paul Temple / Paul Temple und der grüne Finger* (Kinofilm 1946), *Send for Paul Temple / Paul Temple muss her!* (Theaterstück 1943), *Beware of Johnny Washington / Vorsicht vor Johnny Washington!* (Roman 1951 ⇨ Band 14), *One Man to Another / Von Mann zu Mann* (ohne Jahreszahl)
Übersetzungen in andere Sprachen: *Paul Vlaanderen en de ruitenboer* (Niederlande), *La bande des oiseaux noirs* (Frankreich), *Scotland Yard llama a Paul Temple* (Spanien)
Scotland Yard steht in der Öffentlichkeit nicht gut da, denn es gelingt nicht, eine Reihe von Juwelendiebstählen aufzuklären. Als der öffentliche Druck immer größer wird, plant man, Paul Temple einzuschalten. Doch gerade als der zuständige Polizeibeamte von dem Fall erzählen wird, wird dieser erschossen. Temple nimmt sich des Falles an und lernt bei seinen Ermittlungen auch die attraktive Reporterin Steve Trent kennen ...

2. *Paul Temple and the Front Page Men*
   (Paul Temple und die Schlagzeilenmänner / Paul Temple und der Klavierstimmer)
Erstausgabe: John Long, London, 05/1939
Mitarbeit: Charles Hatton
Basiert auf: Hörspiel *Paul Temple and the Front Page Men* (1939)
Weitere Auswertungen: *Send for Paul Temple* (Theaterstück 1943 ⇨ Band 3 *Paul Temple muss her!*)
Übersetzungen in andere Sprachen: *Paul Vlaanderen en de mannen van de voorpagina* (Niederlande), *Paul Temple et les hommes de la première page* (Frankreich)
Deutsche Ausgabe: unter dem Titel *Paul Temple und die Schlagzeilenmänner*: Dörner, Düsseldorf, 1957/Goldmann, München 1969; unter dem Titel *Paul Temple und der Klavierstimmer*: Pabel, Rastatt in Baden, 1963/Heyne, München, 1963
Komplette Neuübersetzung: Williams & Whiting 2025 ⇨ Band 40 *Paul Temple und die Schlagzeilenmänner*
Alte deutsche Übersetzung: Peter Th. Clemens

Neue deutsche Übersetzung (Williams & Whiting): Georg Pagitz

Der Kriminalroman Die Schlagzeilenmänner *ist ein großer Publikumserfolg und wird von den Lesern nur so verschlungen. Ein besonderer Grund ist, dass niemand die unbekannte Autorin des Stoffs kennt, eine gewisse Andrea Fortune. Als wenig später einige Verbrechen geschehen, finden sich am Tatort immer Visitenkarten mit dem Aufdruck* Die Schlagzeilenmänner. *Die mysteriösen Raubüberfälle stehen mit einer Serie von Entführungen und Morden in Verbindung. In welchem Zusammenhang stehen die Taten mit dem Roman? Und wieso kann sich keines der Entführungsopfer an die Vorgänge vor der Tat erinnern? Welche Rolle spielt der Klavierstimmer Goldie, der gerade in Paul Temples Wohnung auftaucht, als Scotland-Yard-Inspektor Hunter vor der Wohnung des Detektivs und Schriftstellers eine Leiche in der Telefonzelle findet? Fragen über Fragen für Paul Temple ...*

3. *News of Paul Temple*
   (Paul Temple und die Schlagzeilenmänner / Paul Temple und der Klavierstimmer)

Erstausgabe: John Long, London, 05/1940
Mitarbeit: Charles Hatton
Basiert auf: Hörspiel *News of Paul Temple* (1939 ⇨ Band 19 *Paul Temple und der Fall Z.4*)
Weitere Auswertungen: *Paul Temple's Triumph / Paul Temple – Jagd auf »Z«* (Kinofilm 1950)
Übersetzungen in andere Sprachen: *Paul Vlaanderen en het Z-mysterie* (Niederlande), *Le tragique rayon d'Inverdale* (Frankreich), *Ritorna Paul Temple* (Italien), *Dags för Paul Temple* (Schweden), *Mitä uutta, Paul Temple?* (Finnland)
Deutsche Ausgabe: Aufbau, Berlin, 2006
Deutsche Übersetzung: Michael Schwarz

Paul Temple schreibt für die bekannte Schriftstellerin Iris Archer ein Theaterstück. Wenige Tage vor der Aufführung des Stücks tritt Iris von der Rolle zurück. Als sich Paul und Steve nach Schottland begeben, um dort Urlaub zu machen, sind beide überrascht, dort auch Iris anzutreffen. Hat ihr plötzliches Auftauchen etwas mit dem geheimnisvollen Brief zu tun, den ein aufgeregter junger Mann Paul Temple übergeben hat, mit der ausdrücklichen Anweisung, ihn John Richmond zu übergeben? Was hat der rätselhafte Dr. Steiner mit den Ereignissen zu tun? Und wer verbirgt sich hinter dem Codenamen Z.4? Auch im Urlaub ist Temple auf der Spur einer geheimnisvollen Spionageorganisation, die vor Mord nicht zurückschreckt.

4. *Paul Temple Intervenes*
   (Paul Temple und die Marquis-Morde)

Erstausgabe: John Long, London, 12/1944

Mitarbeit: Charles Hatton

Basiert auf: Hörspiel *Paul Temple Intervenes* (1942)

Weitere Auswertungen: *Paul Temple Returns / Paul Temple und der Fall Marquis* (Kinofilm 1952)

Übersetzungen in andere Sprachen: *Paul Vlaanderen en het mysterie van de Markies* (Niederlande), *La tragique énigme du Marquis* (Frankreich), *Paul Temple griper in* (Schweden)

Deutsche Ausgabe: Williams & Whiting, Hurstpierpoint, 2023 ⇨ Band 11 *Paul Temple und die Marquis-Morde*

Deutsche Übersetzung: Georg Pagitz

Paul Temple ist gerade in New York, als ihn ein wichtiges Telegramm ereilt, in dem er gebeten wird, nach London zurückzukommen. Dort sorgt ein skrupelloser Mörder, der sich »Der Marquis« nennt, für Angst und Schrecken. Sieben Leute, lauter renommierte Damen und Herren, mussten schon ins Gras beißen und kein Ende ist in Sicht. Scotland Yard in Form von Sir Graham Forbes ist ratlos. Temple beschließt, nach Großbritannien zurückzureißen, als er eine deutliche Nachricht vom großen Unbekannten erhält: »Ich warte auf Sie, Mr. Temple. Der Marquis«. Zurück in der Heimat erhält Temple den Anruf einer gewissen Rita Cartright, die ihn dringend um ein Gespräch bittet. Dabei erzählt sie ihm, dass sie Privatdetektivin sei und im Auftrag eines der Nachkommen der Ermordeten Recherchen anstelle. Eine Spur führte sie unter anderem zu einem bekannten Ägyptologen, Sir Felix. Dann gibt sie Paul den entscheidenden Hinweis: Alle Toten waren rauschgiftsüchtig. Ist der Marquis daher nicht nur ein gefährlicher Mörder, sondern auch ein Erpresser? Rita jedenfalls kann auf diese Fragen keine Antwort mehr geben, denn sie wird wenig später tot aus der Themse gezogen. Bei den weiteren Ermittlungen taucht ein junger Mann namens Roger Storey auf, der Temple darüber unterrichtet, dass Sir Felix bei vielen Opfern die letzte Person war, die sie gesehen haben, bevor sie starben. Als Paul schließlich mit einem Mann aus der Unterwelt über den Marquis sprechen will, kommt er zu spät – denn der kleine Ganove wird am Themseufer von einem LKW überrollt.

5. *Send for Paul Temple Again!*
(Paul Temple jagt »Rex«)

Erstausgabe: John Long, London, 04/1948

Mitarbeit: Charles Hatton

Basiert auf: Hörspiel *Send for Paul Temple Again!* (1945) (das spätere Hörspiel *Paul Temple and the Alex Affair* aus dem Jahr 1968 (*Paul Temple und der Fall Alex*) ist nur eine etwas modernisierte Version des Stoffes mit der Änderung von »Rex« in »Alex«)

Weitere Auswertungen: *Calling Paul Temple / Paul Temple – Wer ist Rex?* (Kinofilm 1948)

Deutsches Hörspiel: *Paul Temple und der Fall Alex* (1968)

Übersetzungen in andere Sprachen: *Paul Vlaanderen trekt van leer* (Niederlande), *L'insaissable Rex* (Frankreich), *Scotland Yard llama a Paul Temple* (Spanien), *Paul Temple kommer igen* (Schwedisch)
Deutsche Ausgabe: zunächst als Fortsetzungsroman *Paul Temple jagt »Rex«*, ca. 1960, Dörner, Düsseldorf; Heyne, München 1962; Goldmann, München, 1969; I+H International (»Weltberühmte Kriminalromane«), Belgien, 1974
Deutsche Übersetzung: Peter Th. Clemens
Neue deutsche Übersetzung bei Williams & Whiting geplant
Norma Rice, eine junge Schauspielerin, wird in einem Zug ermordet aufgefunden. Die Vergiftete konnte zuvor noch ein Wort an die Fensterscheibe schreiben: Rex. Als Richard East einige Monate später ermordet wird – ihn treffen tödliche Schüsse durch die Windschutzscheibe seines Wagens –, taucht dieser Namen erneut auf. Eine erste Spur führt zu einer gewissen Mrs. Trevellyan, deren Name in den Notizbüchern beider Ermordeter stand. Sir Graham bittet Paul Temple um Hilfe. Dieser ist an Ort und Stelle, als das nächste Opfer des unheimlichen Mörders stirbt. Als die Temples beinahe bei einem Verkehrsunfall ums Leben kommen, hat das auch sein Gutes: eine wichtige neue Spur, die zu einem Psychiater namens Dr. Kohima führt.

6. *Back Room Girl*
(Die Frau im Hintergrund)

Erstausgabe: John Long, London, 07/1950
Mitarbeit: Charles Hatton (bzw. zumindest dramaturgische Unterstützung)
Basiert auf: – / Weitere Auswertungen: –
Übersetzungen in andere Sprachen: : –
Deutsche Ausgabe: Williams & Whiting, Hurstpierpoint, 2023 ⇨ Band 13
Die Frau im Hintergrund
Deutsche Übersetzung: Georg Pagitz
Torcombe, an der Küste von Cornwall. Der ehemals als Kriminalreporter in der Fleetstreet tätige Roy Burton hat sich hierher zurückgezogen, um an einem Buch zu arbeiten. Gemeinsam mit Hund Angus lebt er in einem einfachen Cottage an der Küste. Eines Tages nähert er sich bei einem Spaziergang einer verlassenen Zinnmine und wird niedergeschlagen. Als er wenig später erwacht, erzählt ihm eine gewisse Karen Silvers, dass er sich innerhalb der Mine befindet. Sie leitet dort ein geheimes wissenschaftliches Projekt der Regierung. Es geht um den Bau einer Atomrakete, die so stark ist, dass sie ganz London oder New York zerstören könnte. Die Wissenschaftlerin erklärt, dass die Arbeiter in der Mine allerdings nichts davon wissen oder nur so viel als nötig. In der Umgebung scheint sich der gefährliche Kriminelle Fabian Delouris zu befinden, der schon einen Mitarbeiter entführt hat. Gemeinsam mit gefährlichen deutschen Ex-Nazis will er die Rakete stehlen und damit die Weltherrschaft erzwingen. Karen und ihr Vorgesetzter, Chefinspektor Leyland, bitten Roy um seine Mithilfe bei der

Bekämpfung der Organisation. Bald darauf werden auf Roy mehrere Mord-
versuche verübt und Frau und Tochter eines Pubbesitzers verschwinden
spurlos. Alles deutet daraufhin, dass die kriminelle Organisation ihr
Hauptquartier in einem verlassenen Kloster aufgebaut hat, zu dem mehrere
unterirdische Tunnel führen ...

7. Beware of Johnny Washington
(Vorsicht vor Johnny Washington!)

Erstausgabe: John Long, London, 04/1951
Mitarbeit: Charles Hatton
Basiert auf: *Send for Paul Temple* (Hörspiel 1938), *Send for Paul Temple /*
Paul Temple und der Fall Max Lorraine (Roman ⇨ Pidax 2021)
Weitere Auswertungen: *Send for Paul Temple / Paul Temple muss her!*
(Theaterstück 1943 ⇨ Band 3), *Send for Paul Temple / Paul Temple – Der*
grüne Finger (Kinofilm 1946) – außerdem nochmals als Roman unter dem
Titel *One Man to Another* (siehe 7a), unter Austausch der Namen der
Hauptfiguren und ganz leichter Änderungen im Ausdruck.
Übersetzungen in andere Sprachen: : –
Deutsche Ausgabe: Williams & Whiting, Hurstpierpoint, 2023 ⇨ Band 14
Vorsicht vor Johnny Washington!
Deutsche Übersetzung: Georg Pagitz
Johnny Washington ist ein junger amerikanischer Gentleman, der nach
Kent gezogen ist, um das Leben zu genießen. Eigentlich will er nur dem
süßen Nichtstun nachgehen und seine Zeit mit Fischen verbringen, doch
eine Serie von Verbrechen ruft ihn auf den Plan. Eine Bande Krimineller
verübt diese nämlich unter seinem Namen und lässt am Tatort Visitenkarten
mit dem Aufdruck »Mit besten Grüßen von Johnny Washington« zurück.
Das kann der Amerikaner nicht auf sich sitzen lassen. Die Zeitungsreporte-
rin Verity Glyn ermutigt Johnny dazu, sich auf den Fall zu stürzen. Gemein-
sam mit dem geheimnisvollen Horatio Quince, einem pensionierten Lehrer,
jagt er den mysteriösen Hintermann, der die Morde und Verbrechen orga-
nisiert und der sich hinter dem Decknamen »Grauer Elch« versteckt.

7a. One Man to Another
(–)

Das Manuskript zu dieser Romanfassung fand sich erst 2021 unter den
Unterlagen von Francis Durbridge und trägt kein Entstehungsjahr. Der
Inhalt ist identisch mit *Vorsicht vor Johnny Washington!* Lediglich einige
Wörter wurden ausgetauscht, ansonsten gleicht dieser Roman der Version,
in der Johnny Washington der Held ist. Die Protagonisten heißen hier nun
Harry Denver, Diana Stone, Richard McKendrick, Dr. Grant, Sally Harrison
und Benjamin Dancey statt Johnny Washington, Verity Glyn, Robert
Hargreaves, Dr. Randall, Shelagh Hamilton und Horatio Quince.
Erstausgabe: Williams & Whiting, Hurstpierpoint, 2023 (postum)

Deutsche Ausgabe: Da fast keine Unterschiede zu *Johnny Washington* existieren, keine.

8. *Design for Murder*
(Mr. Rossiter empfiehlt sich)

Erstausgabe: John Long, London, 11/1951
Mitarbeit: Charles Hatton
Basiert auf: *Paul Temple and the Gregory Affair* (Hörspiel 1946)
Weitere Auswertungen: –
Deutsches Hörspiel: *Paul Temple und die Affaire Gregory* (1949/50), *Paul Temple und der Fall Gregory* (2014)
Übersetzungen in andere Sprachen: : –
Deutsche Ausgabe: zunächst als Fortsetzungsroman *Schöne Grüße von Mister Brix*, Bild und Funk, Winter 1962 (siehe 8a); *Mr. Rossiter empfiehlt sich,* Heyne, München, 1962; Goldmann, München 1969
Deutsche Übersetzung: Peter Th. Clemens

8a. *Kind Regards from Mr Brix*
(Schöne Grüße von Mr. Brix)

Erstausgabe: – (keine, erscheint 2023 postum bei Williams & Whiting)
Basiert auf: siehe oben (8)
Deutsche Ausgabe: zunächst als Fortsetzungsroman *Schöne Grüße von Mister Brix*, Bild und Funk, 1962 (siehe 8a); als Taschenbuch bei Williams & Whiting, Hurstpierpoint, 2022 ⇨ Band 4 *Schöne Grüße von Mister Brix Geheimnisvolle und höchst mysteriöse Umstände haben den Ex-Inspektor Richard Grant und seine Frau Margret dazu veranlasst, vorübergehend wieder in den Dienst von Scotland Yard zu treten. In einem Fischerdorf namens Shorecombe war zuvor die Leiche einer gewissen Barbara Willis, Tochter eines feinen Londoner Hauses, aus dem Meer gezogen worden. Kurz darauf bekam ihr Verlobter Robert Brown eine Diamantenbrosche zugeschickt. Darauf stand: »Schöne Grüße von Mister Brix«. Wenig später finden die Grants in ihrer Garage eine weitere Leiche. Peggy Gillow, die in dem Fall undercover ermittelte, wurde erdrosselt. Auch ihr Vater bekam eine mysteriöse Karte von Mister Brix mit der gleichen sarkastischen Botschaft. Steckt hinter diesem Pseudonym jener gefährliche Ariman, dessen Fall Grant einst bearbeitete? Und wenn ja, wer von den zahllosen Verdächtigen ist dieser unheimliche Verbrecher?*

9. *The Nylon Murders*
(Die Nylonmorde / Kommt Zeit, kommt Mord)

Erstausgabe: Sunday Dispatch, 11/1952–02/1953 (Fortsetzungsroman), als Taschenbuch bei Williams & Whiting, Hurstpierpoint, 2021, in dem Sam-

melband *Murder at the Weekend*
Mitarbeit: Charles Hatton (bei der Fertigstellung des Manuskripts)
Basiert auf: –
Weitere Auswertungen: Es gibt einen Vertrag zwischen Francis Durbridge und Marksman Films vom Juni 1956, in dem Durbridge der Produktionsgesellschaft die Rechte an einer Geschichte namens *The Nylon Murder* überträgt. Der fertige Film *Town on Trial / Eine Stadt steht vor Gericht* (1956/57) hat jedoch nichts (mehr) mit dem Roman zu tun.
Übersetzungen in andere Sprachen: : –
Deutsche Ausgabe: *Kommt Zeit, kommt Mord,* Signum, Gütersloh, 1964; *Die Nylonmorde,* Lingen, Köln, 1966; *Kommt Zeit, kommt Mord,* Goldmann, München, 1968
Komplette Neuübersetzung: Williams & Whiting 2025 ⇨ Band 39 *Die Nylonmorde*
Alte deutsche Übersetzung: Ingeborg Frauke Meier
Neue deutsche Übersetzung (Williams & Whiting): Georg Pagitz
Andrea Lake war eine junge, vielversprechende Schauspielerin, ein aufsteigender Star am Viceroy-Theater. Doch eines Tages wird die Frau tot aus der Themse gezogen, sie wurde mit einem Nylonstrumpf erwürgt. Ihre attraktive Schwester Dr. Leslie Sanders will der Sache auf den Grund gehen und betreibt Nachforschungen auf eigene Faust. Was weiß etwa der Regisseur Peter Hamilton? Welche Rolle spielt die Schauspielerin Sylvia Graham? Kann Andreas Wohnungskollegin Judy Everest, mit der sie in Chelsie lebte, zur Lösung beitragen? Ist ihr Vater Keith Everest, ein bekannter Maler, in den Fall involviert? Und wer ist der anonyme Anrufer, der sich bei Leslie meldet und sich mit ihr hinter dem Theater treffen will? Inspektor Charles Merlin rät Leslie davon ab, dorthin zu gehen, doch die Neugier der jungen Ärztin siegt. Statt auf den mysteriösen Mann am Telefon, der sich Clive nannte, zu treffen, findet Leslie eine weitere Tote, die wieder mit einem Nylonstrumpf erwürgt wurde.

10. *The Yellow Windmill*
(Die gelbe Windmühle)

Erstausgabe: Sunday Dispatch, 01/1954–03/1954 (Fortsetzungsroman), als Taschenbuch bei Williams & Whiting, Hurstpierpoint, 2021, in dem Sammelband *Murder at the Weekend*
Mitarbeit: Charles Hatton (bei der Fertigstellung des Manuskripts)
Basiert auf: –
Weitere Auswertungen: Die 1965/1966 in der Bild und Funk erschienene deutsche Version unterscheidet sich leicht von der Originalversion und wurde von Durbridge für den deutschen Markt überarbeitet
Übersetzungen in andere Sprachen: –
Deutsche Ausgabe: Bild und Funk, 47/1965–03/1966 (Fortsetzungsroman),

als Taschenbuch bei Williams & Whiting, Hurstpierpoint, 2022 ⇨ Band 5
Die gelbe Windmühle
Susan Kelford, die vierjährige Tochter des reichen Sir Cedric Kelford, dem
Präsidenten der Londoner Central Bank, wird entführt. Das Mädchen war
gerade in einem Londoner Park, als eine kleine gelbe Spielzeugwindmühle
ihre Aufmerksamkeit erregte und sie in die Hand ihres Entführers lockte.
Dieser zerrte das Kind in seinen Wagen und suchte daraufhin rasch mit
seinem Komplizen das Weite. Man fordert 10.000 Pfund von dem Multimil-
lionär Kelford. Inspektor Houston von Scotland Yard macht drei Tage
später eine grausige Entdeckung: sein Sohn Dennis, der in Sir Cedrics
Bank arbeitet, sitzt erschossen vor dem Fernsehgerät. In den Bildschirm ist
eine gelbe Windmühle eingeritzt. Nobbler Williams, ein wichtiger Zeuge in
dem Entführungsfall, wird am selben Abend von einem Auto überfahren. Als
Besitzer des Wagens kann ein Dr. Spedro ausfindig gemacht werden. Als
Inspektor Houston und seine Tochter Rona, eine junge Schauspielerin, zu
ihm fahren wollen, wird gerade eine Leichenbahre aus dessen Haus getra-
gen. Es ist ein äußerst schwieriger und komplexer Kriminalfall, den der
persönlich involvierte Kriminalinspektor Houston da zu klären hat.

11. *The Man Who Beat the Panel*
(Der Mann, der das Quiz gewann)

Erstausgabe: TV Mirror, 04/1955–05/1955 (Fortsetzungsroman), als Taschenbuch bei Williams & Whiting, Hurstpierpoint, 2021, in dem Sammelband *Murder at the Weekend*
Basiert auf: –
Weitere Auswertungen: Die in der Bild und Funk, Nr. 48/1962 – Nr.
05/1963 erschienene von Durbridge gründlich überarbeitete deutsche Version *Mitten ins Herz* (siehe 11a) unterscheidet sich erheblich von diesem
Roman. Sie hat die gleiche Storyline, umfasst aber mehr Kapitel, beinhaltet
andere Figuren und einen anderen Täter. *The Man Who Beat the Panel* war
in den 60ern auch mal als Filmsujet im Gespräch. Außerdem gab es ein
Treatment von Durbridge für die *Paul-Temple*-TV-Serie, das denselben
Inhalt hatte.
Übersetzungen in andere Sprachen: –
Deutsche Ausgabe: Williams & Whiting, Hurstpierpoint, 2022 (gemeinsam
mit *Mitten ins Herz*) ⇨ Band 5 *Mitten ins Herz – Der Mann, der das Quiz
gewann – Paul Temple und die flüchtige Miss Helvin*
Deutsche Übersetzung: Georg Pagitz
Der Reporter Michael Lance, der gerne ein Polizeireporter sein würde,
lernt in den Commodore-Film-Studios den attraktiven schwedischen Film-
star Carel Helvin kennen. Als er die Frau wenig später in Begleitung eines
unbekannten Fremden sieht, ignoriert Carel den Reporter. Am nächsten
Tag wird Michael von seinem Chef beauftragt, eine Story über einen Lei-

chenfund in der Ronway Mansions zu schreiben. Kriminalinspektor Gaylord erzählt dem Journalisten, dass die Identität der Leiche nicht festgestellt werden konnte. Allerdings erkennt Michael an deren Hand einen Ring, auf dem sich ein Falkenkopf befindet. Den gleichen Ring trug die Schauspielerin Carel Helvin. Es stellt sich schließlich heraus, dass es sich bei der Leiche um die attraktive schwedische Schauspielerin handelt.

11a. *Straight in the Heart*
(Mitten ins Herz)

Erstausgabe: – (postum in dem Sammelband *Murder in the Media*, Williams & Whiting, Hurstpierpoint, 2022)
Basiert auf: siehe 11
Deutsche Ausgabe: Bild und Funk, 48/1962 – 05/1963 (als Fortsetzungsroman), Williams & Whiting, Hurstpierpoint, 2022 (als Taschenbuch) ⇨ Band 5 *Mitten ins Herz – Der Mann, der das Quiz gewann – Paul Temple und die flüchtige Miss Helvin*
Gary Mason, der berühmteste und beliebteste Schauspieler Englands, wird auf dem Gelände eines Londoner Filmstudios erschossen. Wer ist der Täter? Und hatte er tatsächlich Mason als Ziel auserkoren oder war dieser Mord ein Versehen und er galt eigentlich der attraktiven schwedischen Nachwuchsschauspielerin Karin Lund? Diese legt ein seltsames Verhalten an den Tag, vor allem als sie zwei Tage später dem Journalisten Michael Collins begegnet, der Augenzeuge der Tat wurde und sich danach um die junge Frau gekümmert hatte. Diesmal ignoriert Karin den Reporter und ist in Begleitung eines mysteriösen Fremden. Als Journalist Collins in der darauffolgenden Nacht von einem weiteren Mord berichten soll, ist er schockiert, als er in der Leiche Karin Lund wieder erkennt. Sie wurde erstochen.

12. *The Tyler Mystery*
(Vier mussten sterben / Paul Temple und der Fall Tyler)

Erstausgabe: Hodder & Stoughton, London, 09/1957
Mitarbeit: Douglas Rutherford
Basiert auf: –
Weitere Auswertungen: –
Übersetzungen in andere Sprachen: *Paul Vlaanderen en het Tyler mysterie* (Niederlande), *El mistero Tyler* (Spanien), *Tajemnica Betty Tyler* (Polen), *Štirje so morali umreti* (Slowenien)
Deutsche Ausgabe: Dörner, Düsseldorf, 1958; Pabel, Rastatt in Baden, 1961; Heyne, München, 1963; Kaiser, Klagenfurt, 1980
Deutsche Übersetzung: Peter Th. Clemens
Anmerkung: Der Titel *Paul Temple und der Fall Tyler* ist der geplante Titel für die Neuübersetzung bei Williams & Whiting

Paul Temple will gerade nach Paris reisen, um mit einem amerikanischen Filmproduzenten Verhandlungen über die Verfilmung seines neuesten Romans zu verhandeln, als er von Sir Graham darum gebeten wird, bei einem Mordfall mitzuarbeiten. Ein Mädchen namens Tyler, die in Oxford bei einem Modefriseur namens Mariano gearbeitet hat, ist nämlich in ihrem Wagen ermordet worden. Erdrosselt – mit einem Halstuch, auf dem Motive aus der französischen Hauptstadt abgedruckt waren! Temple nimmt widerwillig an, als dann aber ein Mordanschlag auf ihn und seine Frau Steve verübt wird und eine weitere Friseurin stirbt, findet er doch großes Interesse an dem Fall. Wie sich herausstellt, steckt hinter allem eine kriminelle Organisation mit einem großen Unbekannten, der erst am Ende in der üblichen Cocktailparty entlarvt wird ...

13. The Other Man
(Der Andere)

Erstausgabe: Hodder & Stoughton, London, 10/1958
Mitarbeit: Tim Carew
Basiert auf: *The Other Man* (TV-Mehrteiler 1956) (adaptiert als *Der Andere* (1959, BRD), *Lungo il fiume e sull'acqua* (Italien 1973))
Weitere Auswertungen: –
Übersetzungen in andere Sprachen: *De andere man* (Niederlande), *L'autre homme* (Frankreich), *Lungo il fiume e sull'acqua* (Italien), *El otro hombre* (Spanien), *Ten drugi* (Polen)
Deutsche Ausgabe: Signum, Gütersloh, 1962; Dörner, Düsseldorf, 1962; Goldmann, München, 1968
Deutsche Übersetzung: Peter Th. Clemens
Neuübersetzung bei Williams & Whiting geplant
Auf einem Hausboot in der englischen Kleinstadt Medlow wird die Leiche eines Italieners namens Paolo Rocello gefunden. Inspektor Ford von der örtlichen Kriminalpolizei leitet die Ermittlungen und muss erschreckt feststellen, dass alle Spuren bei einem Mann zusammenlaufen: dem allseits beliebten und geschätzten Internatslehrer David Henderson, der jedoch jegliche Schuld von sich weist. Trotz aller Beteuerungen zieht sich das Netz immer enger um ihn: Er war es, den eine junge Zeugin am Tattag aus dem Hausboot kommen sah, seine Handschrift findet sich auf einem anonymen Brief, der einem jungen Journalisten mit einem Hinweis auf die Vergangenheit des Toten zugeschickt wurde und als die Zeugin Billie Reynolds spurlos verschwindet, war er ihr letzter Besucher.

14. East of Algiers
(Die Brille / Paul Temple – Östlich von Algier)

Erstausgabe: Hodder & Stoughton, London, 02/1959
Co-Autor: Douglas Rutherford

172

Basiert auf: *Paul Temple and the Sullivan Mystery* (Hörspiel 1947 ⇨ Band 20 *Paul Temple und der Fall Sullivan*)
Weitere Auswertungen: –
Übersetzungen in andere Sprachen: *Paul Vlaanderen ten oosten van Algiers* (Niederlande), *A leste de Argel* (Portugal), *Očala* (Slowenien)
Deutsche Ausgabe: Goldmann, München, 1967
Deutsche Übersetzung: Peter Th. Clemens
Neuübersetzung bei Williams & Whiting geplant
Paul und Steve Temple befinden sich gerade in Paris und wollen nach Tunis weiterreisen, als sie eine gewisse Judy Wincott anspricht. Die Frau bittet sie, einem Mann namens David Foster, der in Tunis bei der Trans-Afrika-Ölgesellschaft arbeitet, seine Brille mitzunehmen, die er bei ihr vergessen hat. Temple will der jungen hübschen Dame den Gefallen gerne tun und akzeptiert. In Nizza, wo die Temples am nächsten Tag übernachten, erfährt der Kriminalschriftsteller, dass Miss Wincott ermordet wurde. Nicht genug damit, findet sich auch im Nebenzimmer der Temples eine Leiche. Von da an bemühen sich alle Personen, die Paul und Steve auf der Reise nach Tunis über Algier begegnen um die mysteriöse Brille, an der allerdings von der Polizei nichts Seltsames festgestellt werden kann.

15. *The Face of Carol West*
(Das Gesicht der Carol West)
Erstausgabe: News of the World, 08/1959–09/1959 (Fortsetzungsroman), als Taschenbuch in dem Sammelband *Murder in the Media* bei Williams & Whiting, Hurstpierpoint, 2022
Mitarbeit: kein Mitarbeiter
Basiert auf: –
Weitere Auswertungen: Die in der Bild und Funk 04/1963 – 13/1963 erschienene von Durbridge gründlich überarbeitete deutsche Version *Sie wussten zu viel* (siehe 15a, in alter Rechtschreibung noch als *Sie wußten zuviel* publiziert) unterscheidet sich erheblich von diesem Roman. Sie hat die gleiche Storyline, umfasst aber mehr Kapitel, beinhaltet andere Figuren und andere Geschehnisse. *The Face of Carol West* war in den 1960ern auch als Filmsujet im Gespräch.
Übersetzungen in andere Sprachen: –
Deutsche Ausgabe: Williams & Whiting, Hurstpierpoint, 2022 (gemeinsam mit *Sie wussten zu viel*) ⇨ Band 7 *Sie wussten zu viel – Das Gesicht der Carol West*
Deutsche Übersetzung: Georg Pagitz

15a. *They Knew Too Much*
(Sie wußten zuviel / Sie wussten zu viel)
Erstausgabe: Williams & Whiting, Hurspierpoint, 2023 (postum)

Basiert auf: siehe 15
Weitere Auswertungen: – / Übersetzungen in andere Sprachen: –
Deutsche Ausgabe: Williams & Whiting, Hurstpierpoint, 2022 ⇨ Band 7
Sie wussten zu viel – Das Gesicht der Carol West
Der Geschäftsführer der Absteige High Dive in Belhampton zieht beim morgendlichen Schwimmsport die Leiche eines jungen Mädchens aus dem Hotelpool. Ein Notizbuch der Toten führt auf die Spur einer gewissen Carol West. Außerdem findet sich darin die Telefonnummer eines Scotland-Yard-Superintendents, der die Tote allerdings nicht kannte. Dieser Beamte übernimmt die Ermittlungen. Immer wieder wird er in deren Verlauf von einem Anrufer mit sanfter Stimme gewarnt. Wenig später wird auf den Superintendent ein Überfall verübt, kurz darauf ein Anschlag in Scotland Yard. Alle Spuren führen erneut in die zwielichtige Absteige High Dive.

16. <u>A Time of Day</u>
(Es ist soweit / Es ist so weit)

Erstausgabe: Hodder & Stoughton, London, 12/1959
Mitarbeit: Tim Carew, Charles Hatton
Basiert auf: *A Time of Day* (TV-Mehrteiler 1957) (adaptiert als *Es ist soweit* (BRD 1960), *Paura per Janet* (Italien 1963), *W biały dzień* (Polen 1971))
Weitere Auswertungen: –
Übersetzungen in andere Sprachen: *Er is een kind ontvoerd* (Niederlande), *Un momento del día* (Spanien), *W biały dzień* (Polen), *Avgjørelsens øyeblikk* (Norwegen)
Deutsche Ausgabe: Signum, Gütersloh, 1962; Goldmann, München, 1969
Deutsche Übersetzung: L. Overhoff
Neue deutsche Übersetzung unter dem Titel *Es ist so weit* bei Williams & Whiting als Band 44 geplant, Übersetzung: Georg Pagitz
Janet Freeman, die zehnjährige Tochter des englischen Atomforschers Clive und seiner Frau Lucy wird auf dem Schulweg entführt. Für die Freemans beginnt eine zermürbende Zeit. Gemeinsam mit dem Freund der Familie, Rechtsanwalt Laurence Hudson, suchen die Freemans hinter dem Rücken von Inspektor Kenton ein Arrangement mit den Kidnappern. Welche Rolle spielen in der Angelegenheit Janets' Lehrerin Ruth Calthorpe oder die neugierige Nachbarin Barbara Barstow, die immer zur Unzeit auftaucht? Erst ein Treffen mit dem zwielichtigen Fotografen Pelford schafft Klarheit. Die Entführer fordern kein Geld, sondern etwas völlig Ungewöhnliches.

17. <u>Deadline for Harry</u>
(Stichtag für Harry)

Erstausgabe: Als Fortsetzungsgeschichte für *News of the World* 1960 geplant, nie erschienen. Postum bei Williams & Whiting, Hurstpierpoint, 2022 in dem Sammelband *Murder in the Media* erschienen.

Basiert auf: – / Weitere Auswertungen: –
Übersetzungen in andere Sprachen: –
Deutsche Ausgabe: Williams & Whiting, Hurstpierpoint, 2022 (weltweite Erstveröffentlichung, noch vor der englischen Veröffentlichung) ⇨ Band 1 *Stichtag für Harry*
Deutsche Übersetzung: Georg Pagitz
Ein junger Mann namens Peter Gibson sucht Superintendent Max Christian in Scotland Yard auf. Er berichtet, dass er in einem Café in Hampstead arbeitet und ungewollt bei der Arbeit zwei Frauen belauscht hat. Diese sagten, dass ein gewisser Harry Sherwood den 16. des kommenden Monats nicht überleben werde. Christian geht der Sache nach, muss aber feststellen, dass nichts von dem, was Gibson erzählt hatte, stimmt. Es gibt das Café nicht und auch keinen Mann dieses Namens. Am 16. des darauffolgenden Monats wird jedoch in einem Wohnwagen eine Leiche gefunden. Der Täter hat sein Opfer erstochen. Als Superintendent Christian den Toten sieht, glaubt er seinen Augen nicht: Es handelt sich dabei um den angeblichen Peter Gibson, der in Wirklichkeit Harry Sherwood hieß ...

18. *Die Dame in der Villa*
(Lady at the Villa)
Erstausgabe: Unter dem Titel *Lady at the Villa* in der *Daily Mail*, 1956 oder 1960 (geplant, aber wohl nicht erschienen) / unter dem Titel *The Second Chance* in *The Radio Times Generation Game Christmas Special*, BBC, 11/1974, S. 52–57
Basiert auf: – / Weitere Auswertungen: –
Übersetzungen in andere Sprachen: –
Deutsche Ausgabe: Unter dem Titel *Die Lady in der Villa* im DVD-Booklet *Die Spur mit dem Lippenstift*, Pidax, Riegelsberg, 05/2016; unter dem Titel *Die Dame in der Villa* in *Paul Temple – Die verschollenen Fälle*, Pidax, Riegelsberg, 2018, S. 135–179
Deutsche Übersetzung: Georg Pagitz
Rita und Larry Conway bewohnen eine Villa an der italienischen Riviera, in der Nähe von Portofino. Für Rita ist es die zweite Ehe, ihr erster Ehemann starb vor sechs Jahren. Nun leidet Larry Conway unter Vergiftungssymptomen. Dies ist nur der Anfang einer Reihe geheimnisvoller Umstände, die Larry schließlich den Verdacht aufkommen lassen, dass seine Frau dahintersteckt. Aber nicht nur das gibt ihm Rätsel auf: auch ein mysteriöser Fremder namens Quinter und der plötzliche Tod einer Katze.

19. *The Scarf*
(Das Halstuch)
Erstausgabe: Hodder & Stoughton, London, 10/1960
Mitarbeit: Tim Carew
Basiert auf: *The Scarf* (TV-Mehrteiler 1958) (adaptiert als *Das Halstuch*

(BRD 1961), *Halsduken* (Schweden 1962), *Huivi* (Finnland 1962), *La sciarpa* (Italien 1963), *L'écharpe* (Frankreich 1966), *Szal* (Polen 1970), *Breakaway – The Local Affair / Die Handschuhe* (GB 1979/80))

Weitere Auswertungen: –

Übersetzungen in andere Sprachen: *De sjaal* (Niederlande), *L'écharpe* (Frankreich), *La sciarpa* (Italien), *La bufanda* (Spanien), *Halsduken* (Schweden), *Szal* (Polen), *Šatka* (Slowakei); US-Titel: *The Case of the Twisted Scarf*

Deutsche Ausgabe: Dörner, Düsseldorf, 1962; Bertelsmann, Gütersloh, 1962; Ullstein, Berlin, 1962; Goldmann; München, 1969

Komplette Neuübersetzung: Williams & Whiting 2025 ⇨ Band 29 *Das Halstuch*

Alte deutsche Übersetzung: Helmut Eilers

Neue deutsche Übersetzung (Williams & Whiting): Georg Pagitz

In Littleshaw, einem Ort in der Nähe von London, wird auf einem Ackerwagen die Leiche des Fotomodells Fay Collins gefunden. Die junge Frau wurde mit einem Halstuch erwürgt. Der ermittelnde Kriminalinspektor Harry Yates stellt fest, dass Fay in ihren Taschen ein Telegramm hatte, in dem sich ein gewisser Terry für das Halstuch bedankt. Dieser Terry hat, wie der Bruder der Ermordeten, der Musiklehrer Edward Collins, aussagt, Fay außerdem ein teures Armband geschenkt. Aber wer verbirgt sich hinter dem Namen Terry? Marian Hastings, die Braut des Gutsbesitzers Alistair Goodman, erkennt auf einem Foto in der Zeitung jenen Mann wieder, der mit Fay Collins am Tatabend verabredet war: Es handelt sich um Clifton Morris, einen erfolgreichen Zeitungsverleger.

20. *The World of Tim Frazer*
(Tim Frazer / Tim Frazer I: Der Fall Denston)

Erstausgabe: Hodder & Stoughton, London, 01/1962

Mitarbeit: Tim Carew

Basiert auf: *The World of Tim Frazer* (Episode 1–7, TV-Mehrteiler 1960) (adaptiert als *Tim Frazer* (BRD 1962), *Traffico d'armi nel golfo* (Italien 1977))

Weitere Auswertungen: –

Übersetzungen in andere Sprachen: *De wereld van Tim Frazer* (Niederlande), *Où est passé Harry?* (Frankreich), *Tim Fraser* (Slowenien)

Deutsche Ausgabe: Signum, Gütersloh, 1963; Goldmann, München, 1968

Komplette Neuübersetzung: Williams & Whiting 2025 ⇨ Band 41 *Tim Frazer I: Der Fall Denston*

Alte deutsche Übersetzung: Ursula Bruns

Neue deutsche Übersetzung (Williams & Whiting): Georg Pagitz

Tim Frazers Kompagnon Harry Denston verschwindet spurlos. Tim begibt sich nach Henton, nachdem er von Harry ein Telegramm erhalten hat, ihn dort zu treffen. Doch Harry erscheint in dem idyllischen Fischerdorf an der

Ostküste nicht. Stattdessen stirbt in Frazers Hotel ein russischer Matrose namens Anstrov, der im Todeskampf ständig nach jemanden namens Anya schreit. Außerdem wird Tims Brieftasche gestohlen. Zurück in London erfährt er, dass er für eine Abteilung der Regierung Harry Denston finden soll. Frazer, dem Denston auch eine Menge Geld schuldet, nimmt den Auftrag an. Bei seinen Nachforschungen wird ihm sein Freund und Kompagnon immer fremder. Was weiß dessen Verlobte Helen Baker? Was hat es mit einer Reihe von Schiffsmodellen der North Star auf sich? Und weshalb bietet ein zwielichtiger Autohändler eine horrende, völlig überzogene Summe für Harrys Wagen?

21. Portrait of Alison
(Das Kennwort / Porträt von Alison)
Erstausgabe: Hodder & Stoughton, London, 08/1962
Mitarbeit: Tim Carew
Basiert auf: *Portrait of Alison* (TV-Mehrteiler 1955)
Weitere Auswertungen: *Portrait of Alison* (Kinofilm 1955)
Übersetzungen in andere Sprachen: *Portret van Alison / De zaak Alison* (Niederlande), *Le portrait d'Alsion* (Frankreich), *Ritratto di Alsion* (Italien), *Alisonin Portret* (Kroatien), *Portret Alison* (Polen)
Deutsche Ausgabe: Goldmann, München, 1967
Komplette Neuübersetzung: Williams & Whiting 2025 ⇨ Band 23 *Porträt von Alison*
Alte deutsche Übersetzung: Tony Westermayr
Neue deutsche Übersetzung (Williams & Whiting): Georg Pagitz
Der Bruder des renommierten Kunstmalers Greg Forrester verunglückt bei einem Autounfall in Italien tödlich. Auch seine Beifahrerin, die bildhübsche Schauspielerin Alison Ford überlebt das Unglück nicht. Wenig später erscheint ihr Vater in Gregs Atelier und bittet den Maler, ein Gemälde von Alison anzufertigen. Von da an überschlagen sich die Ereignisse: Das Modell Jill Stewart wird erwürgt im Kleid der verunglückten Alison in Gregs Wohnung aufgefunden. Der Maler gilt daraufhin als Hauptverdächtiger und befindet sich in einem Teufelskreis. Im Laufe des Falls spielen eine Postkarte, eine Weinflasche und ein Name eine wesentliche Rolle.

22. My Friend Charles
(Charlie war mein Freund / Mein Freund Charles)
Erstausgabe: Hodder & Stoughton, London, 09/1963 (zuvor als zehnteilige Fortsetzungsgeschichte in der *Radio Times* zwischen dem 04.07.1963 und dem 05.09.1963)
Mitarbeit: Paul Townend
Basiert auf: *My Friend Charles* (TV-Mehrteiler 1956)
Weitere Auswertungen: *The Vicious Circle / Interpol ruft Berlin* (Kinofilm

1957)
Übersetzungen in andere Sprachen: *Mijn vriend Charles* (Niederlande), ...
dai nemici mi guardo io (Italien)
Deutsche Ausgabe: Goldmann, München, 1967
Komplette Neuübersetzung: Williams & Whiting 2025 ⇨ Band 24 *Mein Freund Charles*
Alte deutsche Übersetzung: Peter Th. Clemens
Neue deutsche Übersetzung (Williams & Whiting): Georg Pagitz
Der renommierte Arzt Dr. Howard Latimer erhält einen Anruf von seinem Freund Charles Kaufmann. Der Filmproduzent bittet den Mediziner, eine deutsche Schauspielerin namens Frieda Veldon vom Flughafen abzuholen. Das ist der Beginn eines Teufelskreises, in den sich Latimer immer tiefer verstrickt. Wenig später wird die Darstellerin ermordet in seiner Wohnung aufgefunden. Erschlagen wurde sie mit einem bronzenen Kerzenhalter, der sich ausgerechnet in Latimers Wagen findet. Dann stellt sich heraus: Charles Kaufmann hat nie angerufen und der einzige Zeuge, der Latimer entlasten könnte, scheint nicht zu existieren ...

23. *Tim Frazer Again*
(Der Fall Salinger / Tim Frazer und der Fall Salinger / Tim Frazer II: Die Salinger-Affäre)
Erstausgabe: Hodder & Stoughton, London, 03/1964
Mitarbeit: Tim Carew
Basiert auf: *The World of Tim Frazer* (Folge 7–13, TV-Mehrteiler 1960/61) (adaptiert als *Tim Frazer – Der Fall Salinger* (BRD 1963), *La mort d'un touriste / Der Tod eines Touristen* (Frankreich 1975))
Weitere Auswertungen: –
Übersetzungen in andere Sprachen: *Le rendez-vous de sept heures trente* (Frankreich), *O caso Salinger* (Portugal)
Deutsche Ausgabe: Weiss, Berlin/München, 1965; Heyne, München, 1965; Goldmann, München, 1968; Lingen, Köln, 1971
Komplette Neuübersetzung: Williams & Whiting 2025 ⇨ Band 42 *Tim Frazer II: Die Salinger-Affäre*
Alte deutsche Übersetzung: Erwin Schuhmacher
Neue deutsche Übersetzung (Williams & Whiting): Georg Pagitz
Tim Frazer wird von Charles Ross beauftragt, nach Amsterdam zu fahren, um dort den mysteriösen Tod eines gewissen Leo Salinger zu untersuchen. Salinger war ein Mitarbeiter in Ross' Abteilung und soll beim Überqueren einer Straße von einer gewissen Barbara Day überfahren worden sein. Schnell macht Frazer deren Bekanntschaft und lernt gemeinsam mit ihr den Amerikaner Cordwell kennen. Als sie zurück in London sind und Frazer Barbara Day besuchen will, findet er den ermordeten Cordwell in ihrer Wohnung. Neben ihm steht ein Metronom. Frazer lernt schließlich auch Barbaras Freundin Vivien kennen, die allerdings irgendwie in das Verbrechen verstrickt ist. Frazer erfährt, dass der eigentliche Hintermann Ericson

*heißt. Einen Schlüssel zur Lösung stellen das Metronom und ein geheimnis-
voller Tulpenzwiebelkatalog dar.*

24. *Another Woman's Shoes*
(Die Schuhe / Die Schuhe einer anderen Frau)
Erstausgabe: Hodder & Stoughton, London, 08/1965
Mitarbeit: Paul Townend
Basiert auf: *Paul Temple and the Gilbert Case* (Hörspiel 1954)
Weitere Auswertungen: –
Deutsches Hörspiel: *Paul Temple und der Fall Gilbert* (1956)
Übersetzungen in andere Sprachen: *Wie den schoen past wordt vermoord*
(Niederlande), *La scarpa che mancava sempre* (Italien), *Tres zapatos de
mujer* (Spanien), *Buty modelki* (Polen)
Deutsche Ausgabe: Weiss, Berlin/München, 1967; Goldmann, München,
1967
Deutsche Übersetzung: Erwin Schuhmacher
Neuübersetzung bei Williams & Whiting unter dem Titel *Die Schuhe einer
anderen Frau* geplant
*Harold Weldon soll seine Verlobte Lucy Staines, ein Model, ermordet ha-
ben. Deshalb sitzt er hinter Gitter und wartet auf seine Hinrichtung. Für
alle ist der Fall klar, nur Mike Baxter zweifelt an der Aussage der Kronzeu-
gin. Der Kriminalreporter sieht sich in seinen Vermutungen bestätigt, als
sich zwei weitere Frauenmorde ereignen. Ein Beweis dafür, dass der wahre
Täter weiterhin frei herumläuft. Die Zeit läuft jedoch davon, denn Weldon
sitzt weiterhin in der Zelle und wartet auf den Tod. Dann gelingt es Baxter,
dass das Verfahren wieder aufgenommen wird. Merkwürdigerweise spielen
ein paar Schuhe bei der Aufklärung eine wichtige Rolle.*

25. *The Desperate People*
(Der Schlüssel / Die Skrupellosen oder *Die Schlüssel)*
Erstausgabe: Hodder & Stoughton, London, 03/1966
Mitarbeit: Paul Townend
Basiert auf: *The Desperate People* (TV-Mehrteiler 1963) (adaptiert als *Die
Schlüssel* (BRD 1964), *Desperaci* (Polen 1974))
Weitere Auswertungen: –
Übersetzungen in andere Sprachen: *De laatste uitweg* (Niederlande), *I
desperati* (Italien), *Desperaci* (Polen), *Безрассудные люди* (Russland)
Deutsche Ausgabe: Weiss, Berlin/München, 1967; Goldmann, München,
1967
Deutsche Übersetzung: Erwin Schuhmacher
Neuübersetzung bei Williams & Whiting unter dem Titel *Die Skrupellosen*
geplant
*Der Soldat Rex Holt kehrt aus Hamburg zurück und besucht seinen Bruder
Philip, einen bekannten Modefotografen. Der Besuch wärt nicht lange,*

denn Rex möchte gleich weiterreisen. *Er erzählt eine merkwürdige Geschichte. Ein irischer Kamerad namens Sean Reynolds sei in Hamburg überfahren worden und gestorben. Rex müsse deshalb nach Dublin, um die Witwe zu besuchen. Phil zeigt seinem Bruder ein Foto von Sean Reynolds und seiner Frau. Darauf trägt die junge Ehefrau ein Akkordeon. Rex verabschiedet sich von Philip, fährt aber nicht nach Irland, sondern mietet sich im Royal-Falcon-Hotel in Maidenhead ein, wo ein Gedichtband für ihn abgegeben wurde. Im Aufenthaltsraum liest er ständig darin und macht dabei die Bekanntschaft des deutschen Arztes Dr. Wolf Linderhof. Wenig später wird Phil erschossen aufgefunden. Alles sieht nach Selbstmord aus. Inspektor Hyde von Scotland Yard hat schnell den Verdacht, dass Philip Holt mit der Geschichte etwas zu tun hat. Der Verdacht erhärtet sich, als sich die Geschichte vom toten irischen Kameraden als falsch herausstellt und auch das Foto des angeblichen Ehepaares Reynolds verschwunden ist. Nachdem Andy Wilson, ein ehemaliger Kamerad von Rex dessen Bruder aufgesucht hat, wird dieser aus einem fahrenden Auto niedergeschossen. Im Laufe des Falls spielen mehrere Schlüssel eine Rolle.*

26. Dead to the World
(Der Siegelring / Tot für die Welt)

Erstausgabe: Hodder & Stoughton, London, 03/1967
Mitarbeit: Paul Townend
Basiert auf: *Paul Temple and the Jonathan Mystery* (Hörspiel 1951)
Weitere Auswertungen: –
Deutsches Hörspiel: *Paul Temple und der Fall Jonathan* (1954)
Übersetzungen in andere Sprachen: *De zegelring* (Niederlande), *Sous le signe du dollar* (Frankreich), *Morto per il mondo* (Italien), *Umarły dla świata* (Polen)
Deutsche Ausgabe: *Hamburger Abendblatt,* Ausgabe Nr. 133–Ausgabe Nr. 161, 29 Folgen, 10.06.1967–14.07.1967; Goldmann, München, 1968; Orbis, München, 2000
Deutsche Übersetzung: Hans Sommer (*Hamburger Abendblatt*-Version), Peter Th. Clemens (Goldmann-Verlag-Version)
Neuübersetzung bei Williams & Whiting unter dem Titel *Tot für die Welt* geplant
Der Student Vanc Scranton wird in seiner Wohnung erschossen. Der Täter zerstört mit seinem gezielten Schuss das gesamte Gesicht des jungen Mannes. Sein Vater, ein amerikanischer Fabrikant namens Robert Scranton, bittet den Hobbydetektiv Philip Holt um Mithilfe bei der Aufklärung des Falles. Eine wichtige Spur ist ein Siegelring, den der Tote besessen hat und der für eine mysteriöse kriminelle Organisation besonders wichtig zu sein scheint. Holt ermittelt – unterstützt von seiner Sekretärin und Kriminalinspektor Hyde –, stolpert über weitere Leichen und kommt schließlich einer kriminellen Autoschieberbande auf die Spur, die alle gefährlichen Mitwis-

ser beseitigt und an deren Spitze ein Mann steht, den niemand kennt.

27. My Wife Melissa
(Melissa / Meine Frau Melissa)

Erstausgabe: Hodder & Stoughton, London, 10/1967
Mitarbeit: Paul Townend
Basiert auf: *Melissa* (TV-Mehrteiler 1964) (adaptiert als *Melissa* (BRD 1966), *Melissa* (Italien 1966), *Melissa* (Schweden 1966), *Mélissa* (Frankreich 1968), *Melissa* (Polen 1970), *Melissa* (GB 1974))
Weitere Auswertungen: *Melissa* (sehr freie Adaption des Romans, GB 1997)
Übersetzungen in andere Sprachen: *Melissa* (Niederlande), *Melissa* (Frankreich), *Melissa* (Italien), *Moja żona Melissa* (Polen), *Melissa* (Slowenien), *Moja žena Melissa* (Kroatien), *Vem mördade Melissa?* (Schweden), *Melissa* (Norwegen), *Моя жена Мелисса* (Russland)
Deutsche Ausgabe: Goldmann, München, 1968
Deutsche Übersetzung: Peter Th. Clemens
Neuübersetzung bei Williams & Whiting unter dem Titel *Meine Frau Melissa* geplant
Die reiche Melissa Foster und das Ehepaar Felix und Paula Hepburn sind bei Rennfahrer Don Page zu einer Party eingeladen. Guy Foster, ein arbeitsloser Schriftsteller, bleibt nach einem Streit mit seiner Gattin zu Hause, um zu arbeiten. Nachts erhält er jedoch einen Anruf von seiner Frau: Guy solle unbedingt nachkommen. Sie bestellt ihn zu einer Adresse, die es gar nicht gibt. Stattdessen trifft Guy die Kriminalpolizei an, die gerade zu einem Mord gerufen wurde: Bei der Toten handelt es sich um Melissa Foster. Im Lauf der Ermittlungen gibt der Nervenarzt Dr. Swanson an, Foster sei bei ihm in psychiatrischer Behandlung. Guy streitet dies vehement ab und verstrickt sich in ein Netz aus Widersprüchen. Allmählich beginnt er selbst an seinem Verstand zu zweifeln, was bei Inspektor Cameron von Scotland Yard den Mordverdacht nur noch verstärkt.

28. The Pig-Tail Murder
(Im Schatten von Soho / Der Zopfmord)

Erstausgabe: Hodder & Stoughton, London, 05/1969
Mitarbeit: Douglas Rutherford (=Pseudonym von James McConnell)
Basiert auf: *Step in the Dark* ... (unverfilmtes Drehbuch, 1962; 2022 postum auf Deutsch und Englisch erschienen, deutscher Buchtitel: ⇨ Band 2 *Schritt ins Dunkel*, Williams & Whiting, Hurstpierpoint, 2022, Übersetzung: Georg Pagitz)
Weitere Auswertungen: *Piccadilly null Uhr zwölf* (Kinofilm 1963, nur Beibehaltung von vier Rollennamen, sonst komplett neue Story)
Übersetzungen in andere Sprachen: *De haarvlecht* (Niederlande), *L'enfant au cerf-volant* (Frankreich), *Mezz'ora per vivere, mezz'ora per morire*

(Italien), *Warkocz śmierci* (Polen), *Papirnati zmaj* (Slowenien)
Deutsche Ausgabe: Goldmann, München, 1969
Deutsche Übersetzung: Ursula Pommer
Neuübersetzung bei Williams & Whiting unter dem Titel *Der Zopfmord*
geplant
*Der erfolgreiche Börsenmakler Mike Hilton wird eines Tages von seiner
Frau verlassen. Für ihn bricht eine Welt zusammen, doch schon bald hat er
Trost gefunden. Die attraktive und extravagante Selby Brooks versüßt ihm
die Stunden, allerdings wärt das Glück nicht lange, denn die junge Frau
wird ermordet aufgefunden. Was Mike nicht wusste: Selby trieb ein doppel-
tes Spiel, gab ihm gegenüber vor, die Unschuld in Person zu sein und war
doch Mitglied einer perfiden Erpresserbande. Sie hatte nur ein Ziel: Mike
um dessen Millionen zu erleichtern. Der Kriminalbeamte O'Day, der die
Ermittlungen leitet, hat damit auch rasch ein Motiv für die Tat gefunden
und vermutet, Mike Hilton sei der Mörder. Für den Börsenmakler kommt es
darauf an, nachzuweisen, was er innerhalb einer gewissen halben Stunde
gemacht hat. Mike kann sich sogar daran erinnern: Er hat einem Jungen
geholfen, einen Papierdrachen aus einem Baum zu hieven. Doch wie es der
Teufel haben will, gibt es von dem Jungen keine Spur.*

29. Paul Temple and the Kelby Affair
(Paul Temple – Der Fall Kelby / Die Kelby-Affäre)
Erstausgabe: Hodder & Stoughton, London, 07/1970
Mitarbeit: John Garforth
Basiert auf: *Paul Temple – The Harkdale Robbery* (unverfilmtes Drehbuch
für die TV-Serie *Paul Temple*, erschienen in ⇨ Band 28 *Paul Temple:
Mord in Serie* unter dem Titel *Die Kelby-Affäre*)
Weitere Auswertungen: –
Übersetzungen in andere Sprachen: *Paul Vlaanderen en de zaak Kelby*
(Niederlande), *Prípad Kelby* (Slowakei), *O Diário Desaparecido* (Portu-
gal), *Kelby mysteriet* (Dänemark)
Deutsche Ausgabe: Goldmann, München, 1971
Deutsche Übersetzung: Tony Westermayr
*Der Verleger Scott Reed will das Tagebuch der Geliebten eines 1947 auf
mysteriöse Art und Weise ermordeten Diplomaten veröffentlichen. Lord
Delamore war damals bei einer Jagdpartie in Schottland getötet worden.
Scott bittet den Historiker Alfred Kelby, der damals ebenfalls in die Affäre
verwickelt war, um dessen Gutachten. Doch dazu kommt es nicht. Kelby
wird von Unbekannten entführt und verschwindet spurlos. Ein Fall für Paul
Temple, der von seinem Verleger darum gebeten wird, in dem Fall zu ermitteln. In Kelbys Haus stößt er auf dessen Sekretärin Tracy Leonard, dessen
Sohn Ronnie, den Gärtner Leo Ashwood und seine Frau Gladys. Eine Spur
führt zu einer Farm, die ein gewisser Ted Mortimer betreibt. Tatsächlich
findet sich dort in einer Regentonne die Leiche von Alfred Kelby. Wenig
später bringt sich Sir Philip um, der 1947 als Hauptverdächtiger gehandelt*

wurde. Unterstützt von Inspektor Vosper führt die Spur in einen Spielclub, der von Arthur Grover betrieben wird.

30. Paul Temple and the Harkdale Robbery
(Paul Temple – Banküberfall in Harkdale / Paul Temple und der Harkdale-Raub)

Erstausgabe: Hodder & Stoughton, London, 07/1970
Mitarbeit: John Garforth
Basiert auf: *Paul Temple – The Harkdale Robbery* (unverfilmtes Drehbuch für die TV-Serie *Paul Temple*, erschienen in ⇨ Band 28 *Paul Temple: Mord in Serie* unter dem Titel *Der Harkdale-Raub*)
Weitere Auswertungen: –
Übersetzungen in andere Sprachen: *Paul Vlaanderen en het Harkdale mysterie* (Niederlande), *Una strana rapina* (Italien), *Harkdalská lúpež* (Slowakei), *O grande assalto* (Portugal)
Deutsche Ausgabe: Goldmann, München, 1971
Deutsche Übersetzung: Tony Westermayr
Paul Temple wird in einen mysteriösen Fall verwickelt: Es beginnt mit einem Banküberfall in Harkdale, bei dem ein Polizist erschossen wurde und die Gangster 42.000 Pfund erbeuteten. Doch die Flucht dauert nicht lange, die Räuber verunglücken bei einem Unfall. Die Tasche, in der die Beute vermutet wird, ist jedoch leer. Eine Spur führt zu Gavin Renson, einem Komplizen. Wenige Zeit später wird ausgerechnet dieser Mann tot aufgefunden, und zwar in der Garage von Paul Temples Cottage. Paul beginnt zu ermitteln. Kurioserweise hatten er und Steve kurz zuvor eine junge, rothaarige Frau namens Betty Stanway im Wagen mitgenommen. Diese erzählte ihr von einem mysteriösen Telefongespräch ihres Freundes Desmond Blane, das sie belauscht hatte. Temple vermutet, dass Blane in den Fall verwickelt und dass Betty daher in Gefahr ist. Eine Spur führt den Detektiv in einen dubiosen Nachtclub, der von einer gewissen Rita Fletcher betrieben wird.

31. A Man Called Harry Brent
(Ein Mann namens Harry Brent)

Erstausgabe: Hodder & Stoughton, London, 11/1970
Mitarbeit: Douglas Rutherford (=Pseudonym von James McConnell)
Basiert auf: *A Man Called Harry Brent* (TV-Mehrteiler 1965) (adaptiert als *Ein Mann namens Harry Brent* (BRD 1967), *Un certo Harry Brent* (Italien 1970), *Harry Brent* (Polen 1972), *Un certain Richard Dorian* (Frankreich 1973))
Weitere Auswertungen: –
Übersetzungen in andere Sprachen: *Harry Brent* (Polen)
Deutsche Ausgabe: Goldmann, München, 1970
Komplette Neuübersetzung: Williams & Whiting 2024 ⇨ Band 31 *Ein*

Mann namens Harry Brent
Alte deutsche Übersetzung: Tony Westermayr
Neue deutsche Übersetzung (Williams & Whiting): Georg Pagitz
Tom Fielding betreibt in der Nähe von London eine Firma, die elektroni-
sche Geräte herstellt. Alles läuft bestens, aber er hat mit seiner Sekretärin
Pech: Diese will ihn wegen einer bevorstehenden Heirat bald verlassen.
Fielding sucht eine neue Sekretärin und glaubt diese in der hübschen Bar-
bara Smith gefunden zu haben. Doch während des Vorstellungsgesprächs
zieht die junge Frau eine Waffe und erschießt Fielding. Sie wird verhaftet
und kann sich in ihrer Zelle vergiften. Bevor sie stirbt, verlangt sie nach
einem gewissen Harry Brent. Dieser Mann ist ausgerechnet der Verlobte
von Fieldings alter Sekretärin Carol Vyner und taucht fortan bei den Er-
mittlungen von Inspektor Alan Milton, dem Exfreund von Carol, immer
wieder als Hauptverdächtiger auf. So findet er heraus, dass Barbara Smith
Blumen am Grab von Brents Eltern niedergelegt hat und dass sich Harry
Brent und Tom Fielding schon sehr viel länger kannten, als dieser zugibt ...

32. *The Geneva Mystery*
(Zu jung zum Sterben / Paul Temple und das Genfer Rät-
sel)

Erstausgabe: Hodder & Stoughton, London, 07/1971
Mitarbeit: John Garforth
Basiert auf: *Paul Temple and the Geneva Mystery* (Hörspiel 1965)
Weitere Auswertungen: –
Deutsche Hörspiele: *Paul Temple und der Fall Genf* (1966), *Paul Temple*
und der Fall in Genf (1966)
Übersetzungen in andere Sprachen: *Paul Vlaanderen en het Genève-*
mysterie (Niederlande), *Le secret d'une actrice* (Frankreich), *Il mistero di*
Ginevra (Italien)
Deutsche Ausgabe: Goldmann, München, 1972
Komplette Neuübersetzung: Williams & Whiting 2024 ⇨ Band 38 *Paul*
Temple und das Genfer Rätsel
Alte deutsche Übersetzung: Fried Holm
Neue deutsche Übersetzung (Williams & Whiting): Georg Pagitz
Der Londoner Verleger Charles Milbourne soll bei einem Autounfall in der
Schweiz ums Leben gekommen sein. Mehrere Indizien deuten jedoch darauf
hin, dass der Mann noch lebt. Davon ist vor allem seine Ehefrau Margret
überzeugt, während Maurice Lonsdale, der Schwager des Toten, daran
zweifelt. Paul und Steve Temple nehmen sich des Falls nach anfänglichem
Zögern an. Ein Buch mit dem Titel »Zu jung zum Sterben« scheint bei den
Ermittlungen, die auch in die Schweiz führen, eine entscheidende Rolle zu
spielen. Außerdem gibt es bald eine weitere Leiche auf einem Hausboot.
Dabei schien der Mörder das Opfer für Paul Temple gehalten zu haben.

33. The Curzon Case
(Keiner kennt Curzon / Paul Temple und der Curzon-Fall)

Erstausgabe: Hodder & Stoughton, London, 01/1972
Mitarbeit: John Garforth
Basiert auf: *Paul Temple and the Curzon Case* (Hörspiel 1948/49)
Weitere Auswertungen: –
Deutsches Hörspiel: *Paul Temple und der Fall Curzon* (1951/52)
Übersetzungen in andere Sprachen: –
Deutsche Ausgabe: Goldmann, München, 1972
Komplette Neuübersetzung: Williams & Whiting 2024 ⇨ Band 36 *Paul Temple und der Curzon-Fall*
Alte deutsche Übersetzung: Wulf Bergner
Neue deutsche Übersetzung (Williams & Whiting): Georg Pagitz
Paul Temple hört auf der Party seines Verlegers von Sir Graham Forbes und Inspektor Charlie Vosper vom mysteriösen Verschwinden zweier Schuljungen in Dulworth Bay in Yorkshire. Von Roger und Michael Baxter fehlt jede Spur. Vospers Ermittlungen ergaben, dass auf dem Cricketschläger von Roger neben Unterschriften einiger Spieler ein Name zu finden ist, der nicht zugeordnet werden kann: Curzon. Niemand kennt diese Person. Als in Gegenwart von Temple in London eine Frau erschossen wird, die ihm wichtige Hinweise geben wollte, nimmt der Kriminalschriftsteller die Ermittlungen auf und fährt in das Fischerdorf, in dem alle Stricke zusammenlaufen ...

34. Bat Out of Hell
(Wie ein Blitz)

Erstausgabe: Hodder & Stoughton, London, 06/1972
Mitarbeit: Douglas Rutherford (=Pseudonym von James McConnell)
Basiert auf: *Bat Out of Hell* (TV-Mehrteiler 1966) (adaptiert als *Wie ein Blitz* (1969/70), *À corps perdu* (Frankreich 1970), *Come un uragano* (Italien 1971), *Jak błyskawica* (Polen 1972))
Weitere Auswertungen: –
Übersetzungen in andere Sprachen: *Une voix d'outre tombe* (Frankreich), *Come un uragano* (Italien), *Jak błyskawica* (Polen), *Skjuten ur en kanon* (Schweden), *Terror i mørket* (Norwegen), *Den der graver en grav* (Dänemark)
Deutsche Ausgabe: Goldmann, München, 1972
Komplette Neuübersetzung: Williams & Whiting 2024 ⇨ Band 32 *Wie ein Blitz*
Alte deutsche Übersetzung: Wulf Bergner
Neue deutsche Übersetzung (Williams & Whiting): Georg Pagitz
Der reiche Geoffrey Stewart wird in einem abgelegenen Haus ermordet. Die Täter sind sein Angestellter Mark Paxton und seine Ehefrau Diana

Stewart, die mit Mark ein Verhältnis hat. Als man die Leiche beseitigen will, ist diese verschwunden. Dafür meldet sich der Ermordete mehrmals bei seiner Ehefrau per Telefon und treibt diese fast in den Wahnsinn. Ganz nebenbei geschehen weitere Morde. Inspektor Clay ist mit den Ermittlungen beauftragt und hat nicht nur das Mörderpärchen Diana und Mark unter Beobachtung, sondern verdächtigt auch das Ehepaar Thelma und Walter Bowen sowie den Tankstellenbesitzer Ned Tallboy ...

35. *A Game of Murder*
(Die Kette / Die Kette oder Ein mörderisches Spiel)

Erstausgabe: Hodder & Stoughton, London, 02/1975
Mitarbeit: Douglas Rutherford (=Pseudonym von James McConnell)
Basiert auf: *A Game of Murder* (TV-Mehrteiler 1966) (adaptiert als *Giocando a golf una mattina* (Italien 1969), *La mort d'un champion* (Frankreich 1972), *Brutalna gra* (Polen 1976), *Die Kette* (BRD 1977))
Weitere Auswertungen: –
Übersetzungen in andere Sprachen: : *Giocando a golf una mattina* (Italien), *Mordercza gra* (Polen), *Smrtonosna igra* (Kroatien), *Spillet om Mord* (Norwegen)
Deutsche Ausgabe: Goldmann, München, 1978
Komplette Neuübersetzung: Williams & Whiting 2024 ⇨ Band 34 *Die Kette* oder *Ein mörderisches Spiel*
Alte deutsche Übersetzung: Wulf C. Bergner
Neue deutsche Übersetzung (Williams & Whiting): Georg Pagitz
Der Vater von Scotland-Yard-Inspektor Harry Dawson stirbt auf dem Golfplatz. Scheinbar war es ein Unfall, denn Tom wurde von einem Golfball so unglücklich getroffen, dass er seinen Verletzungen erlag. Harry glaubt nicht an die Geschichte und recherchiert auf eigene Faust. Als Peter Newton, der den tödlichen Golfball abschlug, ermordet aufgefunden wird, ist klar, dass auch Tom Dawsons Tod kein Unfall war. Im weiteren Verlauf der Ermittlungen spielen ein Hundehalsband, eine gestohlene Perlenkette, ein Mann im Rollstuhl und ein geheimnisvoller Hintermann, dessen Gesicht niemand kennt, eine entscheidende Rolle ...

36. *The Passenger*
(Die Anhalterin)

Erstausgabe: Hodder & Stoughton, London, 02/1977
Mitarbeit: Douglas Rutherford (=Pseudonym von James McConnell)
Basiert auf: *The Passenger* (TV-Mehrteiler 1971, dt. Synchronfassung: *Die Spur mit dem Lippenstift*) (adaptiert als *La passagère* (Frankreich 1974/75))
Weitere Auswertungen: –
Übersetzungen in andere Sprachen: *Nieznajoma* (Polen), *Passasjeren* (Norwegen), *Passageren* (Dänemark)
Deutsche Ausgabe: Williams & Whiting, Hurstpierpoint, 2023 ⇨ Band 12 *Die Anhalterin*

Deutsche Übersetzung: Georg Pagitz

Der Spielwarenfabrikant David Walker nimmt auf der Fahrt zu seinem Onkel Mr. Parker eine hübsche junge Anhalterin mit. Der Wagen hat eine Panne. Während Walker für neues Benzin sorgt, verschwindet die junge Frau, die Judy Clayton heißt. Sie hinterlässt jedoch eine mit Lippenstift geschriebene Nachricht. Einige Tage später taucht Inspektor Denson bei Walker auf und teilt ihm mit, dass die junge Frau nur wenige Meter von der Stelle, an der er die Panne hatte, ermordet aufgefunden wurde. Zahlreiche Indizien weisen darauf hin, dass Walker die Frau schon länger kannte, obwohl dieser das bestreitet. Im Laufe der Ermittlungen gibt es noch einige Leichen – und die Beweislast gegen Walker erhärtet sich immer mehr.

37. *Tim Frazer Gets the Message*
(Tim Frazer weiß Bescheid / Tim Frazer III: Das Melynf-forrest-Rätsel)

Erstausgabe: Hodder & Stoughton, London, 11/1978
Mitarbeit: Douglas Rutherford (=Pseudonym von James McConnell)
Basiert auf: *The World of Tim Frazer* (Episode 13–18, TV-Mehrteiler 1961)
(adaptiert als *Das Messer* (BRD 1971, allerdings stark überarbeitet))
Weitere Auswertungen: – / Übersetzungen in andere Sprachen: –
Deutsche Ausgabe: Goldmann, München, 1979
Komplette Neuübersetzung: Williams & Whiting 2025 ⇨ Band 43 *Tim Frazer III: Das Melynfforest-Rätsel*
Alte deutsche Übersetzung: Walter Brumm
Neue deutsche Übersetzung (Williams & Whiting): Georg Pagitz

Tim Frazer bekommt einen neuen Auftrag: Er ermittelt im Mord an einer Agentin des britischen Geheimdienstes, die in Hongkong arbeitete. Eigentlich sollte er sie treffen und vom Flughafen abholen, aber wie sich herausstellt, ist die Dame, die sich ihm als Miss Thackery vorstellt, nicht die richtige Agentin. Auch das Tonband, das sie ihm übergibt und das wichtige Informationen enthalten sollte, enthält nur ein walisisches Volkslied. Die Spur führt Frazer nach Wales. In Mellynfforest steigt Frazer in einem Hotel ab, in dem er Oberst Lockwood, einem pensionierten Soldaten kennen lernt. Hat er etwas mit dem Fall zu tun? Eine weitere Spur führt in das Büro des Immobilienmaklers Roger Thornton. Weiß er mehr, als er zugibt? Und welche Rolle spielt die junge Reporterin Rita Colman? Die Ermittlungen führen schließlich auch in die Unterwelt von Cardiff.

38. *Breakaway*
(Wer ist Mr. Hogarth?)

Erstausgabe: Hodder & Stoughton, London, 07/1981
Mitarbeit: Douglas Rutherford (=Pseudonym von James McConnell)
Basiert auf: *Breakway – The Family Affair* (TV-Mehrteiler 1980, dt. Synchronfassung *Auf eigene Faust – Eine Familienangelegenheit* (DVD-Titel:

Wer ist Mr. Hogarth?))
Weitere Auswertungen: –
Übersetzungen in andere Sprachen: *De ontsnapping* (Niederlande), *Il prezzo del tradimento* (Italien), *Zmiana planów* (Polen), *Dobbeltspill* (Norwegen)
Deutsche Ausgabe: Goldmann, München, 1982
Deutsche Übersetzung: Christine Frauendorf-Müssel
Neuübersetzung bei Williams & Whiting geplant
Sam Harvey, Superintendent bei Scotland Yard, quittiert seinen Dienst. Fortan will er nur noch seinem Hobby frönen, denn er hat mit einem Kinderbuch bereits große Erfolge gefeiert. Die Schriftstellerei soll fortan seine einzige Einkunftsquelle sein. Doch dazu kommt es nicht. Ein brutaler Doppelmord trifft ihn persönlich sehr. Seine Eltern wurden auf perfide Art und Weise getötet. Harvey macht sich auf die Sache nach dem Täter und nach dem Motiv. Dabei stellen sich ihm unter anderem folgende Fragen: Warum haben seine Eltern ihren Flug nach Australien in letzter Minute abgesagt? Weshalb fuhren sie in einem Kastenwagen, auf den von einem Hubschrauber aus geschossen wurde? Und wer ist der geheimnisvolle Mr. Hogarth, dessen Name immer wieder auftaucht und dessen Gesicht niemand kennt?

39. *The Doll*
(Die Puppe)

Erstausgabe: Hodder & Stoughton, London, 08/1982
Mitarbeit: Douglas Rutherford (=Pseudonym von James McConnell)
Basiert auf: *The Doll* (TV-Mehrteiler 1975, dt. Synchronfassung: *Die Puppe*) (adaptiert als *Dimenticare Lisa* (Italien 1976))
Weitere Auswertungen: –
Übersetzungen in andere Sprachen: *Het verdwenen portret* (Niederlande), *La bambola sull'acqua* (Italien), *Jaguar i lalka* (Polen), *Dukken* (Norwegisch), *La muñeca* (Spanien)
Deutsche Ausgabe: Goldmann, München, 1983
Deutsche Übersetzung: Christine Frauendorf-Müssel
Der Verleger Peter Matty lernt in Genf die hübsche Phyllis du Salle kennen und verliebt sich Hals über Kopf in die attraktive Frau. Zurück in England, trifft er sie zufällig wieder und verabredet sich mit ihr. Er erfährt, dass ihr Mann Norman vor kurzer Zeit in Südfrankreich tödlich verunglückt ist und dass bei einem kurz vorher stattgefundenen Streit eine Puppe eine Rolle gespielt hat. Matty leiht Phyllis seinen Wagen, damit sie einen Freund ihres verstorbenen Gatten namens Sir Arnold besuchen kann. Doch dann verschwindet Phyllis spurlos. Der Wagen taucht zwar wieder auf, aber niemand kennt die Dame. Sir Arnold leugnet, Phyllis zu kennen. Der verliebte Peter versucht alles, um die Frau seiner Träume wieder aufzustöbern. Eines Abends kommt er nach Hause und findet in der Badewanne eine Puppe. Bald gibt es eine Leiche und Peter Matty muss herausfinden, wer der geheimnisvolle Hintermann namens George Delta ist, den niemand kennt.

188

40. Paul Temple and the Margo Mystery
(Der Hehler / Paul Temple und der Fall Margo)

Erstausgabe: Hodder & Stoughton, London, 02/1986
Mitarbeit: Douglas Rutherford (=Pseudonym von James McConnell)
Basiert auf: *Paul Temple and the Margo Mystery* (Hörspiel 1961)
Weitere Auswertungen: –
Deutsches Hörspiel: *Paul Temple und der Fall Margo* (1962)
Übersetzungen in andere Sprachen: *Het Margo-Mysterie* (Niederlande),
Delitto a Tempo di Rock (Italien), *Paul Temple og Margo-Mysteriet* (Norwegen), *Margo mysteriet* (Dänemark)
Deutsche Ausgabe: Goldmann, München, 1987
Deutsche Übersetzung: Helga August
Die Bekanntschaft eines Amerikaners namens Mike Langdon, die Kriminalschriftsteller Paul Temple auf der Heimreise aus den USA macht, steht am Beginn einer Verkettung geheimnisvoller Umstände, die mit Entführung und Mord enden. Schon am Londoner Flughafen nimmt das Schicksal seinen Lauf: Steve will ihren Ehemann von dort abholen, wird dabei aber von Unbekannten entführt. Noch mysteriöser ist der Umstand, dass die Ganoven die Schriftstellergattin wenig später ohne Bedingungen zu stellen wieder frei lassen. Scotland Yard und Temple selbst vermuten, dass die Entführung als Warnung gedacht war. Doch wofür? Der schriftstellernde Detektiv arbeitet zurzeit an keinem Fall. Erst als sich herausstellt, dass eine große Zeitung fälschlicherweise berichtet hat, Temple stelle Untersuchungen gegen einen geheimnisvollen Mann an, der groß angelegte Juwelendiebstähle organisiert, wird die Sache klar. Temple, der bisher im Fall des »Hehlers« nicht mitgemischt hat, nimmt sich nun der Sache an. Es gibt eine einzige brauchbare Spur und diese besteht aus einem Mantel, der in Steves Wagen gefunden wird. Darin befindet sich nämlich ein Etikett, auf dem der Name »Margo« zu lesen ist ...

41. Paul Temple and the Madison Case
(Paul Temple und der Fall Madison)

Erstausgabe: Hodder & Stoughton, London, 11/1988
Mitarbeit: Douglas Rutherford (=Pseudonym von James McConnell)
Basiert auf: *Paul Temple and the Madison Mystery* (Hörspiel 1949)
Weitere Auswertungen: –
Deutsches Hörspiel: *Paul Temple und der Fall Madison* (1956)
Übersetzungen in andere Sprachen: *De zaak Madison* (Niederlande), *Madison mysteriet* (Dänemark)
Deutsche Ausgabe: Bastei-Lübbe, Bergisch-Gladbach, 1990
Deutsche Übersetzung: Thomas Görden
Auf dem Ozeandampfer aus New York nach Großbritannien lernen die Temples Sam Portland kennen, der ihnen eine interessante Geschichte erzählt: Er ist auf dem Weg nach Europa, um mehr über seine Herkunft zu erfahren. In London will er sich mit einem Privatdetektiv namens Madison

treffen, auch um das Rätsel um den Penny an seiner Uhrkette zu lösen. Doch Mr. Portland erreicht England nicht. Nur kurze Zeit nach dem Gespräch mit den Temples wird er tot aus dem Pool des Schiffs gezogen. Temple nimmt sich des Falles an und begibt sich in einen Sumpf aus Verbrechen. Mark Kendell, ein Einbrecher, wird auf der Flucht vor der Polizei bei einem mysteriösen Unfall getötet und auch Archie Brooks, ein Verbindungsmann Scotland Yards in diesem Fall, wird erstochen. Besonders seltsam ist die Tatsache, dass in London kein Privatdetektiv namens Madison existiert. Auch stellt sich die Frage, welche Rolle der Penny an Sam Portlands Uhrkette spielte. Hat er mit den Machenschaften einer Falschmünzerbande zu tun?

Kurzgeschichten von Francis Durbridge (chronologisch)

1. *Paul Temple's White Christmas*
   (Paul Temples weiße Weihnacht)

Erscheinungsdatum: *Radio Times*, 93 (1212), 20.12.1946, S. 6/19
Deutschsprachige Ausgabe: *Paul Temple – Die verschollenen Fälle*, Pidax, 2018, S. 25–31
Übersetzer der deutschen Ausgabe: Georg Pagitz
Eigentlich will Paul Temple nur geruhsam die Weihnachtsfeiertage in London verbringen, doch eine Bitte Sir Grahams bringt ihn dazu, in die Schweiz zu reisen. Die dortige Kriminalpolizei hat einen Mann festgenommen, der ein Verbrecher namens Howell sein könnte und Paul soll ihn identifizieren. Dabei läuft nicht alles nach Plan.

2. *A Present for Paul*
   (Ein Geschenk für Paul)

Erscheinungsdatum: *Yorkshire Evening Post*, 24.12.1946, S. 4 / *Evening Standard*, 24.12.1946, S. 3
Deutschsprachige Ausgabe: Booklet *Der elegante Dreh*, Pidax, 2017 / *Paul Temple – Die verschollenen Fälle*, Pidax, 2018, S. 32–37
Übersetzer der deutschen Ausgabe: Georg Pagitz
Steve kauft für Paul eine Uhr, die sie ihm zu Weihnachten schenken will und versteckt diese in ihrer Wohnung. Temple erfährt unterdessen von Sir Graham, dass der Trompetenspieler Roysten, der in der Gregory-Affäre verhaftet wurde, aus dem Zuchthaus entkommen ist. Roysten, alias Caesar Antonio, ist ein Spezialist im Bau von Zeitbomben und Sir Graham befürchtet, dass er sich an Paul rächen will. Als Paul später nach Hause kommt, findet er ein seltsames tickendes Paket.

3. *Paul Temple and the Elusive Mr Wade*
   (Paul Temple und der flüchtige Mr. Wade)

Erscheinungsdatum: *Evening Standard*, 10.01.1947, S. 8

Deutschsprachige Ausgabe: *Paul Temple – Die verschollenen Fälle,* Pidax, 2018, S. 38–43
Übersetzer der deutschen Ausgabe: Georg Pagitz
Der Verbrecher Richard Edward Wade befindet sich auf der Flucht, nachdem ihm der Ausbruch aus dem Ridgeworth-Gefängnis gelang. Paul Temple wird zufällig in den Fall verwickelt. Eigentlich wollte er nur auf der Polizeiwache ein Geschenk für Inspektor Merritt abgeben. Doch auf der Rückfahrt macht er eine seltsame Bekanntschaft.

4. *Paul Temple and the Elstree Affair*
   (Paul Temple und die Affäre Elstree)
Erscheinungsdatum: *Evening Standard,* 17.01.1947, S. 8
Deutschsprachige Ausgabe: *Paul Temple – Die verschollenen Fälle,* Pidax, 2018, S. 44–49
Übersetzer der deutschen Ausgabe: Georg Pagitz
Die Schauspielerin Sylvia Lincoln stirbt an einer Arsenvergiftung. Temple begibt sich darauf in die Elstree-Studios und spricht mit dem Produktionschef Carl Sherman. Dieser berichtet, dass man die attraktive Darstellerin unter Vertrag nehmen wollte, diese es sich aber anscheinend anders überlegt hatte.
1971 schrieb Durbridge diese Kurzgeschichte leicht um (siehe 4a).

4a. *Coffee Break*
   (Tödliche Kaffeepause)
Erscheinungsdatum: *Showguide No. 6,* Keith Prowse Ltd., 12/1971
Deutschsprachige Ausgabe: DVD Booklet *Die Kette,* 01/2017 / *Paul Temple – Die verschollenen Fälle,* Pidax, 2018, S. 130–134
Übersetzer der deutschen Ausgabe: Georg Pagitz
Superintendent Hamer von Scotland Yard ermittelt im Mordfall der Schauspielerin Sylvia Lincoln, die an einer Überdosis Arsen starb. Er verhört den Produktionschef der Harrison Filmgesellschaft, der einiges zu wissen und noch mehr zu verschweigen scheint. Hat Carl Zeppo Sherman etwas mit der Tat zu tun?
Leicht gekürzte Variante von Nr. 4 ohne Paul Temple und Sir Graham.

5. *Paul Temple and »The Colonel«*
   (Paul Temple und »Der Oberst«)
Erscheinungsdatum: *Evening Standard,* 24.01.1947, S. 8
Deutschsprachige Ausgabe: *Paul Temple – Die verschollenen Fälle,* Pidax, 2018, S. 50–54
Übersetzer der deutschen Ausgabe: Georg Pagitz
Joseph Dalbriax wird nur »Der Oberst« genannt. Der Ganove ist ein erstklassiger Schwindler, ein gelenkiger Fassadenkletterer und ein Meister der Verwandlung. Er soll auch für den Diebstahl der wertvollen Baxter-

Smaragde verantwortlich sein. Als Paul Temple wenig später die Bekannt-
schaft eines gewissen Charles Hemingway macht, wird er an Dalbriax'
»Kunst« erinnert.

6. Paul Temple and the Granville Sisters
(Paul Temple und die Granville-Schwestern)

Erscheinungsdatum: *Evening Standard,* 31.01.1947, S. 8
Deutschsprachige Ausgabe: *Paul Temple – Die verschollenen Fälle,* Pidax,
2018, S. 55–59
Übersetzer der deutschen Ausgabe: Georg Pagitz
Am Rande eines Feldes findet Paul Temple gemeinsam mit Wachtmeister
Rodgers die Leiche einer jungen Frau namens Granville. Sie wurde er-
würgt. Temple wird von Inspektor Merritt gebeten, sich mit ihrer Schwester
Ursula zu unterhalten, da diese mehr zu wissen scheint, als sie zugibt.

7. Paul Temple and the Crawford Case
(Paul Temple und der Fall Crawford)

Erscheinungsdatum: *Evening Standard,* 07.02.1947, S. 8
Deutschsprachige Ausgabe: *Paul Temple – Die verschollenen Fälle,* Pidax,
2018, S. 60–64
Übersetzer der deutschen Ausgabe: Georg Pagitz
Landarbeiter Ted Morgan kam bei einem Traktorunfall ums Leben. Ser-
geant Ross glaubt allerdings nicht daran, dass es tatsächlich ein Unglück
war. Er begibt sich auf Temples Landsitz und bittet den Hobbyermittler um
Mithilfe. Einziger Zeuge im Fall ist der Farmer Fred Crawford, der ein
eigenwilliger Kauz ist.

8. Paul Temple Meets an Old Friend
(Paul Temple trifft einen alten Freund)

Erscheinungsdatum: *Evening Standard,* 14.02.1947, S. 8
Deutschsprachige Ausgabe: *Paul Temple – Die verschollenen Fälle,* Pidax,
2018, S. 65–68
Übersetzer der deutschen Ausgabe: Georg Pagitz
Paul Temple hält sich gemeinsam mit einem anderen Kunden in einem
Juwelierladen auf, um Steve einen Wunsch zu erfüllen. Er lässt dem ande-
ren Mann den Vortritt. Der Verkäufer zeigt einen wertvollen Ring, der
plötzlich verschwunden ist. Wie konnte es dazu kommen? Ein herbeigerufe-
ner Polizist kann den Fall nicht klären. Temple übernimmt.

9. Paul Temple and the Eccentric Millionaires
(Paul Temple und die exzentrische Millionärin)

Erscheinungsdatum: *Evening Standard,* 21.02.1947, S. 6
Deutschsprachige Ausgabe: *Paul Temple – Die verschollenen Fälle,* Pidax,
2018, S. 69–72

Übersetzer der deutschen Ausgabe: Georg Pagitz
Paul Temple ermittelt im Fall der ermordeten Millionärin Clarence Whar-
ton. Die exzentrische Dame schied so spektakulär aus dem Leben, wie ihr
Lebensstil war: Sie wurde auf ihrem Kaminvorleger erstochen, mit einem
Buch von Edgar Allan Poe in der Hand. Tatwerkzeug ist ein Klappmesser,
das blutverschmiert in einer Ecke gefunden wurde.

10. Paul Temple and the Girl in Gray
(Paul Temple und das Mädchen in Grau)
Erscheinungsdatum: *Evening Standard*, 28.02.1947, S. 6–7
Deutschsprachige Ausgabe: *Paul Temple – Die verschollenen Fälle*, Pidax,
2018, S. 73–76
Übersetzer der deutschen Ausgabe: Georg Pagitz
Gerade als Paul Temple Sir Grahams Büro verlässt, läuft er Inspektor
Vosper in die Arme. Dieser ist sehr besorgt um Temple, da eine Frau na-
mens Sue Dearman, die Braut des Geldfälschers Ted Waring, an Temple
Rache nehmen will. Temple nimmt die Sache auf die leichte Schulter, doch
dann bemerkt er, dass er tatsächlich von einer in Grau gekleideten Frau
verfolgt wird.

11. Paul Temple and the Garage Mystery
(Paul Temple und das Geheimnis der Garage)
Erscheinungsdatum: *Evening Standard*, 07.03.1947, S. 6
Deutschsprachige Ausgabe: *Paul Temple – Die verschollenen Fälle*, Pidax,
2018, S. 77–79
Übersetzer der deutschen Ausgabe: Georg Pagitz
Temple begibt sich zu einer Garage in den Exeter-Mews, als er von Dr.
Arlington-Smythe angesprochen wird. Der sehr aufgeregte Mann, bittet
Temple ihn zu begleiten, da er eben seine Ehefrau tot in der Garage aufge-
funden hat. War es ein Unfall und starb sie durch die Auspuffgase? Paul
Temple kommen einige Zweifel ob dieser Theorie.

12. Paul Temple and the Blond Cashier
(Paul Temple und die blonde Kassiererin)
Erscheinungsdatum: *Evening Standard*, 14.03.1947, S. 6
Deutschsprachige Ausgabe: *Paul Temple – Die verschollenen Fälle*, Pidax,
2018, S. 80–82
Übersetzer der deutschen Ausgabe: Georg Pagitz
Als Paul Temple und Steve ein Kino verlassen, treffen sie auf Inspektor
Vosper. Der Scotland-Yard-Beamte ist allerdings nicht privat im Filmpa-
last, sondern beruflich. Während die Temples genüsslich einen Hedy-
Lamarr-Film auf der Leinwand verfolgten, hat ein unbekannter Räuber den
Ticketschalter um 700 Pfund erleichtert. Temple schaltet sich ein.

13. Paul Temple and the Car Robberies
(Paul Temple und die Autodiebstähle)

Erscheinungsdatum: *Evening Standard,* 21.03.1947, S. 8

Deutschsprachige Ausgabe: *Paul Temple – Die verschollenen Fälle,* Pidax, 2018, S. 83–86

Übersetzer der deutschen Ausgabe: Georg Pagitz

Inspektor Vosper sucht Paul Temple im Landsitz Bramley Lodge auf. Er ermittelt in einem Fall von Autodiebstählen, in dem er nicht weiterkommt. Eine wichtige Spur scheint in das Dorf Morpham zu führen. Ein junger Beamter namens Ronson wurde undercover dorthin geschickt. Doch seit zwei Wochen fehlt von ihm jede Spur. Temple begibt sich auf die Suche.

14. Paul Temple and the Dark Stranger
(Paul Temple und der dunkelhäutige Fremde)

Erscheinungsdatum: *Evening Standard,* 28.03.1947, S. 8

Deutschsprachige Ausgabe: *Paul Temple – Die verschollenen Fälle,* Pidax, 2018, S. 87–89

Übersetzer der deutschen Ausgabe: Georg Pagitz

Paul und Steve befinden sich auf der Heimfahrt, als sie im Dunkeln einen Mann am Straßenrand helfen. Dieser stellt sich als Professor Ersdale von der Columbia-Universität vor. Er braucht Hilfe, denn sein Fahrer hat einen Anfall gehabt. Temple nimmt den Literaturprofessor mit, doch irgendetwas scheint mit ihm nicht zu stimmen.

15. Light-Fingers
(Paul Temple und der Langfinger)

Erscheinungsdatum: *Daily Mail Annual for Boys and Girls,* Associated Newspapers, 1950, S. 25–32

Deutschsprachige Ausgabe: DVD-Booklet *Paul Temple – Wer ist Rex,* Pidax, Riegelsberg, 12/2015; *Paul Temple – Die verschollenen Fälle,* Pidax, 2018, S. 90–99

Übersetzer der deutschen Ausgabe: Georg Pagitz

Paul Temple und seine Frau Steve sind gerade auf dem Wege zur Silvesterparty Sir Stephens in Nicholas Hall. Da werden sie auf einer einsamen Straße von einer schwarzen Limousine überholt, die ihren Wagen beim Überholvorgang beschädigt. Wenig später erfährt Temple von Chefinspektor Brooks, dass der berüchtigte Gangster ›Langfinger‹ Layman einen neuen Coup gelandet hat und sich auf der Flucht befindet.

16. A Present from Paul Temple
(Ein Geschenk von Paul Temple)

Erscheinungsdatum: *Daily Mail Annual for Boys and Girls,* Associated Newspapers, 1951, S. 86–97

Deutschsprachige Ausgabe: DVD-Booklet *Paul Temple und der Fall Mar-*

quis, Pidax, Riegelsberg, 10/2015; *Paul Temple – Die verschollenen Fälle,* Pidax, 2018, S. 100–115
Übersetzer der deutschen Ausgabe: Georg Pagitz
Paul Temple sitzt gerade in der Badewanne, als Dr. Raymond, der Direktor eines bekannten Eliteinternats, verzweifelt anruft. Eine Stunde später befindet sich der erfolgreiche Schriftsteller auch schon auf dem Weg zu ihm. Dr. Raymond teilt mit, dass der Schüler Brian Walters spurlos verschwunden ist. Er hat sich nachts aus dem Schlafsaal abgeseilt. Die Spur führt zu einem Kliff.

17. The Ventrilloquist's Doll
(Paul Temple und die Puppe des Bauchredners)

Erscheinungsdatum: *Daily Mail Annual for Boys and Girls,* Associated Newspapers, 1952, S. 109–116
Deutschsprachige Ausgabe: DVD-Booklet *Paul Temple und der Fall »Z«,* Pidax, 09/2015; *Paul Temple – Die verschollenen Fälle,* Pidax, 2018, S. 116–123
Übersetzer der deutschen Ausgabe: Georg Pagitz
Marmeduke Bailey, die bekannte Puppe des Bauchredners Ivor Mount, ist spurlos verschwunden. Der Künstler wendet sich verzweifelt an Paul Temple und berichtet, dass er das mit 10.000 Pfund versicherte Stück zuletzt in einem Zugabteil bei sich hatte. Als er dieses kurz verließ und wiederkam, war die Kiste mit der Puppe verschwunden. Temple nimmt sich dieses kuriosen Falls an und erhält bald einen mysteriösen Anruf: von Marmeduke Bailey, der Puppe des Bauchredners.

18. Paul Temple and the Nightingale
(Paul Temple und die Nachtigall)

Erscheinungsdatum: *Late Extra: A Miscellany by Evening News Writers, Artists & Photographers,* Associated Newspapers, 1952, S. 98–100
Deutschsprachige Ausgabe: DVD-Booklet *Paul Temple – Der grüne Finger,* Pidax, Riegelsberg, 11/2015; *Paul Temple – Die verschollenen Fälle,* Pidax, 2018, S. 124–129
Übersetzer der deutschen Ausgabe: Georg Pagitz
Wer ist die mysteriöse Nachtigall? Sir Graham erzählt Paul Temple von dem gefährlichen Einbrecher, der in den letzten zwölf Tagen zehn Wohnungen ausgeraubt hat. Dabei hat der Unbekannte reiche Beute gemacht: Schmuck im Wert von 90.000 Pfund! Wichtigste Spur ist ein zurückgelassener Handschuh. Außerdem beliebte der Gauner am Tatort stets Pfeife zu rauchen.

Sehen wir uns nun abschließend an, wie man die Romane einteilen könnte. Wie wir sehen werden, ist dies selbst innerhalb der Paul-Temple-Serie nicht einfach, da es einige Bücher gibt, die auf Temple-Abenteuern beruhen, in denen die Protagonisten jedoch durch andere Figuren ersetzt wurden.

In den folgenden Übersichten werden nur die deutschen Titel genannt, wobei bei Doppeltiteln immer zuerst jener der alten Übersetzung genannt wird, danach jener der neuen.

Die Paul-Temple-Romane (13 bzw. 17 bzw. 19)

Phase 1:
Basierend auf den ersten fünf Hörspielen, Buch 5 endet mit der Schwangerschaft Steves

#gesamt	#Temple	Jahr	deutscher Titel
1	1	1938	Paul Temple und der Fall Max Lorraine
2	2	1939	Paul Temple und die Schlagzeilenmänner
3	3	1940	Paul Temple und der Fall Z
4	4	1944	Paul Temple und die Marquis-Morde
5	5	1945	Paul Temple jagt »Rex«

Phase 2:
Basierend auf Hörspielen, aber ohne die Temples als Protagonisten

(7)	(1)	1951	Vorsicht vor Johnny Washington
(7a)	(1)	196?	Von Mann zu Mann
(8)		1951	Mister Rossiter empfiehlt sich
(8a)		1962	Schöne Grüße von Mister Brix

Phase 3:
Ein selbstständiger Roman, der auf keinem Hörspiel beruht und ein Roman, der auf einem Hörspiel beruht, allerdings einmalig in der Ich-Form erzählt

12	6	1957	Vier mussten sterben / Paul Temple und der Fall Tyler
14	7	1959	Die Brille / Paul Temple – Östlich von Algier

Phase 4:
Zwei Romane, die auf einem Hörspiel beruhen, aber ohne die Temples als Protagonisten

(24)		1965	Die Schuhe / Die Schuhe einer anderen Frau
(26)		1967	Der Siegelring / Tot für die Welt

Phase 5:
Vier Romane, die im Fahrwasser der TV-Serie *Paul Temple* erschienen und entsprechende moderne Anpassungen an die 1970er-Jahre hatten. Zwei Romane basieren auf unverfilmten Drehbüchern für die Serie, zwei weitere auf Hörspielen

29	8	1970	Paul Temple – Banküberfall in Harkdale
30	9	1970	Paul Temple – Der Fall Kelby
32	10	1971	Zu jung zum Sterben / Paul Temple und das Genfer Rätsel
33	11	1972	Keiner kennt Curzon / Paul Temple und der Curzon-Fall

Phase 6:
Zwei Romane, die auf älteren Hörspielen beruhen

| 40 | 12 | 1986 | Der Hehler / Paul Temple und der Fall Margo |
| 41 | 13 | 1988 | Paul Temple und der Fall Madison |

Zählt man Phase 2 und Phase 4 nicht, dann gibt es dreizehn Temple-Romane. Rechnet man sie hinzu, dann gibt es je nach Zählweise noch vier bzw. sechs weitere, da es von diesen Romanen wiederum alternative Fassungen gab.

Eindeutiger ist die Situation bei den Tim-Frazer-Romanen, von denen es nur drei gibt.

Die Tim-Frazer-Romane (3)

#g.	#Fr.	Jahr	deutscher Titel
20	1	1962	Tim Frazer /
			Tim Frazer I: Der Fall Denston
23	2	1964	Tim Frazer und der Fall Salinger /
			Tim Frazer II: Die Salinger-Affäre
37	3	1978	Tim Frazer weiß Bescheid /
			Tim Frazer III: Das Melynfforest-Rätsel

Die ersten beiden Tim-Frazer-Romane sind in der Ich-Form erzählt, während der dritte einen allwissenden Erzähler aufweist.

Romane, die auf Fernsehmehrteilern beruhen (17)

#	Jahr	deutscher Titel
13	1958	Der Andere
16	1959	Es ist so weit
19	1960	Das Halstuch
20	1962	Tim Frazer / Tim Frazers Welt der Morde I
21	1962	Das Kennwort / Porträt von Alison
22	1963	Charlie war mein Freund / Mein Freund Charles
23	1964	Tim Frazer und der Fall Salinger / Tim Frazers Welt der Morde II
25	1966	Der Schlüssel / Die Skrupellosen *oder* Die Schlüssel

26	1967	Der Siegelring / Tot für die Welt
27	1967	Melissa / Meine Frau Melissa
31	1970	Ein Mann namens Harry Brent
34	1972	Wie ein Blitz
35	1975	Die Kette / Die Kette *oder* Ein mörderisches Spiel
36	1977	Die Anhalterin
37	1978	Tim Frazer weiß Bescheid / Tim Frazers Welt der Morde III
38	1981	Wer ist Mr. Hogarth?
39	1982	Die Puppe

Romane, die als Fortsetzungsromane für Zeitschriften verfasst wurden (6 bzw. 8)

#	Jahr	deutscher Titel
9	1952	Die Nylonmorde
10	1954	Die gelbe Windmühle
11	1955	Der Mann, der das Quiz gewann
11a	1962	Mitten ins Herz (überarbeitete Fassung mit anderem Täter)
15	1959	Das Gesicht der Carol West
15a	1963	Sie wussten zu viel
17	1960	Stichtag für Harry
18	1960	Die Dame in der Villa

Romane, die auf unverfilmten Drehbüchern basieren (3)

#	Jahr	deutscher Titel
28	1969	Im Schatten von Soho
29	1970	Paul Temple – Banküberfall in Harkdale
30	1970	Paul Temple – Der Fall Kelby

Romane, die auf keiner anderen Vorlage basieren (1)

#	Jahr	deutscher Titel
6	1950	Die Frau im Hintergrund

Wie in dieser Übersicht erkennbar ist, gibt es von den 41 Romanen nur einen einzigen, der nicht auf irgendeiner Vorlage oder einem TV- oder Radiomanuskript von Francis Durbridge beruht: *Die Frau im Hintergrund.* Interessanterweise ist diese Geschichte auch die Einzige, die im Erzählstil und in der Dramaturgie von allen anderen Romanen abweicht, da es eine Abenteuer- und Spionagegeschichte ist und der einzige Nicht-Whodunit von Francis Durbridge.

Die Durbridge-Edition
– Williams & Whiting –

Bei Williams & Whiting sind bisher neununddreißig Bände von Francis Durbridge erschienen. Sämtliche Bücher enthalten eine umfassende Einleitung und ein Nachwort mit vielen Hintergrundinformationen zu Francis Durbridge, den jeweiligen Geschichten und den Produktionsumständen der Verfilmungen bzw. Vertonungen.

Band **1**   FRANCIS DURBRIDGE
Stichtag für Harry
Paul Temple und der vorausgesagte Mord
Kriminalroman
Vorwort, Nachwort und Übersetzung: Dr. Georg Pagitz

Ein junger Mann namens Peter Gibson sucht Superintendent Max Christian in Scotland Yard auf. Er berichtet, dass er in einem Café in Hampstead arbeitet und ungewollt bei der Arbeit zwei Frauen belauscht hat. Diese sagten, dass ein gewisser Harry Sherwood den Sechzehnten des kommenden Monats nicht überleben würde. Christian geht der Sache nach, muss aber feststellen, dass nichts von dem, was Gibson erzählt hatte, stimmt. Es gibt weder das Café noch einen Mann dieses Namens. Am Sechzehnten des darauffolgenden Monats wird jedoch in einem Wohnwagen eine Leiche gefunden. Der Täter hat sein Opfer erstochen. Als Superintendent Christian den Toten sieht, glaubt er seinen Augen nicht: Es handelt sich dabei um den angeblichen Peter Gibson, der in Wirklichkeit Harry Sherwood hieß ...

Durbridge schrieb diese Geschichte als Fortsetzungsroman im Jahr 1960. Sie blieb jedoch unveröffentlicht und erscheint nun erstmals posthum.

Der Autor versuchte die Story auch als Filmtreatment deutschen Produzenten anzubieten und schrieb sie später zur Episode für eine *Paul-Temple*-TV-Folge um. Dieses Szenarium ist in dem Buch als *Paul Temple und der vorausgesagte Mord* enthalten, den Abschluss bildet eine Abhandlung über Durbridge und die Temple-TV-Serie.

Band **2**   FRANCIS DURBRIDGE
Schritt ins Dunkel
Drehbuch für einen deutschen Spielfilm
Vorwort, Nachwort und Übersetzung: Dr. Georg Pagitz

In Soho geht ein gefährlicher Mörder um, der Barmädchen mit einem Messer tötet. Scotland Yard steht vor einem Rätsel. Zur gleichen Zeit befindet sich der wohlhabende Immobilienmakler Mike Hilton in einer existentiellen Krise: Nach dem Tod seiner Tochter und schwierigen Phasen in seiner Ehe verlässt ihn seine Ehefrau Ruth. Nach einer Reifenpanne nahe einem berüchtigten Pub in Soho lernt er die attraktive Selby Brooks kennen und verliebt sich in sie. Als er die junge Dame wenig später auf einem Hausboot besuchen will, findet er ihre Leiche. Mike Hilton gerät unter Mordverdacht. Zur Tatzeit half er einem kleinen Jungen dabei, dessen Papierdrachen aus einem Baum zu befreien. Doch dieses Alibi ist nichts wert, denn der Junge scheint spurlos verschwunden zu sein und gar nicht zu existieren. Gleichzeitig erfährt Mike von Scotland Yard, dass nichts von dem, was Selby ihm erzählt hatte, stimmte. Kann er sich aus dem Teufelskreis, in dem er sich befindet, befreien und den wahren Täter finden?

Die Hintergrundgeschichte zu diesem verschollenen Drehbuch ist ebenso span-

199

nend wie die Kriminalgeschichte selbst. Francis Durbridge verfasste das Skript 1961 und verkaufte es 1962 an einen deutschen Filmproduzenten. Letztlich wurde daraus der Spielfilm *Piccadilly null Uhr zwölf,* der bis auf vier Namen nichts mehr mit der Originalstory zu tun hatte. Im Vor- und Nachwort werden die Hintergründe analysiert und dank erst kürzlich aufgefundener Originalkorrespondenz von Francis Durbridge auch die Umstände und Gründe der Änderungen rekonstruiert.

Band 3   FRANCIS DURBRIDGE

Paul Temple muss her!
Ein Kriminalstück

Vorwort, Nachwort und Übersetzung: Dr. Georg Pagitz

Scotland Yard steht vor einem Rätsel. Eine gefährliche Verbrecherbande verunsichert London durch Kindesentführungen, Lösegelderpressungen und andererseits durch spektakuläre Juwelenraube. Die Ganoven operieren unter dem Namen »Die Schlagzeilenmänner«. Dies ist gleichzeitig der Titel des Romans einer unbekannten Autorin, deren Identität niemand kennt. Nachdem Sir Graham und seine Ermittler nicht weiterkommen, fordern die Zeitungen nach Unterstützung und titeln: »Paul Temple muss her!« Der erfolgreiche Kriminalschriftsteller und Privatermittler schaltet sich daraufhin ein und weiß bald, dass der große Hintermann ein Superverbrecher namens Max Lorraine ist. Aber wer der Verdächtigen versteckt sich hinter diesem Namen? Wer ist der gefährliche Schlagzeilenmann Nummer 1?

Dieses im Jahr 1943 in Birmingham uraufgeführte Theaterstück wurde seither nie mehr gespielt. Der Autor zeigt darin sein ganzes Können und liefert Drehungen, Wendungen und Cliffhanger im Minutentakt. Vier Personen sterben auf der Bühne, ebenso viele Leichen gibt es aus Erzählungen. Die *Birmingham Post* schrieb damals zur Uraufführung: »Leichen fallen aus Aufzügen, Schreie hallen durch die Nacht, aus einem unverdächtig aussehenden Grammophon kommen Schüsse und Blausäure findet ihren Weg in harmlose Whiskyfläschchen. Eigentlich haben wir A oder B als Täter verdächtigt, aber dann war es plötzlich X.« Bei dem Stück handelt es sich um eine geschickte Mischung aus Paul Temples ersten beiden Hörspielabenteuern.

Band 4   FRANCIS DURBRIDGE

Schöne Grüße von Mister Brix
Kriminalroman

Vorwort und Nachwort: Dr. Georg Pagitz

Geheimnisvolle und höchst mysteriöse Umstände haben den Ex-Inspektor Richard Grant und seine Frau Margret dazu veranlasst, vorübergehend wieder in den Dienst von Scotland Yard zu treten. In einem Fischerdorf namens Shorecombe war zuvor die Leiche einer gewissen Barbara Willis, Tochter eines feinen Londoner Hauses, aus dem Meer gezogen worden. Kurz darauf bekam ihr Verlobter Robert Brown eine Diamantenbrosche zugeschickt. Darauf stand: »Schöne Grüße von Mister Brix«. Wenig später finden die Grants in ihrer Garage eine weitere Leiche. Peggy Gillow, die in dem Fall undercover ermittelte, wurde erdrosselt. Auch ihr Vater bekam eine mysteriöse Karte von Mister Brix mit der gleichen sarkastischen Botschaft. Steckt hinter diesem Pseudonym jener gefährliche Ariman, dessen Fall Grant einst bearbeitete? Und wenn ja, wer von den zahllosen Verdächtigen ist dieser Verbrecher?

Durbridge schrieb diesen Kriminalroman 1962 für den deutschen Markt. Er basiert auf dem legendären Hörspiel *Paul Temple und die Affäre Gregory* und erzählt dieses sehr werkgetreu nach, allerdings wurden die Charaktere umbenannt. Wer schon immer wissen wollte, worum es in diesem Fall geht und ihn in voller Länge erleben wollte, kann dies nun endlich tun.

Band 5   FRANCIS DURBRIDGE

Die gelbe Windmühle
Kriminalroman
Vorwort und Nachwort: Dr. Georg Pagitz

Susan Kelford, die vierjährige Tochter des reichen Sir Cedric Kelford, dem Präsidenten der Londoner Central Bank, wird entführt. Das Mädchen war gerade in einem
Londoner Park, als eine kleine gelbe Spielzeugwindmühle ihre Aufmerksamkeit
erregte und sie in die Hand ihres Entführers lockte. Dieser zerrte das Kind in seinen
Wagen und suchte daraufhin rasch mit seinem Komplizen das Weite. Man fordert
10.000 Pfund Lösegeld von dem Multimillionär Kelford. Inspektor Houston von
Scotland Yard macht drei Tage später eine grausige Entdeckung: Sein Sohn Dennis,
der in Sir Cedrics Bank arbeitet, sitzt erschossen vor dem Fernsehgerät. In den Bildschirm ist eine gelbe Windmühle eingeritzt ...

    Die gelbe Windmühle erschien 1954 als Fortsetzungsroman in England. Im Jahr
1965 verfasste Francis Durbridge eine eigene Fassung für den deutschen Markt, die
hier erstmals als Buch vorliegt.

Band 6   FRANCIS DURBRIDGE

Mitten ins Herz
Der Mann, der das Quiz gewann
Paul Temple und die flüchtige Miss Helvin
Kriminalromane
Vorwort und Nachwort: Dr. Georg Pagitz

Gary Mason, der berühmteste und beliebteste Schauspieler Englands, wird auf dem
Gelände eines Londoner Filmstudios erschossen. Wer ist der Täter? Und hatte er
tatsächlich Mason als Ziel auserkoren oder war dieser Mord ein Versehen und er galt
eigentlich der überaus attraktiven schwedischen Nachwuchsschauspielerin Karin
Lund? Diese legt ein seltsames Verhalten an den Tag, vor allem als sie zwei Tage
später dem Journalisten Michael Collins begegnet, der Augenzeuge der Tat wurde
und sich danach um die junge Frau gekümmert hatte. Diesmal ignoriert Karin den
Reporter und ist in Begleitung eines mysteriösen Fremden. Als Journalist Collins in
der darauffolgenden Nacht von einem weiteren Mord berichten soll, ist er schockiert,
als er in der Leiche Karin Lund wieder erkennt. Sie wurde erstochen ...

    Mitten ins Herz wurde 1955 als *The Man Who Beat the Panel* in Großbritannien
als Fortsetzungsroman veröffentlicht. Durbridge überarbeitete diese Fassung für den
deutschen Markt im Jahr 1962, erweiterte und verbesserte sie um viele Handlungsstränge und machte aus einem Nicht-whodunit einen Whodunit. Später entwickelte er
daraus auch ein Skript für die *Paul-Temple*-Fernsehserie namens *The Elusive Miss
Helvin*, das aber nie Verwendung fand. In dieser Ausgabe sind neben der deutschen
Romanfassung auch erstmals die Übersetzungen der britischen Fortsetzungsgeschichte und des Szenariums enthalten. Titel: *Der Mann, der das Quiz gewann* und *Paul
Temple und die vorsichtige Miss Helvin*, beide übersetzt von Dr. Georg Pagitz.

Band 7   FRANCIS DURBRIDGE

Sie wussten zu viel & Das Gesicht der Carol West
Kriminalromane
Vorwort und Nachwort: Dr. Georg Pagitz

Victor Merton, der Geschäftsführer der Absteige *High Dive* in Belhampton, zieht
beim morgendlichen Schwimmsport die Leiche eines jungen Mädchens aus dem

Hotelpool. Julia Nagy, eine aus Ungarn stammende Angestellte und Mister Cooper, ein Privatgelehrter, werden Augenzeugen des Vorgangs. Ein Notizbuch der Toten führt zu einer gewissen Carol West. Außerdem findet sich darin die Telefonnummer von Scotland-Yard-Superintendent Christian Stiller, der die Tote allerdings nicht kannte. Stiller übernimmt die Ermittlungen. Immer wieder wird er in deren Verlauf von einem Anrufer mit sanfter Stimme gewarnt. Wenig später wird auf den Superintendent ein Überfall verübt, kurz darauf ein Anschlag in Scotland Yard. Alle Spuren führen erneut in die zwielichtige Absteige *High Dive* ...

Francis Durbridge hatte diesen Roman 1959 als Fortsetzungsroman für die Zeitschrift *News of the World* geschrieben. 1963 überarbeitete er diesen für den deutschen Markt unter dem Titel *Sie wussten zu viel*, führte viele neue Handlungsstränge und Figuren ein und baute die Geschichte erheblich aus. Diese Ausgabe enthält erstmals beide Fassungen, die deutsche erweiterte Version und die davon erheblich abweichende Originalfassung, die von Dr. Georg Pagitz erstmals unter dem Titel *Das Gesicht der Carol West* ins Deutsche übertragen wurde. In einem Vor- und Nachwort des Übersetzers wird auf die Hintergründe eingegangen sowie auf Durbridges meisterliche Fähigkeiten, alte Stoffe wiederzuverwerten.

Band **8**   FRANCIS DURBRIDGE

Paul Temple und der Fall Valentine
Skript für ein achtteiliges Hörspiel

Vorwort, Nachwort, Übersetzung: Dr. Georg Pagitz

London, 1946: Seit einigen Wochen wird das Westend von einer geheimnisvollen Selbstmordserie junger Frauen erschüttert. Scotland Yard ist ratlos und kann nur herausfinden, dass es wohl um Drogen und einen geheimnisvollen Hintermann namens »Valentine« geht. Für Sir Graham Forbes ist eines klar: Das ist ein Fall für Paul Temple! Der bekannte Detektiv und Schriftsteller ist zunächst jedoch gar nicht daran interessiert. Erst als eine junge Frau spurlos aus seinem Wagen verschwindet, lässt er sich doch überreden. Dann geht alles blitzschnell: Auf die Temples wird im eigenen Schlafzimmer ein Mordanschlag verübt, eine geheimnisvolle Botschaft führt Paul und Steve zu einem mysteriösen Kapitän in eine Kneipe am Fluss und schließlich findet sich eine deutliche Warnung von Valentine bei einer Leiche in einer Zahnarztpraxis. Es gibt zahllose Verdächtige und undurchsichtige Gestalten und der gefährliche Unbekannte schlägt immer wieder zu.

Dieses Buch beinhaltet das vom englischen Originalmanuskript übersetzte Temple-Abenteuer, das 2021/22 Grundlage für die neue Pidax-Hörspielproduktion Paul Temple und der Fall Valentine war. In einem Vor- und Nachwort des Übersetzers werden interessante Hintergrundinfos geliefert. Außerdem wird auf die unterschiedlichen Versionen, die im Laufe der Jahre von diesem Stoff entstanden sind, eingegangen.

Band **9**   FRANCIS DURBRIDGE

Zwei Fälle für Paul Temple: McRoy/Westfield
Zwei einteilige Hörspiele

Vorwort, Nachwort, Übersetzung: Dr. Georg Pagitz

Der Fall McRoy: Paul Temple und Steve sind in Italien und befinden sich gerade auf der Weiterreise in die Schweiz, als sie auf dem Mailänder Bahnhof zufällig den Ex-Ermittler Harry McRoy treffen. Gemeinsam tritt man die Weiterfahrt an. Im Zug erzählt Harry von einem rätselhaften Auftrag und bittet Paul, einen Koffer mit geheimnisvollem Inhalt an Sir Graham Forbes zu überbringen, wenn ihm etwas zustoßen sollte. Ehe man Basel erreicht, überschlagen sich die Ereignisse und es gibt Tote.

<u>Der Fall Westfield</u>: Vor Jahren wurde aus dem Hause des Herzogs von Westfield Schmuck im Wert einer Dreiviertelmillion Pfund gestohlen. Es gab keine Spuren und Scotland Yard legte den Fall damals auf Eis. Paul Temple interessiert sich für die Sache, zumal es bald auch eine neue Spur zu geben scheint, als man in einem Londoner Hotel eine Leiche findet. Bei den Sachen des Toten werden ein Fahrschein für eine Fähre und ein Rezept eines gewissen Dr. Schumann gefunden. Temple geht der Sache nach ...

Dieses Buch enthält die beiden Originalmanuskripte zu den 2021/22 neu produzierten Temple-Hörspielen von Pidax und HNYWOOD. In einem umfangreichen Vorwort werden die Hintergründe beleuchtet, zudem enthält dieser Band vollständige Stab- und Besetzungslisten sämtlicher Adaptionen und einige exemplarische Beispiele, wie im Fall McRoy dramaturgische Anpassungen vorgenommen wurden.

Band **10**   FRANCIS DURBRIDGE
Paul Temple und der Fall Dr. Belasco
Skript für ein achtteiliges Hörspiel
Vorwort, Nachwort, Übersetzung: Dr. Georg Pagitz

Als Paul und Steve nach einem Tanzabend anlässlich Steves Geburtstag nach Hause kommen, werden sie schon von Sir Graham erwartet. Dieser hat Philip Kaufman von der Kopenhagener Polizei mitgebracht. Sie erklären, dass der berüchtigte Dr. Belasco seine Aktivitäten vom Kontinent nach England verlegt hat. Niemand kennt das Gesicht dieses gefährlichen Mannes, der das Verbrechen organisiert und für Schutzgelderpressungen aber auch Mord verantwortlich ist. Sir Graham und Kaufman bitten Temple um Hilfe. Bald schon soll der Kanadier Ross Morgan in England ankommen. Er ist ein Handlanger Dr. Belascos. Temple soll ihn im Auge behalten, doch dann gibt es einen unerwarteten Zwischenfall: Bei der Zugfahrt nach London kommt es zu einem Unfall und Morgan stirbt. Der Kanadier kann Temple jedoch noch einen wichtigen Hinweis geben. Bei seinen Sachen findet Temple ein Feuerzeug. Dieses ähnelt jenem, das Steve an ihrem Geburtstag irrtümlich von einem Mr. Nelson eingesteckt hat ...

Francis Durbridge verfasste *Paul Temple and Steve*, so der Originaltitel dieses in der Chronologie gesehenen achten Falls, im Jahr 1947. Dieser band enthält ein informatives Vorwort, einen Artikel über die Paul-Temple-Comic-Serie und Francis Durbridges für die Radio Times geschriebene Einleitung zu dem Fall.

Band **11**   FRANCIS DURBRIDGE
Paul Temple und die Marquis-Morde
Kriminalroman
Vorwort, Nachwort, Übersetzung: Dr. Georg Pagitz

In London sorgt ein skrupelloser Mörder, der sich »Der Marquis« nennt, für Angst und Schrecken. Ein halbes Dutzend Personen – lauter renommierte Damen und Herren – musste schon ins Gras beißen und kein Ende ist in Sicht. Scotland Yard in Form von Sir Graham Forbes ist ratlos. Doch diesmal ist es nicht der Chefkommissar, der Paul Temple um Hilfe bittet, sondern das Innenministerium. Ein anonymer Brief des Marquis an Temple sorgt schließlich dafür, dass sich der schreibende Detektiv in die Ermittlungen einschaltet. Er trifft eine Privatdetektivin, die dem großen Unbekannten auf der Spur ist. Doch auch sie wird wenig später tot aus der Themse gezogen. Alle Spuren führen zu einem Ägyptologen namens Sir Felix Reybourn. Ist er der Marquis? Und wenn nicht, wer von den zahlreichen Verdächtigen ist es dann? Temple und seine Frau Steve setzen sich zahllosen Gefahren aus, ehe Paul den gefährlichen Mörder endlich überführen kann ...

Dieser Krimi ist der letzte nicht übersetzte Paul-Temple-Roman und erscheint nun erstmals in deutscher Sprache – fast 80 Jahre nach seinem Entstehen! Ein packender, typischer Temple voller Cliffhanger, Drehungen und Wendungen, verdächtiger Figuren und natürlich mit der obligatorischen Cocktailparty. Das Buch enthält eine informative Einleitung und ein umfassendes Nachwort, in dem die multimediale Auswertung des Stoffs, der auf einem Durbridge-Hörspiel von 1942 beruht, beleuchtet wird. 1952 entstand auch eine Verfilmung mit John Bentley und Christopher Lee.

Band 12   FRANCIS DURBRIDGE
Die Anhalterin
Kriminalroman
Vorwort, Nachwort, Übersetzung: Dr. Georg Pagitz

Der Spielwarenfabrikant David Walker nimmt in seinem eleganten Wagen eine hübsche junge Anhalterin namens Judy Clayton mit. Als das Benzin ausgeht, macht sich Walker zu Fuss auf den Weg zu einer Tankstelle. Als er zurückkommt, ist die junge Frau spurlos verschwunden. Einige Tage später taucht Kriminalinspektor Denson bei Walker auf und teilt ihm mit, dass Judy nur wenige Meter von der Stelle, an der David die Panne hatte, ermordet aufgefunden wurde. Zahlreiche Indizien deuten darauf hin, dass Walker die Frau schon länger kannte, obwohl dieser das bestreitet. Im Laufe der Ermittlungen gibt es weitere Tote und neben einem Lippenstift spielen auch ein Schlüsselbund und eine Sofortbildkamera eine wichtige Rolle ...

Dieser Kriminalroman aus dem Jahr 1977 liegt erstmals in einer deutschen Übersetzung vor. Er basiert auf Francis Durbridges Originaldrehbuch zu dem 1971 gedrehten BBC-Dreiteiler *The Passenger*, der synchronisiert unter dem Titel *Die Spur mit dem Lippenstift* ausgestrahlt wurde. Im ausführlichen Vor- und Nachwort des Übersetzers wird auf die Entstehungsgeschichte eingegangen und auch erklärt, wieso 1971 in der BRD keine deutsche Verfilmung dieses Stoffs entstand. Auszüge aus Durbridge-Interviews, Hintergründe über die Miniserie und deren französische Adaption sowie ein 2015 geführtes, exklusives Interview mit dem Regisseur Michael Ferguson, der *The Passenger* inszenierte, runden diesen Band ab.

Band 13   FRANCIS DURBRIDGE
Die Frau im Hintergrund
Kriminalroman
Vorwort, Nachwort, Übersetzung: Dr. Georg Pagitz

Torcombe, an der Küste von Cornwall. Der ehemals als Kriminalreporter in der Fleetstreet tätige Roy Burton hat sich hierher zurückgezogen, um an einem Buch zu arbeiten. Er lebt in einer einfachen Hütte an der Küste. Eines Tages nähert er sich bei einem Spaziergang einer verlassenen Zinnmine und wird niedergeschlagen. Als er wenig später erwacht, erzählt ihm eine gewisse Karen Silvers, dass er sich in der Mine befinde. Sie leitet dort ein geheimes wissenschaftliches Projekt der Regierung. Es geht um den Bau einer Atomrakete, die so stark ist, dass sie ganz London oder New York zerstören könnte. Die Wissenschaftlerin erklärt, dass die Arbeiter in der Mine allerdings nichts davon wissen oder nur so viel als nötig. In der Umgebung scheint sich der gefährliche Kriminelle Fabian Delouris zu befinden, der schon einen Mitarbeiter entführt hat. Gemeinsam mit gefährlichen deutschen Ex-Nazis will er die Rakete stehlen und damit die Weltherrschaft erlangen. Karen und ihr Vorgesetzter Leyland, bitten Roy daraufhin um seine Mithilfe bei der Bekämpfung der Organisation. Bald darauf werden auf Roy mehrere Mordversuche verübt und die Ehefrau und Tochter eines Pubbesitzers verschwinden spurlos. Alles deutet daraufhin, dass die kriminelle Organisation ihr Hauptquartier in einer verlassenen Abtei aufgebaut hat, zu der mehrere unterirdische Tunnel führen.

Die Frau im Hintergrund stellt unter mehreren Gesichtspunkten eine Besonderheit dar und liegt erstmals in deutscher Übersetzung vor. So ist es der einzige Kriminalroman von Francis Durbridge, der nicht nach dem Whodunit-Muster gestrickt und in dem der Täter von Anfang an bekannt ist. Eine spannende Abenteuergeschichte, in der die beiden Protagonisten gegen eine gefährliche, aus brutalen Nazis bestehende Organisation kämpfen, die die Weltherrschaft mit einer Atomrakete erzwingen will. Weltherrschaftsphantasien bewegten damals die Welt. Eine für den Autor untypische, aber spannende Geschichte mit interessanten und überraschenden Wendungen. Das Buch enthält ein interessantes Vorwort mit Hintergrundinformationen. Im Anhang werden sämtliche Bücher und Kurzgeschichten von Francis Durbridge aufgelistet und dessen Wirken als Romanautor beleuchtet. Inhaltsangaben und weitere Infos zu allen Romanen und Kurzgeschichten runden diese Ausgabe ab.

Band 14   FRANCIS DURBRIDGE
Vorsicht vor Johnny Washington!
Kriminalroman
Vorwort, Nachwort, Übersetzung: Dr. Georg Pagitz

Johnny Washington ist ein junger amerikanischer Gentleman, der nach Kent gezogen ist, um das Leben zu genießen. Eigentlich will er nur dem süßen Nichtstun nachgehen und seine Zeit mit Fischen verbringen, doch eine Serie von Verbrechen ruft ihn auf den Plan. Eine Bande Krimineller verübt diese nämlich unter seinem Namen und lässt am Tatort Visitenkarten mit dem Aufdruck »Mit besten Grüßen von Johnny Washington« zurück. Das kann der Amerikaner nicht auf sich sitzen lassen. Die Zeitungsreporterin Verity Glyn ermutigt Johnny dazu, sich auf den Fall zu stürzen. Gemeinsam mit dem geheimnisvollen Horatio Quince, einem pensionierten Lehrer, jagt er den mysteriösen Hintermann, der die Morde und Verbrechen organisiert und der sich hinter dem Decknamen »Grauer Elch« versteckt.

Die Geschichte dieses Romans hat Francis Durbridge von seinem ersten Temple-Abenteuer entlehnt und sie überarbeitet. Neuer Protagonist ist Johnny Washington, der Held einer seiner Radioserien.

Band 15   FRANCIS DURBRIDGE
Zwanzig Minuten von Rom
Drehbuch für einen Fernsehkriminalfilm
Vorwort, Nachwort, Übersetzung: Dr. Georg Pagitz

Zwanzig Minuten von Rom entfernt liegt der Ort Tolero. Welche Rolle spielt er in einem mysteriösen Fall, in den der Wissenschaftler Geoffrey Ryder verwickelt ist? Der Mann steht unter Mordverdacht und besteht darauf, Alan Quinton vom MI5 zu sprechen. Nur ihm will er seine ganze Geschichte erzählen. Den Mann, den er ermordet haben soll, Walter Smedley, lernte er in einem teuren Pariser Nachtclub kennen. Er half ihm dort aus der Bredouille, woraufhin Smedley ihm anbot, während seiner eigenen Abwesenheit in seiner Londoner Wohnung unterzukommen. Ryder nimmt dankend an. Das ist der Beginn einiger mysteriöser Ereignisse. Welche Rolle spielt das goldene Zigarettenetui, das Smedley unbedingt wiederhaben will? Und warum befanden sich auf einem Mikrofilm Fotos von einer Fahrkarte für den Schlafwagen nach Rom und eine Aufnahme einer Landkarte, auf der der Ort Tolero eingezeichnet ist und auf der oberhalb handschriftlich die Notiz »Zwanzig Minuten von Rom« gemacht wurde?

Dieses unverfilmte Drehbuch stammt aus dem Jahr 1954. Es handelt sich dabei um eine ganz typische Francis-Durbridge-Geschichte mit jeder Menge Verwirrungen.

Der Autor beweist hier, dass er nicht nur serielles Erzählen beherrscht, sondern auch innerhalb eines 90-Minuten-Films sein Publikum ganz schön raffiniert verwirren kann. Als übliche Zutaten gibt es einige überraschende Wendungen und die üblichen mysteriösen Gegenstände, wie ein goldenes Zigarettenetui und einen Mikrofilm, auf dem sich unerklärliche Fotografien befinden.

Band 16   FRANCIS DURBRIDGE
Das zerbrochene Hufeisen
Drehbuch für einen sechsteiligen Kriminalfilm
Vorwort, Nachwort, Übersetzung: Dr. Georg Pagitz

Dr. Mark Fenton behandelt im Londoner St.-Matthews'-Krankenhaus einen Mann namens Charles Constance. Er wurde bei einem Autounfall schwer verletzt, der Lenker beging Fahrerflucht. Constance liegt noch im Koma, als plötzlich eine gewisse Miss Freeman bei Fenton auftaucht, die sich für den Gesundheitszustand des Opfers interessiert. Als Constance erwacht, behauptet er, diese Frau nicht zu kennen. Noch erstaunter ist er über das zerbrochene Hufeisen, das sich auf einem Blumengesteck befindet, das sie ihm mitgebracht hat. Als der Mann wenig später entlassen wird und nicht zur Kontrolluntersuchung erscheint, stellt Fenton einen Brief zu, den Constance bei ihm hinterlassen hat. Dabei entdeckt er in einem Appartement die Leiche von Mr. Constance. Auf dem Spiegel befindet sich ein gemaltes zerbrochenes Hufeisen.

Mit dem Drehbuch zu diesem Sechsteiler legte Francis Durbridge 1952 den Grundstein als erfolgreicher Fernsehkrimiautor. Es war die erste von insgesamt zwanzig mehrteiligen Serien für die BBC, elf davon wurden auch in Deutschland verfilmt. *Das zerbrochene Hufeisen* war nicht darunter und erlebt somit seine deutschsprachige Premiere.

Band 17   FRANCIS DURBRIDGE
Operation Diplomat
Drehbuch für einen sechsteiligen Kriminalfilm
Vorwort, Nachwort, Übersetzung: Dr. Georg Pagitz

Der renommierte Arzt Dr. Mark Fenton wird von einer Unbekannten gebeten, einen Patienten zu behandeln. Fenton steigt in einen Krankenwagen ein und stellt fest, dass der Wagen leer ist. Ein weiterer Mann mit Pistole sitzt darin und erklärt, es handle sich um eine wichtige Operation. Die Reise, die Fenton in dem verdunkelten Wagen absolviert, dauert mehrere Stunden. Er wird in eine mysteriöse Villa gebracht wird. Dort ist in einem Raum ein Operationssaal aufgebaut worden und ein Deutscher namens Schröder erklärt, dass ein kranker Mann dringend operiert werden müsse. Es handelt sich dabei um den bekannten Diplomaten Sir Oliver Peters, der seit einiger Zeit spurlos verschwunden ist. Der Patient spricht im Fieber von einem »Goldenen Tal«. Assistiert wird Fenton von einer bildhübschen Krankenschwester. Nach der erfolgreichen Operation verliert er das Bewusstsein.

Operation Diplomat hat Durbridges ersten TV-Serienhelden zum Protagonisten, den Mediziner Dr. Mark Fenton, der bereits in *Das zerbrochene Hufeisen* ermittelte. Das Drehbuch entstand 1952 für einen Sechsteiler der BBC, der wie alle anderen Krimis von Francis Durbridge zum Straßenfeger avancierte.

Band 18   FRANCIS DURBRIDGE
Die Teckman-Biographie
Drehbuch für einen sechsteiligen Kriminalfilm
Vorwort, Nachwort, Übersetzung: Dr. Georg Pagitz

Philip Chance, ein junger Schriftsteller erhält einen interessanten Auftrag: Er soll eine Story über Martin Teckman schreiben. Dieser junge Testpilot ist angeblich bei der Erprobung eines neuen Flugzeugmodells verunglückt. Bei seinen Nachforschungen lernt Philip die Schwester Teckmans kennen, die junge und besonders attraktive Helen. Von da an ereignen sich seltsame Dinge, die darauf schließen lassen, dass sich irgendjemand von Teckmans Nachforschungen enorm gestört fühlt. Nicht nur, dass Gangster in seine Wohnung einbrechen, wenig später wird dort auch ein Mann ermordet aufgefunden. Es handelt sich dabei um den Konstrukteur des Versuchsflugzeugs, Mr. Garvin. Wenig später kommt es zu einem weiteren Mord: Ein Informant, der wichtige Informationen beschaffen wollte, wird ebenso von dem großen Unbekannten beseitigt ...

Die Teckman-Biographie erscheint erstmals auf Deutsch und ist die Übersetzung des gleichnamigen Drehbuchs von Francis Durbridge zu dessen dritten Fernsehmehrteiler. Neben einem interessanten Vor- und Nachwort, in dem auch auf den Kinofilm eingegangen wird, enthält das Buch außerdem ein exklusives Interview mit Alvin Rakoff, der den Mehrteiler 1953/54 im Alter von nur 26 Jahren inszenierte.

Band **19**   FRANCIS DURBRIDGE
Paul Temple und der Fall Z.4
Skript für ein sechsteiliges Hörspiel
Vorwort, Nachwort, Übersetzung: Dr. Georg Pagitz

Paul Temple schreibt für die bekannte Schriftstellerin Iris Archer ein Theaterstück. Wenige Tage vor der Aufführung des Stücks tritt Iris von der Rolle zurück. Als sich Paul und Steve nach Schottland begeben, um dort Urlaub zu machen, sind beide überrascht, dort auch Iris anzutreffen. Hat ihr plötzliches Auftauchen etwas mit dem geheimnisvollen Brief zu tun, den ein aufgeregter junger Mann Paul Temple übergeben hat, mit der ausdrücklichen Anweisung, ihn John Richmond zu übergeben? Was hat der rätselhafte Dr. Steiner mit den Ereignissen zu tun? Und wer verbirgt sich hinter dem Codenamen Z.4? Auch im Urlaub ist Temple auf der Spur einer geheimnisvollen Spionageorganisation, die vor Mord nicht zurückschreckt.

News of Paul Temple, so der Originaltitel dieses Hörspiels, wurde 1939 ausgestrahlt. Das Manuskript dazu galt lange als verschollen, kann nun jedoch erstmals mit vielen Hintergrundinformationen auf Deutsch veröffentlicht werden.

Band **20**   FRANCIS DURBRIDGE
Paul Temple und der Fall Sullivan
Skript für ein achtteiliges Hörspiel
Vorwort, Nachwort, Übersetzung: Dr. Georg Pagitz

Joyce Raymond wendet sich mit einer Bitte an Paul Temple, der gerade nach Kairo reisen will. Er möchte doch einem Mann namens Richard Sullivan, der dort bei einer Ölgesellschaft arbeitet, seine Brille mitzunehmen, die er bei ihr vergessen hat. Temple will der jungen hübschen Dame diesen Gefallen gerne tun und akzeptiert. In Plymouth, wo die Temples am nächsten Tag übernachten, erfährt der Kriminalschriftsteller schließlich, dass Miss Raymond ermordet wurde. Nicht genug damit, auch im Nebenzimmer der Temples findet sich eine Leiche. Von da an bemühen sich alle Personen, die den Temples auf der Reise nach Kairo über Süditalien begegnen um die mysteriöse Brille, an der allerdings von der Polizei nichts Seltsames festgestellt werden kann ...

Dieses spannende Originalmanuskript erscheint erstmals auf Deutsch und stammt aus dem Jahr 1947. Die BBC-Aufnahmen aus den Jahren 1947/48 existieren nicht mehr, weshalb der britische Sender 2006 ein Remake produzierte. *Paul Temple und der Fall Sullivan* führt die Temple-Fangemeinde weit weg von der Themse: Durbridge beweist, dass seine Storys auch in Süditalien und Ägypten bestens funktionieren.

Band **21**   FRANCIS DURBRIDGE
Das Messer
Drehbuch für einen dreiteiligen Kriminalfilm
Vorwort und Nachwort: Dr. Georg Pagitz

Spezialagent Jim Ellis soll den Mord an einer Mitarbeiterin des Secret Service aus Hongkong klären, deren Leiche in einem walisischen Ort aufgefunden wurde. Alle Spuren führen in das Hotel Ivanhoe, das einer gewissen Mrs. Corby gehört. Dort hat die Ermordete zuletzt gelebt. Ellis bekommt es mit einer Vielzahl von Verdächtigen und einem Mörder zu tun, der für seine Taten einen chinesischen Dolch verwendet...

Diese Ausgabe gibt das Originaldrehbuch zu dem legendären deutschen Krimimehrteiler *Das Messer* von 1971 wieder, den Rolf von Sydow mit Hardy Krüger in der Titelrolle inszenierte. Die Edition enthält außerdem ein umfangreiches Vor- und Nachwort, in dem erstmals die Produktionsgeschichte dieses Straßenfegers erzählt wird.

Band **22**   FRANCIS DURBRIDGE
Tim Frazer und das Rätsel von Melynfforest
Drehbuch für einen sechsteiligen Kriminalfilm
Vorwort, Nachwort, Übersetzung: Dr. Georg Pagitz

Tim Frazer erhält einen neuen Auftrag. Dieser führt ihn in das beschauliche Melynfforest in Wales, wo die Polizei den Mord an Elaine Bradford untersucht. Charles Ross informiert seinen Mitarbeiter zunächst darüber, dass die Ermordete eigentlich Thackeray hieß und für seine Auslandsabteilung in Hongkong arbeitete. Aber was tat sie in Wales und warum wurde sie ermordet? Die Spuren führen in ein Hotel namens St. Bride. Elaine Bradford (oder besser gesagt: Miss Thackery) verbrachte dort die letzten Tage ihres Urlaubs. Im Verlauf der Ermittlungen spielen ein Brieföffner, ein walisisches Volkslied und ein verschwundener deutscher Wissenschafter namens Kurt Lander eine wesentliche Rolle. Die meisten Verdächtigen sind außerdem im Umkreis von Mrs. Chrichtons Hotel zu finden.

Dieses Buch enthält erstmals in deutscher Übersetzung das Drehbuch zum dritten Tim-Frazer-Abenteuer, das zwar in England, aber nicht in der BRD produziert wurde. Francis Durbridge überarbeitete den Stoff erheblich, änderte Figuren und Ende und machte daraus den 1971 gedrehten Krimiklassiker *Das Messer*. Dank der vorliegenden Ausgabe können Fans erstmals die Urfassung mit der deutschen Variante vergleichen. Das Buch enthält ein informatives Vor- und Nachwort sowie als Bonus das von Durbridge für das Kino geschriebene, unverfilmte Treatment *Tim Frazer und die Melvin-Affäre.*

Band **23**   FRANCIS DURBRIDGE
Porträt von Alison
Kriminalroman
Vorwort, Nachwort, Übersetzung: Dr. Georg Pagitz

Der Bruder des renommierten Kunstmalers Greg Forrester verunglückt bei einem Autounfall in Italien tödlich. Auch seine Beifahrerin, die bildhübsche Schauspielerin Alison Ford überlebt das Unglück nicht. Wenig später erscheint ihr Vater in Gregs Atelier und bittet den Maler, ein Gemälde von Alison anzufertigen. Von da an über-

208

schlagen sich die Ereignisse: Das Modell Jill Stewart wird erwürgt im Kleid der verunglückten Alison in Gregs Wohnung aufgefunden. Der Maler gilt daraufhin als Hauptverdächtiger und befindet sich in einem Teufelskreis. Im Laufe des Falls spielen eine Postkarte, eine Weinflasche und ein Name eine wesentliche Rolle.

Dieser Kriminalroman aus dem Jahr 1962 basiert auf einem sechsteiligen Fernsehkrimi von Francis Durbridge aus dem Jahr 1955, der auch für das Kino verfilmt wurde. Erstmals erscheint das Buch, das zuletzt 1967 auf Deutsch aufgelegt wurde, in einer ungekürzten Neuübersetzung mit zahlreichen Hintergrundinformationen und einem Vergleich mit Fernsehspiel und Kinofilm.

Band 24   FRANCIS DURBRIDGE
Mein Freund Charles
Kriminalroman
Vorwort, Nachwort, Übersetzung: Dr. Georg Pagitz

Der renommierte Arzt Dr. Howard Latimer erhält einen Anruf von seinem Freund Charles Kaufmann. Der Filmproduzent bittet den Mediziner, eine deutsche Schauspielerin namens Frieda Veldon vom Flughafen abzuholen. Das ist der Beginn eines Teufelskreises, in den sich Latimer immer tiefer verstrickt. Wenig später wird die Darstellerin ermordet in seiner Wohnung aufgefunden. Erschlagen wurde sie mit einem bronzenen Kerzenhalter, der sich ausgerechnet in Latimers Wagen findet. Dann stellt sich heraus: Charles Kaufmann hat nie angerufen und der einzige Zeuge, der Latimer entlasten könnte, scheint nicht zu existieren …

Dieser Kriminalroman aus dem Jahr 1963 basiert auf einem sechsteiligen Fernsehkrimi von Francis Durbridge aus dem Jahr 1956, der 1957 auch für das Kino unter dem Titel *Interpol ruft Berlin* verfilmt wurde. Erstmals erscheint das Buch, das zuletzt 1967 auf Deutsch aufgelegt wurde in einer ungekürzten Neuübersetzung mit zahlreichen Hintergrundinformationen. Wer die Kunstfertigkeit von Francis Durbridge kennenlernen oder verstehen will, dem sei die Lektüre dieses Krimis ans Herz gelegt. *Mein Freund Charles* ist der Inbegriff dessen, was den britischen Autor ausmacht: Überraschungen im Minutentakt, ständige Drehungen und Wendungen und ein Protagonist in einem Teufelskreis. Wahrscheinlich Durbridges bester Roman!

Band 25   FRANCIS DURBRIDGE
Dreimal Tod im Radio:
Mord in der Botschaft / Mr. Lucas / Die Caspary-Affäre
Originalhörspielmanuskripte
Vorwort, Nachwort, Übersetzung: Dr. Georg Pagitz

Mord in der Botschaft: In der Botschaft von Westovia geschieht in der Bibliothek während eines Balls ein Mord. Opfer ist General Rostard, der Premierminister und Dikator des mit Falkenstein verfeindeten Landes. Einige der Ballgäste hätten einen guten Grund gehabt, den Mann zu töten. Ein Mitarbeiter des Außenministeriums glaubt die Wahrheit zu kennen …

Mr. Lucas: In England treibt ein berüchtigter Hehler sein Unwesen, dessen Gesicht niemand kennt. Die Polizei hat herausgefunden, dass ein Mittelsmann namens Sterne ihm eine wertvolle Kette überbringen sollte. Der Ganove wird geschnappt und Inspektor Crawley übernimmt dessen Part. Er weiß nur, dass er sich unter der Identität eines Mr. Lucas in einen Zug setzen und darauf warten soll, dass man ihn kontaktiert.

Die Caspary-Affäre: In einem Sanatorium in der Schweiz erzählt der Schauspieler Samuel Brent seinem Arzt die Geschichte von einer tödlichen Affäre. Darin involviert sind sein Freund Sir Edward, eine Schauspielerin und ein Pianist. Wer von den zahlreichen auftretenden Personen wird wen am Ende töten? Und warum?

Dieser 25. Band der Durbridge-Edition von Williams & Whiting enthält die Hörspielmanuskripte zu drei spannenden Whodunits aus den Jahren 1937, 1945 und 1946 erstmals in deutscher Übersetzung. *Mord in der Botschaft* ist der älteste erhaltene Durbridge-Krimi überhaupt, der Autor war beim Abfassen erst 24 Jahre alt.

Das Buch enthält neben einem ausführlichen Vorwort auch eine umfangreiche Übersicht über sämtliche Hörspielkrimis von Francis Durbridge.

Band **26**   FRANCIS DURBRIDGE

Ein Fall für Sexton Blake

Skript für ein sechsteiliges Hörspiel

Vorwort, Nachwort, Übersetzung: Dr. Georg Pagitz

Im abgelegenen Schloss Saint Marguerite auf einer einsamen Insel im See geht der Schrecken um: Der Mann mit der eisernen Maske, das Familiengespenst der Familie Marthioly, scheint wieder auferstanden zu sein. Ein Mitglied der Marthiolys wurde bereits getötet. Meisterdetektiv Sexton Blake wird vom Neffen des Ermordeten um Hilfe begeben. Blake und sein Assistent Tinker machen interessante Entdeckungen wie beispielsweise einen unterirdischen Geheimgang. Bald stehen sie auch dem gefährlichen Mann mit der eisernen Maske gegenüber ...

Sexton Blake war im englischsprachigen Raum einer der populärsten Detektive. Er entstand im Fahrwasser von Sherlock Holmes und erlebte über beinahe 100 Jahre seine Abenteuer, die von den verschiedensten Autoren verfasst wurden. 1940 schrieb Francis Durbridge diese sechsteilige Radioserie mit dem beliebten Protagonisten und vereinte dort seine typischen Drehungen und Wendungen mit einem gelungenen Whodunit, der in vielen Aspekten an sein großes Vorbild Edgar Wallace erinnert – wie beispielsweise ein abgelegenes Schloss, unterirdische Geheimgänge, ein maskierter Mörder, eine geheimnisvolle Melodie und eine brennende Windmühle.

Das Buch enthält als Bonus das Manuskript zum Kurzkrimi *Der Knappe* und ein elfseitiges Interview mit Francis Durbridge.

Band **27**   FRANCIS DURBRIDGE

Der Tod kommt ins Hibiscus

Kriminalstück

Vorwort, Nachwort, Übersetzung: Dr. Georg Pagitz

Der Nachtclub *Hibiscus* im Londoner West End steht unter der neuen Leitung von Hugo Bismarck und Amanda Smith. Hugo beschließt als erstes, das Lokal von den bisherigen Schwarzmarktgeschäften zu befreien. Dies führt zu Morden und jeder Menge Chaos und der Erkenntnis, dass im Hibiscus nicht alles so ist, wie es auf den ersten Blick zu sein scheint.

Dieses Theaterstück aus dem Jahren 1942/43 wurde nie aufgeführt und war neben *Paul Temple muss her!* Durbridges frühestes Bühnenwerk. Der Brite wollte Zeit seines Lebens für die Bretter, die die Welt bedeuten, schreiben, avancierte aber erst in seiner späten Schaffensphase zum erfolgreichen Dramatiker.

Der Tod kommt ins Hibiscus basiert auf einem zwölfteiligen Radiokrimi der BBC, erfuhr jedoch zahlreiche Änderungen im Plot. Durbridge verfasste das Stück unter dem Pseudonym Nicholas Vane. Als Co-Autor agierte der vielseitige Regisseur, BBC-Produzent und Schriftsteller Val Gielgud.

Band **28**   FRANCIS DURBRIDGE

Paul Temple: Mord in Serie

Drehbücher und Manuskripte für die TV-Serie

Vorwort, Nachwort, Übersetzung: Dr. Georg Pagitz

Die BBC produzierte (später in Koproduktion mit Taunus-Film München) zwischen 1969 und 1971 52 Folgen der Fernsehserie *Paul Temple*, in der Francis Matthews die Titelrolle spielte. Keine der Geschichten (mit einer Ausnahme) stammte jedoch von Francis Durbridge, obwohl in der Anfangsphase geplant war, dass der Autor auch Drehbücher dazu abliefern sollte. Nachdem die von ihm vorgesehenen Pilotfolgen nicht verfilmt wurden, zog sich der Brite als Autor der Serie zurück.

Dieser Band enthält erstmals die beiden Drehbücher *Die Kelby-Affäre* und *Der Harkdale-Raub* sowie die drei Treatments *Die vorsichtige Miss Helvin, Der vorausgesagte Mord* und *Der Fall Calcary* inklusive umfassender Hintergrundinformationen.

Die Kelby-Affäre: Der Historiker Alfred Kelby verschwindet spurlos, mit ihm das Tagebuch von Lord Delamore, das offensichtlich nicht veröffentlicht werden darf. Bald findet man Kelbys Leiche. *Der Harkdale-Raub:* In einem Ort in den Midlands kommt es zu einem spektakulären Banküberfall. Wenig später wird Temple in den Fall involviert und findet in seiner Garage die Leiche eines Komplizen. *Die vorsichtige Miss Helvin:* Inspektor Vosper ermittelt im Mordfall einer jungen Frau, deren Gesicht unkenntlich gemacht wurde. Temple schaltet sich ein. *Der vorausgesagte Mord:* Ein Mann berichtet Temple, dass er einen Mordplan belauscht hat. Wenig später ist er selbst tot. *Der Fall Calcary:* Ein siebenjähriger Junge verschwindet auf einem Rummelplatz spurlos. Die Schauspielerin Calcary bittet Paul um Hilfe ...

Band 29	FRANCIS DURBRIDGE

Das Halstuch
Kriminalroman – ungekürzt & neu übersetzt
Vorwort, Nachwort, Übersetzung: Dr. Georg Pagitz

In Littleshaw, einem Ort in der Nähe von London, wird auf einem Ackerwagen die Leiche des Fotomodells Fay Collins gefunden. Die junge Frau wurde mit einem Halstuch erwürgt. Der ermittelnde Kriminalinspektor Harry Yates stellt fest, dass Fay in ihren Taschen ein Telegramm hatte, in dem sich ein gewisser Terry für das Halstuch bedankt. Dieser Terry hat, wie der Bruder der Ermordeten, der Musiklehrer Edward Collins, aussagt, Fay außerdem ein teures Armband geschenkt. Aber wer verbirgt sich hinter dem Namen Terry? Marian Hastings, die Braut des Gutsbesitzers Alistair Goodman, erkennt auf einem Foto in der Zeitung jenen Mann wieder, der mit Fay Collins am Tatabend verabredet war: Es handelt sich um Clifton Morris, einen erfolgreichen Zeitungsverleger.

Kein anderes Werk ist bekannter als Francis Durbridges *Das Halstuch*. Der Roman basiert auf dem Originalmanuskript zu *The Scarf* und wurde neu übersetzt und erscheint erstmals ungekürzt.

Im Vor- und Nachwort gibt es umfassende Hintergrundinformationen zu allen europäischen Verfilmungen des Drehbuchs mit besonderem Augenmerk auf die Produktionsgeschichte des legendären deutschen Mehrteilers von 1961. Kritiken, Ausschnitte aus dem Originaldrehbuch und weitere Hintergrundinfos runden diese umfassende Ausgabe ab.

Band 30	FRANCIS DURBRIDGE

Julian
Drehbuch für einen Fernsehkrimi
Vorwort, Nachwort, Übersetzung: Dr. Georg Pagitz

Julian Kane ist ein erfolgreicher Pianist und Frauenheld, der schon für das Ende so mancher Ehe verantwortlich war. Weitere Umstände führen dazu, dass es an jenem Nachmittag im Hause des renommierten Psychiaters Sir John Mallion niemanden mehr gibt, der nicht einen Grund hätte, ihm aus Hass oder Eifersucht eines der vermeintlich sicher weggesperrten Giftfläschchen ins Getränk zu schütten. Wer wird zuschlagen? Und warum?

Julian wurde unter dem Arbeitstitel *Prelude to Murder* von Francis Durbridge als neunzigminütiges Fernsehspiel verfasst. In der BRD war seitens des WDR kurz nach dem *Halstuch*-Erfolg im Jahr 1962 eine Verfilmung geplant, die immer wieder verschoben und letztlich nie realisiert wurde. Die Story basiert auf dem Hörspiel *The Caspary Affair* von 1946, wurde aber ausgebaut und verändert (inklusive Täterwechsel), in Italien als Hörspiel produziert und schließlich von Durbridge zum Theaterstück – mit vielen Entwicklungsstadien und Veränderungen – umgearbeitet. Im umfangreichen Vorwort wird darauf eingegangen.

Band **31**   FRANCIS DURBRIDGE

Ein Mann namens Harry Brent
Kriminalroman – ungekürzt & neu übersetzt

Vorwort, Nachwort, Übersetzung: Dr. Georg Pagitz

Tom Fielding betreibt in der Nähe von London eine Firma, die elektronische Geräte herstellt. Alles läuft bestens, aber er hat mit seiner Sekretärin Pech: Diese will ihn wegen einer bevorstehenden Heirat bald verlassen. Fielding sucht eine neue Sekretärin und glaubt diese in der hübschen Barbara Smith gefunden zu haben. Doch während des Vorstellungsgesprächs zieht die junge Frau eine Waffe und erschießt Fielding. Sie wird verhaftet und kann sich in ihrer Zelle vergiften. Bevor sie stirbt, verlangt sie nach einem gewissen Harry Brent. Dieser Mann ist ausgerechnet der Verlobte von Fieldings alter Sekretärin Carol Vyner und taucht fortan bei den Ermittlungen von Inspektor Alan Milton, dem Exfreund von Carol, immer wieder als Hauptverdächtiger auf. So findet er heraus, dass Barbara Smith Blumen am Grab von Brents Eltern niedergelegt hat und dass sich Harry Brent und Tom Fielding schon sehr viel länger kannten, als dieser zugibt …

Dieser Kriminalroman erscheint neu übersetzt und ungekürzt. Durbridge-Fans werden überrascht sein, denn abgesehen von Umbenennungen der Orte und Figuren ist auch das Ende anders als im legendären deutschen TV-Krimidreiteiler *Ein Mann namens Harry Brent* von 1968. Der WDR bat Durbridge damals darum. Darauf und auf die Produktionsumstände der englischen, deutschen, italienischen, französischen und polnischen Verfilmung des Stoffs wird in einem umfangreichen, hundertseitigen Nachwort eingegangen. Besonderes Highlight: Unveröffentlichte Exklusivinterviews mit den Darstellern von damals (Brigitte Grothum, Peter Ehrlich und Wolfgang Preiss).

Band **32**   FRANCIS DURBRIDGE

Wie ein Blitz
Kriminalroman – ungekürzt & neu übersetzt

Vorwort, Nachwort, Übersetzung: Dr. Georg Pagitz

Der reiche Geoffrey Stewart wird in einem abgelegenen Haus ermordet. Die Täter sind sein Angestellter Mark Paxton und seine Ehefrau Diana Stewart, die mit Mark ein Verhältnis hat. Als man die Leiche beseitigen will, ist diese verschwunden. Dafür meldet sich der Ermordete mehrmals bei seiner Ehefrau per Telefon und treibt diese fast in den Wahnsinn. Ganz nebenbei geschehen weitere Morde. Inspektor Clay ist mit den Ermittlungen beauftragt und hat nicht nur das Mörderpärchen Diana und Mark unter Beobachtung, sondern verdächtigt auch das Ehepaar Thelma und Walter Bowen sowie den Tankstellenbesitzer Ned Tallboy …

Wie ein Blitz basiert auf dem 16. mehrteiligen Krimi, den Durbridge für die

BBC schrieb. 1966 in England ausgestrahlt, folgten bald weitere europäische Adaptionen, darunter die 1970 gezeigte deutsche Version mit Ingmar Zeisberg, Peter Eschberg, Albert Lieven, Paul Hubschmid und Horst Bollmann. Für die BRD schrieb Durbridge sein Drehbuch etwas um und ergänzte es um zahlreiche Szenen. Darauf, auf die weiteren Verfilmungen und auf viele andere spannenden Fakten wird im umfangreichen Nachwort auf über 100 Seiten eingegangen. Besonderes Highlight sind zwei exklusive, bisher nie veröffentlichte Interviews mit Regisseur Rolf von Sydow und Darstellerin Eva Pflug.

Band **33**   FRANCIS DURBRIDGE
Ein Reisepass voller Gefahr
Manuskript für ein sechsteiliges Hörspiel
Vorwort, Nachwort, Übersetzung: Dr. Georg Pagitz
Der Journalist Roger Knight verschwindet in Afrika spurlos. Zuvor lässt er dem Britischen Geheimdienst noch eine Nachricht auf dem Armband seiner Uhr zukommen. Seine Schwester Linda West, eine bekannte Schauspielerin, erhält eines Tages den Anruf von Major Hadley, der sie bittet, für den Geheimdienst Ihren Bruder zu suchen. Linda wurde in London bereits Opfer eines Mordanschlags, den sie nur knapp überlebte. Zudem landete eine junge Frau, die ihr ähnlichsah, tot in der Themse. Wer will ihr Böses? Und warum? Hat es etwas mit der Nachricht zu tun, die Linda vor Wochen als letztes Lebenszeichen von Roger erhielt? Die Schauspielerin nimmt den Auftrag des Geheimdiensts an und sucht gemeinsam mit dem Journalisten Tim Valentine, einem Berufskollegen ihres Bruders, in Casablanca nach einer ersten heißen Spur. Es wird immer verzwickter und gefährlicher, denn niemand von den Menschen, die sie in dieser Angelegenheit kennenlernt, scheint die Person zu sein, die sie zu sein vorgibt.

Dieses sechsteilige Hörspiel von Francis Durbridge stammt aus dem Jahr 1945 und wurde nie auf Deutsch vertont. Es enthält alle typischen Zutaten eines typischen Krimis des britischen Autors. Zudem ähneln die Titelfiguren stark den bekannten Krimihelden Paul und Steve Temple. Der Autor schrieb die Story in den 1960ern zu einem Filmtreatment für einen geplanten Tim-Frazer-Kinofilm in Deutschland um, der nie realisiert wurde. Dazu und zu den Hintergründen des Hörspiels gibt es umfassende Infos im Begleittext. Außerdem enthält das Buch einen Artikel über die für Durbridge so spezifischen mysteriösen Gegenstände in seinen Kriminalgeschichten.

Band **34**   FRANCIS DURBRIDGE
Die Kette
Kriminalroman – ungekürzt & neu übersetzt
Vorwort, Nachwort, Übersetzung: Dr. Georg Pagitz
Der Vater von Scotland-Yard-Inspektor Harry Dawson stirbt auf dem Golfplatz. Scheinbar war es ein Unfall, denn Tom wurde von einem Golfball so unglücklich getroffen, dass er seinen Verletzungen erlag. Harry glaubt nicht an die Geschichte und recherchiert auf eigene Faust. Als Peter Newton, der den tödlichen Golfball abschlug, ermordet aufgefunden wird, ist klar, dass auch Tom Dawsons Tod kein Unfall war. Im weiteren Verlauf der Ermittlungen spielen ein Hundehalsband, eine gestohlene Perlenkette, ein Mann im Rollstuhl und ein geheimnisvoller Hintermann, dessen Gesicht niemand kennt, eine entscheidende Rolle …

Francis Durbridges Roman beruht auf seinem 1966 für die BBC geschriebenen Mehrteiler, der erfolgreich in verschiedenen Ländern verfilmt wurde. In der BRD war seit 1966 eine Adaption in Gespräch, die aber aus verschiedenen Gründen nie zustande kam. Durbridge überarbeitete das Originaldrehbuch, gab ihm den neuen Titel *The Circle* und änderte sämtliche Personennamen. Daraus wurde schließlich 1977 der TV-Zweiteiler *Die Kette* mit Harald Leipnitz und Uschi Glas. Auf die Produktionsgeschichte wird im umfangreichen Nachwort auf über 130 Seiten eingegangen.

Band **35**   FRANCIS DURBRIDGE

Zakary
Szenarium für einen Kinothriller
Vorwort, Nachwort, Übersetzung: Dr. Georg Pagitz

Großbritannien, Sommer 1914: Der Oxford-Absolvent Oliver Sheldon wird von seinem Onkel einem Mann vom Secret Service vorgestellt. Dieser möchte, dass Sheldon nach Japan geht und unter dem Vorwand, ein Buch zu schreiben, vor Ort Informationen sammelt. Sein Deckname lautet Zakary. Oliver erhält den Auftrag, Daten über ein geheimes U-Boot zu beschaffen. Bald bricht der Erste Weltkrieg aus und im Laufe der Jahre ändert sich auch die Einstellung der Japaner gegenüber Großbritannien, aber auch jene Olivers zu seinem Vaterland. Er arbeitet zwar noch als Spion, befindet sich jedoch immer mehr in einem großen Gewissenskonflikt …

Francis Durbridge schrieb dieses Szenarium für den renommierten italienischen Filmproduzenten Dino de Laurentiis. Was anfangs wie eine typische Durbridge-Kriminalgeschichte beginnt und über Strecken sogar die so typischen Wendungen enthält, wird allmählich zu einem Film über Spionage und Krieg, geht hin bis zu den Ereignissen in Pearl Harbour und erstreckt sich schließlich in der Handlung über 30 Jahre hinweg. Die wohl ungewöhnlichste Geschichte von Francis Durbridge zu einem Kinofilm, der nie realisiert wurde, aber mit Sicherheit ein internationaler Blockbuster geworden wäre.

Band **36**   FRANCIS DURBRIDGE

Paul Temple und der Curzon-Fall
Kriminalroman – ungekürzt & neu übersetzt
Vorwort, Nachwort, Übersetzung: Dr. Georg Pagitz

Paul Temple hört auf der Party seines Verlegers von Sir Graham Forbes und Inspektor Charlie Vosper vom mysteriösen Verschwinden zweier Schuljungen in Dulworth Bay in Yorkshire. Von Roger und Michael Baxter fehlt jede Spur. Vospers Ermittlungen ergaben, dass auf dem Cricketschläger von Roger neben Unterschriften einiger Spieler ein Name zu finden ist, der nicht zugeordnet werden kann: Curzon. Niemand kennt diese Person. Als in Gegenwart von Temple in London eine Frau erschossen wird, die ihm wichtige Hinweise geben wollte, nimmt der Kriminalschriftsteller die Ermittlungen auf und fährt in das Fischerdorf, in dem alle Stricke zusammenlaufen …

Dieser Kriminalroman basiert auf dem Hörspiel *Paul Temple and the Curzon Case* von 1949, das 1951 auch mit René Deltgen in der Hauptrolle unter dem Titel *Paul Temple und der Fall Curzon* vertont wurde. Das Buch erschien 1971 im Fahrwasser der von der BBC ausgestrahlten zweiundfünfzigteiligen TV-Serie *Paul Temple* und wurde handlungsmäßig in die 1970er-Jahre verlegt, was zu einigen Änderungen führte. Neben einer Auflistung sämtlicher Hörspieladaptionen mit Hintergrundinfos enthält dieser Band auch einen Artikel über die typischen Paul-Temple-Zutaten.

Band **37**   FRANCIS DURBRIDGE
Mr. Hartington starb morgen
Manuskript für ein achtteiliges Hörspiel
Vorwort, Nachwort, Übersetzung: Dr. Georg Pagitz

Der Filmproduzent Oliver Hartington, der »Zar« von Hollywood, ist hinter den Rechten eines Romans her, den ein gewisser Peter London geschrieben hat. Doch wer ist Peter London? Eine wochenlange in den Medien hochgespielte Suchaktion verläuft im Nichts. Dann wird Hartington plötzlich bei einer Siesta in seinem Stammlokal ermordet – und auf einmal scheint es drei verschiedene Peter Londons zu geben. Es stellt sich nicht nur die Frage, wer von ihnen der echte Peter London ist, sondern auch, wer von allen Beteiligten ein Motiv hatte, den erfolgreichen Filmproduzenten zu töten. Verdächtig sind unter anderem ein junger Schriftsteller, die Gewinnerin eines Schönheitswettbewerbs, eine Sekretärin, ein Drehbuchautor, ein Filmregisseur und eine Schauspielerin. Inspektor O'Hara von der Polizei Los Angeles ermittelt und bekommt es bald mit weiteren Leichen zu tun …

Francis Durbridge schrieb dieses achtteilige Kriminalhörspiel, dessen Manuskript erstmals auf Deutsch übersetzt wurde, 1942 unter dem Pseudonym Lewis Middleton Harvey für die BBC. Er taucht dabei in die Welt von Hollywood ein und schildert in diesem Umfeld eine rätselhafte Mordgeschichte. Durbridge wäre nicht Durbridge, wenn in diesem Whodunit alles so wäre, wie es den Anschein hat.

Band **38**   FRANCIS DURBRIDGE
Paul Temple und das Genfer Rätsel
Kriminalroman – ungekürzt & neu übersetzt
Vorwort, Nachwort, Übersetzung: Dr. Georg Pagitz

Der Londoner Verleger Charles Milbourne soll bei einem Autounfall in der Schweiz ums Leben gekommen sein. Mehrere Indizien deuten jedoch darauf hin, dass der Mann noch lebt. Davon ist vor allem seine Ehefrau Margret überzeugt, während Maurice Lonsdale, der Schwager des Toten, daran zweifelt. Paul und Steve Temple nehmen sich des Falls nach anfänglichem Zögern an …

Dieser spannende Roman, früher gekürzt unter dem Titel *Zu jung zum Sterben* erhältlich, erscheint in einer ungekürzten Neuübersetzung mit Hintergründen zum zugrundeliegenden Hörspiel *Paul Temple und der Fall Genf* aus dem Jahr 1966 und einer ausführlichen Darstellung des Paul-Temple-Universums im Nachwort.

Band **39**   FRANCIS DURBRIDGE
Die Nylonmorde
Kriminalroman – ungekürzt & neu übersetzt
Vorwort, Nachwort, Übersetzung: Dr. Georg Pagitz

Andrea Lake war eine junge, vielversprechende Schauspielerin. Doch die talentierte junge Frau wird eines Tages tot aus der Themse gezogen. Sie wurde mit einem Nylonstrumpf erwürgt. Dr. Leslie Sanders, ihre Schwester, will der Sache auf den Grund gehen und betreibt deshalb Nachforschungen auf eigene Faust. Sie begibt sich dabei auf gefährliches Terrain. Was weiß der Regisseur Peter Hamilton? Welche Rolle spielt die Schauspielerin Sylvia Graham? Und wer ist der anonyme Anrufer, der sich bei ihr meldet?

Diesen spannenden Kriminalroman verfasste Durbridge 1952/53 als zwölfteiligen Fortsetzungsroman für den *Sunday Dispatch*. Das Buch enthält auch eine Auflistung und Einteilung aller Durbridge-Romane und -Kurzgeschichten.

Band **40**   FRANCIS DURBRIDGE
Paul Temple und die Schlagzeilenmänner
Kriminalroman – ungekürzt & neu übersetzt
Vorwort, Nachwort, Übersetzung: Dr. Georg Pagitz

Der Kriminalroman Die Schlagzeilenmänner ist ein großer Publikumserfolg und wird von den Lesern nur so verschlungen. Ein besonderer Grund ist, dass niemand die unbekannte Autorin des Stoffs kennt, eine gewisse Andrea Fortune. Als wenig später einige Verbrechen geschehen, finden sich am Tatort immer Visitenkarten mit dem Aufdruck Die Schlagzeilenmänner. Die mysteriösen Raubüberfälle stehen mit einer Serie von Entführungen und Morden in Verbindung. In welchem Zusammenhang stehen die Taten mit dem Roman? Und wieso kann sich keines der Entführungsopfer an die Vorgänge vor der Tat erinnern? Welche Rolle spielt der Klavierstimmer Goldie, der gerade in Paul Temples Wohnung auftaucht, als Scotland-Yard-Inspektor Hunter vor der Wohnung des Detektivs und Schriftstellers eine Leiche in der Telefonzelle findet? Fragen über Fragen für Paul Temple ...

Dieser Kriminalroman war fast vierzig Jahre lang vergriffen und erscheint nun erstmals ungekürzt in einer Neuübersetzung. Das Buch enthält viele Hintergrundinformationen zu dem Stoff, dem ein verschollenes Hörspiel zugrunde liegt und auf dem auch ein Theaterstück beruht.

Band **41**   FRANCIS DURBRIDGE
Michael Starr ermittelt
Radiomanuskripte für 25 Mitratekrimis
Vorwort, Nachwort, Übersetzung: Dr. Georg Pagitz

Michael Starr ist ein gutaussehender, junger Londoner Privatdetektiv, der jeden Fall durch genaues Zuhören und geschicktes Kombinieren lösen kann – und dies zur Freude von Scotland-Yard-Inspektor Robert »Bob« McCraw, der in vielen Fällen nicht weiterkommt und auf die Hilfe seines Freundes angewiesen ist. Für Starr ist es ein Leichtes, die Morde, Erpressungen, Brandstiftungen und Diebstähle aufzuklären, denn er hört genau zu und kann schon nach kurzer Zeit sagen, wer von den Verdächtigen die Tat begangen hat ...

Michael Starr Investigates war 1944 eine beliebte wöchentliche Radioserie der BBC, in der das aufmerksame Publikum mitraten konnte, wer der Täter war. Wer wie der Titelheld Michael Starr genau aufpasste, konnte mitkombinieren, wo der Fehler lag. Dieser Band enthält 25 der 26 kurzen Krimirätsel, die Francis Durbridge für die BBC schrieb, erstmals in deutscher Sprache (ein Manuskript ist leider verschollen). Die amüsanten Geschichten bieten der aufmerksamen Leserschaft die Gelegenheit, mitzuraten. Dieser Band enthält ein informatives Vorwort und im Anhang einen Artikel über die Radioermittler von Francis Durbridge, der abseits von Paul Temple noch zahlreiche weitere interessante (und leider bis dato unbekanntere) Detektivfiguren schuf.

Band **42**   FRANCIS DURBRIDGE
Die Memoiren von André d'Arnell
Radiomanuskripte für neun Mitratekrimis
Vorwort, Nachwort, Übersetzung: Dr. Georg Pagitz

André d'Arnell ist – wie er von sich selbst sagt – der erfolgreichste Privatdetektiv Europas. Er ist ein kleiner, leicht graumelierter, dunkelhaariger Franzose mit einem aparten Schnurrbart, trägt gern ausgefallene, bunte Kleidung und ist dreiundvierzig Jahre alt. Er ist ein Mann, dem kein Detail eines Kriminalfalls entgeht – und genau darin liegt seine Stärke: Weil er genau hinhört und aus Aussagen und Indizien die richtigen Schlüsse zieht, kann er jeden Täter überführen. Egal ob es sich um Mord, Diebstahl, Brandstiftung oder Erpressung handelt: Unterstützt von seiner Frau Lucille klärt André d'Arnell jeden Fall …

Dieses Buch enthält die Originalmanuskripte zu der Ratekrimireihe *Die Memoiren von André d'Arnell* erstmals auf Deutsch. In den neun in sich abgeschlossenen Episoden wird dem Publikum die Möglichkeit gegeben, herauszufinden, wie der Täter sich verriet. Mit dem etwas von sich eingenommenen Detektiv André d'Arnell hat Durbridge eine originelle Ermittlerfigur geschaffen, die mit Intelligenz und Humor ihre Fälle löst. Diese Ausgabe enthält außerdem die Texte zu drei Radiokurzkrimis, die Durbridge in den 1930ern schrieb: *Der Knappe, Das Ass* und *Paul Jones.*

Band **43**   FRANCIS DURBRIDGE
Tim Frazer I: Der Fall Denston
Kriminalroman – ungekürzt & neu übersetzt
Vorwort, Nachwort, Übersetzung: Dr. Georg Pagitz

Tim Frazers Kompagnon Harry Denston verschwindet spurlos. Tim begibt sich nach Henton, nachdem er von Harry ein Telegramm erhalten hat, ihn dort zu treffen. Doch Harry erscheint in dem idyllischen Fischerdorf an der Ostküste nicht. Stattdessen stirbt in Frazers Hotel ein russischer Matrose namens Anstrov, der im Todeskampf ständig nach jemanden namens Anya schreit. Außerdem wird Tims Brieftasche gestohlen. Zurück in London erfährt er, dass er für eine Abteilung der Regierung Harry Denston finden soll. Frazer, dem Denston auch eine Menge Geld schuldet, nimmt den Auftrag an. Bei seinen Nachforschungen wird ihm sein Freund und Kompagnon immer fremder. Was weiß dessen Verlobte Helen Baker? Was hat es mit einer Reihe von Schiffsmodellen der North Star auf sich? Und weshalb bietet ein zwielichtiger Autohändler eine horrende, völlig überzogene Summe für Harrys Wagen?

Dieser Kriminalroman war fast vierzig Jahre lang vergriffen und erscheint nun erstmals ungekürzt in einer Neuübersetzung. Das Buch enthält auch alle Hintergrundinfos zur englischen Originalverfilmung sowie zu der deutschen Adaption mit Max Eckard aus dem Jahr 1962 und zur italienischen Fassung aus den 1970ern.

Band **44**   FRANCIS DURBRIDGE
Tim Frazer II: Die Salinger-Affäre
Kriminalroman – ungekürzt & neu übersetzt
Vorwort, Nachwort, Übersetzung: Dr. Georg Pagitz

Tim Frazer wird von Charles Ross beauftragt, nach Amsterdam zu fahren, um dort den mysteriösen Tod eines gewissen Leo Salinger zu untersuchen. Salinger war ein Mitarbeiter in Ross' Abteilung und soll beim Überqueren einer Straße von einer gewissen Barbara Day überfahren worden sein. Schnell macht Frazer deren Bekanntschaft und lernt gemeinsam mit ihr den Amerikaner Cordwell kennen. Als sie zurück in London sind und Frazer Barbara Day besuchen will, findet er den ermordeten Cordwell in ihrer Wohnung. Neben ihm steht ein Metronom. Frazer lernt schließlich auch Barbaras Freundin Vivien kennen, die allerdings irgendwie in das Verbrechen verstrickt ist. Frazer erfährt, dass der eigentliche Hintermann Ericson heißt. Einen Schlüssel zur Lösung stellen das Metronom und ein geheimnisvoller Tulpenzwiebel-katalog dar.

Dieser Kriminalroman war fast vierzig Jahre lang vergriffen und erscheint nun erstmals ungekürzt in einer Neuübersetzung. Das Buch enthält auch alle Hintergrund-infos zur englischen Originalverfilmung sowie zu der deutschen Adaption mit Max Eckard aus dem Jahr 1963 und zur französischen Fassung aus den 1970ern.

Band **45**   FRANCIS DURBRIDGE

Tim Frazer III: Das Melynfforest-Rätsel

Kriminalroman – ungekürzt & neu übersetzt

Vorwort, Nachwort, Übersetzung: Dr. Georg Pagitz

Tim Frazer bekommt einen neuen Auftrag: Er ermittelt im Mord an einer Agentin des britischen Geheimdienstes, die in Hongkong arbeitete. Eigentlich sollte er sie treffen und vom Flughafen abholen, aber wie sich herausstellt, ist die Dame, die sich ihm als Miss Thackery vorstellt, nicht die richtige Agentin. Auch das Tonband, das sie ihm übergibt und das wichtige Informationen enthalten sollte, enthält nur ein walisisches Volkslied. Die Spur führt Frazer nach Wales. In Mellynfforest steigt Frazer in einem Hotel ab, in dem er Oberst Lockwood, einem pensionierten Soldaten kennen lernt. Hat er etwas mit dem Fall zu tun? Eine weitere Spur führt in das Büro des Immobili-enmaklers Roger Thornton. Weiß er mehr, als er zugibt? Und welche Rolle spielt die junge Reporterin Rita Colman? Die Ermittlungen führen schließlich auch in die Unterwelt von Cardiff.

Dieser Kriminalroman war fast vierzig Jahre lang vergriffen und erscheint nun erstmals ungekürzt in einer Neuübersetzung. Das Buch enthält auch alle Hintergrund-infos zur englischen Originalverfilmung sowie zu der deutschen Adaption *Das Mes-ser*, die Durbridge wesentlich überarbeitet hat, indem er die Figuren umbenannte, neue Handlungselemente einführte und den Täter änderte.

+ + + WEITERE TITEL IN VORBEREITUNG + + +

Informationen zu allen englischen und
deutschen Durbridge-Büchern von Williams & Whiting:
www.williamsandwhiting.com

Die von den Söhnen des Autors betriebene offizielle Website
zu Francis Durbridge ist erreichbar unter
www.francisdurbridgepresents.com